東野圭吾

雪煙追逐

雪煙チェイス

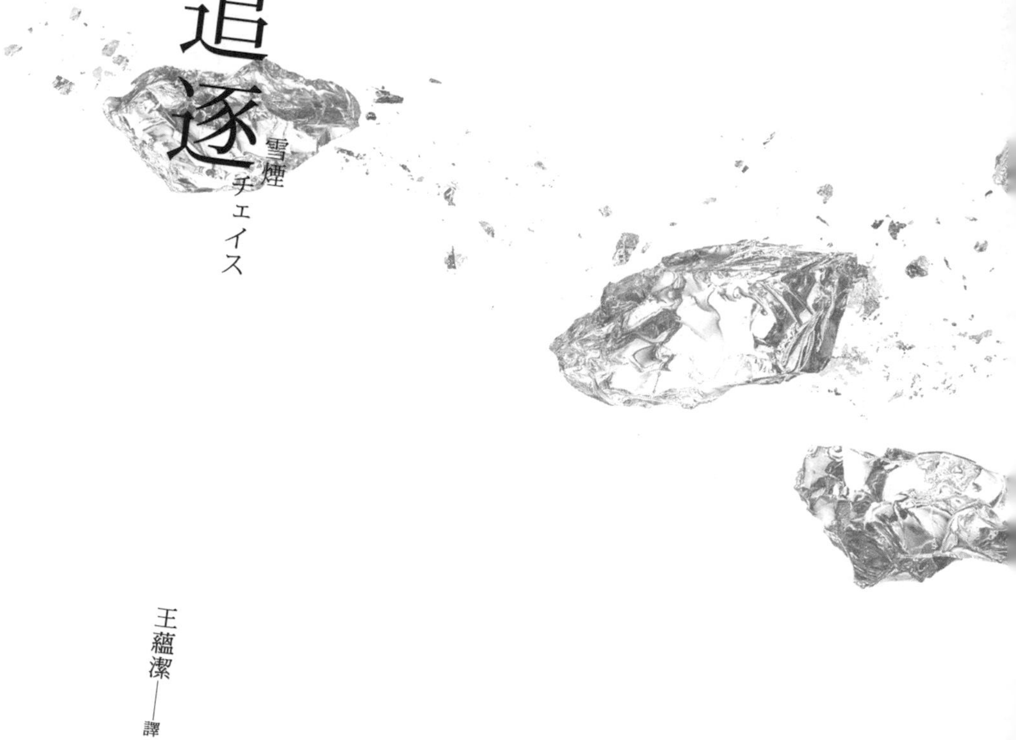

王蘊潔——譯

導讀——

在雪地裡展開人生競逐的大冒險

荒野夢二書店主人／**銀色快手**

這是個很適合滑雪的季節。

首先，溫度必須夠低，海拔必須夠高，在偌大的滑雪場上盡情奔馳，毫無顧忌享受滑雪的暢快感覺，確實令人熱血沸騰！

身為偵探小說家，東野圭吾有許多以滑雪場為故事舞台的作品，著名的包括《劫持白銀》、《疾風迴旋曲》、《戀愛纜車》以及本書《雪煙追逐》等。以上四部作品皆有出現名為根津的巡邏員，而其中以懸疑推理為主的作品則被稱為雪地三部曲，足見東野有多麼地熱愛滑雪。連我這個對滑雪一竅不通的門外漢，也因為他寫的小說，對於滑雪的一些知識，以及滑雪場的風景投注了莫大的興趣，絲毫沒有因為不懂滑雪，而減損了閱讀的樂趣，彷彿自己也親身體驗那些驚心動魄的時刻，在雪地裡展開人生的大冒險。

不知哪位西方作家曾經說過：「小說的語言具有某種特殊的魔力。」這句話我也深感認同。從本格派的「密室推理」把故事舞台延展到一個漫無邊際的雪地裡，卻依然能抓住讀者的眼球，一頁接著一頁地不由分神看下去，這需要強大的控場能力以及情節夠緊湊才做得到。

東野圭吾再次施展他的魔法，像警察抓小偷一樣帶領讀者一起在滑雪場裡捉迷藏，這次要逮捕的卻不是犯人，而是可以提供嫌犯不在場證明的目擊證人。雖然故事在一開始這名重要人物就已經登場，卻在故事快要結束的時候，才真相大白，精心安排的懸疑佈局，讓讀者始終被好奇心和懸念牽引，不自覺地踏進雪地的魔幻空間。

就像典型的杯子魔術一樣，有一顆乒乓球放在三個杯子的其中一個杯子裡，你明明剛才還確認過是哪個杯子，可是魔術師就是能夠用快速的手法，騙過你的眼睛讓你以為乒乓球在你認定的那個杯子裡，但你就是沒能猜對答案。除了透過一些既成的事實和線索來推理，魔術本身還運用到了心理學原理，怎樣才能讓你轉移關注的焦點，又能專心地看著魔術師表演，東野圭吾的小說戲法可是下足了功夫。

主角脇坂是一個愛好滑雪的大學生，陰錯陽差被捲入一個闖入民宅的殺人竊盜案，死者是他先前打工認識的八十歲老人，而案發現場竟然採集到他的指紋，案發前一天，也有鄰居目擊了這名大學生在私宅窗外張望的畫面，這下子簡直百口莫辯，要洗脫嫌疑可沒那麼容易，一場冤獄勢所難免。為了證明自己是清白的，脇坂和社團好友波川打算逃亡，不，他們的首要任務是找到那個滑雪場的目擊證人，但問題來了，除了知道對方是個美女單板滑雪客以外，其它線索一無所知。故事就在這樣籠罩著資訊不足的情況下開始發展，閱讀的過程也好像跟隨著東野預先裝設的隱藏攝影機，一步步追逐嫌犯逃亡的軌跡以及追捕的警方這邊偵察的動向，讀者也加入了這場驚險刺激的捉迷藏遊戲。

前不久，才跟友人一起去戲院看《解憂雜貨店》的劇場版，深深為著故事人物宿命般的因緣與邂逅所交織出的人情風景感動落淚，覺得東野描寫的人物確實很能打中讀者的內心深處，觸動那些脆弱而敏感的神經，開啟未曾有過的心靈視野。《雪煙追逐》又恰好是另一種人生的迷茫和理想追尋的幻夢呈現，那些你不曾察覺到的事物，例如暗自萌生的戀情、事業的展望與孤注一擲的賭注、無法違抗的上級命令與職場上的權力競逐、理所當然的正義與刻意被忽略的辦案方向，到底是哪種心態決定了一個人的想法和他朝向的命運道路？

如果真相像正規的滑雪道一樣，那它一定會在路的分叉處，不斷地延展各種可能性，讓那些不諳滑雪的人們，迷失了自己的方向，更何況還有禁滑區域，唯有專業者可以在那裡享受私密的滑雪樂趣而不會受困，秘訣就在於是否熟知地形環境因素，這些滑雪的知識和技巧在本書裡面，全部運用來作為推理破案的另一層隱喻。

人生就像滑雪場，要能享受它的樂趣，你必須做足功課，鍛造自己成為一個能夠充分運用地形環境的特色、在裡面能自在悠遊的人，但所有的裝備和雪衣，既是追捕者循線搜索的目標，同時也可以是偽裝。你明知在這麼大的滑雪場要找一個人是如此艱難，每個人都穿上厚厚的雪衣，戴著雪帽和墨鏡，臉上還裹著圍巾，任何一個人要在這裡躲藏都很容易，除非你確知他穿的那套雪衣的顏色和特徵，滑雪板也可能會露餡，但動作始終沒有間斷的追逐戰到了關鍵時刻，劇情卻不斷急轉直下，讓人目不轉睛，深怕錯過了什麼重要線索。

為了追尋曾出現在眼前，卻又消失不見的那個「女神」，我們的主角脇坂可是賭上了性命在找人，另一方面，命案轄區警員小杉和白井二人組得知有利的線報也緊追其後，衝到了故事中虛構的里澤溫泉滑雪場，一場螳螂捕蟬黃雀在後的戲碼，讓人瞖上腺素飆升。好幾幕場景是差一點就可以找到「女神」卻又眼睜睜看著她溜走，或是找不對人，到底杯子的乒乓球在哪裡？迷霧一般的懸念始終揮之不去，這也增添了故事的可看性。你以為的真相未必是真正的真相，從一開始我們就著了東野圭吾的道，他很清楚讀者會往哪個方向想，但事實偏偏就在彷彿觸手可及的另一端，享受被騙的樂趣倒也很好，心情也隨著劇情上下起伏，既然老天爺都決定站在無辜的大學生這邊，就麻煩神啊幫幫忙，讓他能如願洗刷冤罪還他個清白吧，我不禁在心裡這麼祈禱著。

好在老天有眼，案情有了全新的線索，只待讀者參與最後的解謎過程。我想起電影《全面啟動》和《007：惡魔四伏》的雪地追逐戰畫面，我相信本作若拍成電影絕不會輸給上述兩部電影，甚至更勝一籌，好精采的花式滑雪炫技，沒想到推理小說也能這樣寫，實在太令人驚豔！你非得親眼見證才行。

1

白雪飄舞，不大不小，很適合滑雪。

脇坂龍實下了吊椅纜車後，沒有坐下來，就直接扣上後腳的固定器，然後迅速滑了起來。一個人來滑雪的最大優點，就是不需要花時間等其他人完成裝備。

他滑了一陣子，暖身很充分。應該差不多了。他開始滑向每次必滑的地點。

他原本採取左腳在前的站姿，不時切換為右腳在前，在整地完善的中級程度滑道上滑行。這裡是享受割雪滑行的理想斜坡，但並沒有太多滑雪客的身影，大家應該都知道，前方是未壓雪的高手滑道，如果不是剛下過雪，幾乎整個區域都是貓跳滑道。

龍實當然也瞭若指掌，但他另有目的，所以還是繼續向前滑。

滑過壓雪的部分後，雪地的起伏越來越粗糙。在適度柔軟的雪地上滑行很舒服，也很有樂趣，只是這段滑道並不長。昨天似乎沒有下雪，前面應該就是貓跳滑道。自己大清早起床，一個人開車來這裡，並不是為了在這種地方滑雪。

他想要前往的目標地點近在眼前。龍實在控制滑板的同時，四處張望了一下。幸好沒有其他人。其實即使有旁人，只要不是愛管閒事的巡邏員，都不需要太在意，只是任何人都不希望違規的時候被別人看見。

斜坡左側是一片樹林，樹林前方拉起了紅色繩索。不用說，繩索內是禁滑區域，但龍實還是加速滑向繩索。

終於看到了目標地點。他壓低上半身，把頭用力一低，迅速滑了過去。

他順利鑽過繩索下方，利用剛才的速度，一口氣衝上了坡道，但千萬不能大意，接下來必須在間隔狹窄的樹木之間穿梭，積極展開攻勢，所以必須更加小心謹慎，但也嚴禁過度謹慎，導致速度過慢。因為樹林中都是未壓雪區，有些地方完全沒有坡度，一旦滑板陷進雪地無法動彈，就沒戲唱了。

順利滑過樹木密集的區域後，視野突然開闊起來。腳下是一片完美的粉雪區域，這裡是只有內行人才知道的秘境。

龍實沒有放慢速度，快速飛了進去。飽滿的粉雪輕輕托起他的滑板，他靠著重力向下滑行，那種飄浮和疾速的感覺，簡直就像是踩在孫悟空的觔斗雲上。雪、雪、雪，風、風、風。如果和朋友一起來滑雪，他們一定會高聲歡呼。這種美妙的感覺，正是滑雪讓人欲罷不能的原因。粉雪區太棒了。

置身天堂般的時間並無法持續太久。在廣大的山區中，只有一小部分坡度適宜，而且樹木不太密集的區域，所以，前方又是一片樹林密集的區域，但這種緊張的感覺也不錯，滑起來也很開心。

前方有一個人影，穿著紅白雙色的滑雪裝，頭戴黑色安全帽。因為手上沒有拿滑雪杖，所以應該是單板滑雪客。從身材來看，應該是女生。她站在樹木之間，不知道在幹什麼。難道發生了什麼意外嗎？

龍實滑過去一看，發現並不是發生意外。那個女生正在拍照，而且在自拍。她手拿相機，手臂伸得筆直。可能一直無法拍到她想要的角度，所以不停地偏頭表示不滿。

龍實緩緩滑過去問她：「要不要我幫妳拍？」

「啊？」滑雪客轉頭看著他。

龍實做出拍照的動作，用比剛才更大的聲音問：「要不要我幫妳拍？」

「啊，可以嗎？」她的聲音有點沙啞，但聽起來很年輕。

「當然可以啊，妳想要怎麼拍？」

她拿著相機，單腳離開滑板，以重心在前腿的姿勢滑向龍實。

「前方有一片看起來像心形的風景，你看得到嗎？」說完，她轉身看向後方，指著遠處問。

「啊？心形？」

「那裡不是有一棵很高的樹，上方的樹枝不是分開嗎？後方是山脈的稜線，看起來剛好是心形。」

「喔……」龍實順著她手指的方向看去，一時沒看出來。將視線上下左右移動後，突然看到了那個圖形。樹枝形成了心形的下半部分，稜線形成了心形的上半部分。

「喔，我看到了，太有趣了，原來可以組成一個心形。」

「我想在背景中拍出這個心形，但一直拍不好。」

「我知道了，我來幫妳拍。」

龍實解開右腳的固定器，接過相機。因為戴著雪鏡看不清楚液晶畫面，所以把雪鏡推到毛線帽的上方。

「我站在哪個位置比較好？」那個女生問。

「再往後退一點。妳要拍全身嗎？」

「不，只要上半身就好。」她緩緩後退時回答。

「那就差不多在那個位置。那我要拍囉，來，笑一個。」

那個女人舉起右手，比了一個勝利的手勢。因為臉被雪鏡和頭巾遮住了，所以看不到她臉上的表情。

「再拍一張，以防萬一。」龍實說完，正準備舉起相機。

「啊，那等一下。」那個女生把雪鏡推到安全帽上方，把頭巾拉了下來。

龍實不由得一驚。她的一雙大眼睛微微上揚，讓人聯想到好勝的貓。雖然稱不上是巴掌臉，但下巴很尖，鼻子也很挺。完全是龍實喜歡的類型。

但龍實並沒有看著她出了神，決定角度後，按下了快門。

她又以重心放在前腿的姿勢滑向龍實，龍實把相機交還給她。她看著螢幕上的照片，用手指環成圓圈說：「拍得真好。」

「謝謝你，太好了。」

「妳經常來這裡滑雪嗎？」龍實問。

「也不算經常，滑雪季會來幾次，這裡是我喜歡的滑雪場之一。」

「我就知道，不然不可能在這裡滑，這裡只有內行人才知道。」

她把相機放進口袋，聳了聳肩說：

「雖然知道不應該跑來禁滑區域，但有時候就是忍不住，這樣很不好，對不對？」

「如果要這麼說，我也同罪。」

「來這裡才能拍到好照片，謝謝你。」說完，她戴好頭巾，把雪鏡拉了下來。龍實看到她的安全帽旁貼了好幾張星形的粉紅色貼紙。

「妳一個人來嗎？」龍實忍不住問了有點在意的事。

女滑雪客扣上後腳的固定器後，點了點頭說：「對啊。」

「是嗎？我也是一個人。」

「一個人滑雪很輕鬆吧？」

她說這句話，簡直就像是看穿了龍實的心思。因為龍實原本想要邀她一起滑雪，聽到她這麼說，只好回答：「是啊。」

「妳平時都在哪裡滑雪？」龍實無奈之下，只好改變話題。

「我的主場在里澤，今天在這裡滑一陣子之後，等一下再回去那裡。」

「原來是里澤溫泉滑雪場。」龍實用力點頭，那裡是日本最大的滑雪場，「我還沒去過，聽說很大，而且雪質也很棒。」

「超棒的，希望你有機會去體驗一下。」

「一定會去。這一季，妳還會去好幾次吧？」

「當然要啊，這是冬季唯一的樂趣。」

「啊，和我一樣。」

「那就祝我們都能夠好好享受，而且都不會受傷。後會有期。」說完，她揮了揮手，滑了出去。

龍實也急忙扣好固定器滑了起來，跟在她的身後，看她滑雪的樣子，就知道是高手。她靈巧地在密集的樹林中穿梭，姿勢華麗而充滿動感，揚起陣陣雪煙，她的背影好像在說，別以為我是女生就小看我。轉眼之間，就和龍實之間拉開了距離，消失不見了。

不一會兒，正規的滑道出現在前方。龍實和剛才闖入禁滑區時一樣，從繩索下方鑽了出去。

他看向下方的斜坡，不見剛才那個女生的身影。她可能還沒有回到正規滑道，打算從其他路線滑下來。

太遺憾了，原本還想和她多聊幾句。早知道應該邀她一起滑，即使遭到拒絕，反正自己也不吃虧——他帶著懊惱繼續滑雪。雖然只看了她一眼，但她的面容深深烙在腦海中。

下午三點多，他才回到停在停車場的車子旁。換好衣服，把滑雪板、雪鞋丟進了後行李箱，去自動販賣機買了一罐咖啡，坐在駕駛座上喝了起來。接下來要開好幾個小時的車回東京。他用力拍了拍臉頰，振作一下精神。

2

抵達東京車站的三十分鐘前，放在胸前內側口袋裡的手機響了。這不是他的私人電話，而是任職單位提供的手機，應該說，是強迫他必須帶在身上的手機。小杉敦彥有一種不祥的預感，起身離開座位的同時，把手機拿了出來。

「我是小杉。」他走到連廊時，用生硬的語氣接起了電話。

「出差的情況怎麼樣？」上司南原陰陽怪氣地問。

「累死了，」小杉回答，「搭早上第一班新幹線去仙台，然後走了一天，除了吃午飯的時間以外，完全沒有停下來休息。」

「你在回程的新幹線上應該有睡一下吧？」

「這一陣子有點失眠，好不容易快睡著了，又被這通電話吵醒了。」

「哼。」南原用鼻孔噴著氣，「好不容易忙完一天的工作，正準備回家喝杯啤酒時，接到工作的電話，難免會心生警戒。」

自己沒有理由，也沒有義務回答：「沒這回事。」小杉直截了當地問：「發生什麼事了嗎？」

南原故弄玄虛地停頓了一下說：「有案子。」

小杉並不意外。自己出差準備回家，如果上司打電話來閒聊，那就真的太不識相了。

他正準備問是什麼案子，南原接著說：「是命案。」

小杉一時答不上來，他希望自己聽錯了。

「呃，」他清了清嗓子，「你剛才說什麼？」

「我知道你不願相信，因為我也一樣，但很遺憾，我既沒有騙你，也不是開玩笑，真的發生了命案。命案現場是三鷹市N町的一棟獨棟房子，強盜殺人，家中的財物被搶走了。住在那棟房子裡的八十歲老爺爺遭到殺害。」

小杉聽了，不由得感到鬱悶。這次並不是小混混打架，結果在盛怒之下殺了對方這麼簡單的事件。

「呃，股長，」小杉抱著一線希望問，「兇手呢？」

「還沒有抓到，也沒有人自首。」

果然是這樣。小杉拿著手機，垂下了腦袋。

「所以，」南原說：「目前已經展開第一波搜索，雖然我知道你很累，但你到東京之後，立刻趕去現場，越快越好，地址是——」

「等一下。我今天原本打算直接回家，所以安排了很多事情，我可以先回家一趟嗎？」

「沒時間了，你一個人住，應該沒問題吧？」

「我忘了把貓的飼料拿出來。」

「貓不會這麼輕易餓死，放心吧，今天晚上會讓你回家。我告訴你現場的地址，你記一下。」

小杉恨得牙癢癢的，從西裝口袋裡拿出記事本，潦草地記下了南原告訴他的住址。

「我想你應該知道，這麼大的命案，應該不會只有我們分局負責偵辦工作。」

聽到上司這句話，小杉的心情更沉重了，「所以會成立搜查總部嗎？」

「一定會。」南原斷言道。

「明天應該就會在我們分局成立，搞不好一大早就會召開偵查會議，所以也必須做好準備。明天之後，恐怕會有一陣子沒辦法回家了。那就先這樣。」

南原說完，不等小杉的回答，就掛上了電話。

小杉克制著想把手機摔在地上的衝動，走回了車廂。一看手錶，已經下午五點多了。

他從東京車站搭了中央線，在離命案現場最近的車站下車後，攔了計程車。N町是安靜的住宅區，有很多獨棟的房子。小杉一下計程車，立刻知道是哪一棟房子。因為那棟房子前停了好幾輛警車，還有不少圍觀的民眾。門牌上寫著姓氏「福丸」。

「小杉哥。」聽到有人叫他，轉頭看向聲音傳來的方向，後輩白井正走向他。白井學生時代打橄欖球，虎背熊腰，卻有一張娃娃臉。聽說在他的獨生女兒就讀的那家幼稚園，小朋友都叫他麵包超人。

「仙台怎麼樣？有沒有吃牛舌？」白井很愛吃，即使別人去出差，他也會調查當地的美食。

「我哪有那種閒工夫啊，走了一整天，累死了。」小杉咬牙切齒地說。其實他中午吃了牛舌，但沒義務說實話，「早知道該搭更晚的新幹線回東京。」

「真可憐。」

「情況怎麼樣？」小杉指著眼前那棟房子問。

「鑑識作業還沒有完成，目前還無法進入，但已經提供了照片。」白井手上拿著平板電腦。

「其他人呢？」

「和機搜的成員分頭去附近探訪了。」

南原說得沒錯，已經展開第一波搜索。

「股長呢？」

「正在分局內向被害人家屬了解情況。」

小杉嘆了一口氣。雖然很累，但現在沒時間發牢騷。

他們向一旁的員警打了聲招呼，兩個人一起坐進停在旁邊的警車後車座。

「下午四點十二分，勤務指揮中心接獲報案。一個女人說，她的家人遭到殺害。報案人很緊張，說明的情況也毫無頭緒。附近派出所的兩名員警立刻趕去現場，確認了狀況。那時候，那個女人也稍微平靜了些，終於能夠好好說話了。」

白井告訴小杉，報案的女人是這戶人家的家庭主婦，名叫福丸加世子。加世子非假日的上午十點到下午三點在附近的超市打工，之後，會和同事聊一會兒再回家。今天也一樣，在四點之前回到家時，發現玄關的門沒有鎖，當時並沒有感到太意外。雖然在公司上班的丈夫不會這麼早回家，但和他們同住的公公在家，公公經常忘記鎖門。

加世子進門後，直接去了廚房，所以並沒有立刻發現異常。當她走去客廳時，才終於發現不對勁。因為客廳的矮櫃前，各種東西散落一地，拉出來的抽屜也翻了過來。

加世子衝出客廳，敲著隔壁房間的門，喊著公公的名字。因為公公的房間就在客廳隔壁。房間內沒有人應答，她擔心不已。雖然平時不會擅自打開公公的房門，但這時顧不了這麼多。一打開門，最先看到電視開著，接著就看到——

「情況就是這樣，」白井將手上的平板電腦轉向小杉。

照片上是鋪著榻榻米的和室，一個身穿居家服的老人趴在地上，旁邊有一個棋盤。白井操作著螢幕，又顯示了另一張照片。那是老人脖子的特寫，上面有一道紫色的痕跡，顯然是勒痕。

「凶器呢？」

「還沒有找到。」

白井說，被害人名叫福丸陣吉，今年八十歲，以前是公司的高階主管，目前除了年金以外，並無其他收入。只有長子秀夫、長媳加世子和他同住，兩個孫子工作之後，都搬離了老家。

「聽股長說，好像被搶走了財物。」

「放在客廳抽屜內的二十萬現金不見了，他們平時都習慣把生活費放在那裡，加世子太太在出門的時候，錢還在抽屜裡。」

「還有沒有其他失竊的財物？」

「被害人房間內可能有東西被偷走，但通常只有當事人知道，所以也無法確認。他的兒子和媳婦，以及兩個孫子的房間在二樓，似乎並沒有發現兇手闖入的痕跡。兇手可能已經得手現金，所以決定趕快逃走。」

「闖入途徑呢？」

「鑑識股的人剛才大致看了一下，後門和窗戶都從內側鎖住，沒有遭到破壞的痕跡，研判可能是從大門出入。」

小杉瞥了一眼房子的方向，「有沒有監視器？」

白井皺著眉頭，搖了搖頭說：「沒有裝。」

「是喔。」小杉嘆了一口氣。每次發生類似的事件，都忍不住想要抱怨，為什麼政府不強制民眾裝設監視器。

白井把手伸進內側口袋，拿出智慧型手機。似乎有人打電話給他。

「喂，我是白井……我現在和小杉哥在一起……知道了，馬上就回去。」白井掛上電話後，看著小杉說：「是股長打來的，叫我們馬上趕回分局。」

「發生什麼事了？」

「不知道。」白井偏著頭說：「希望股長不會叫我們去做一些麻煩事。」

他們走下警車，走了一段路，來到大馬路上，攔了計程車。

回到分局，發現分局內一片慌亂。年輕的員警抱著事務機器和電話、傳真機，在原本就不寬敞的走廊上快步走來走去，準備搬去即將成立搜查總部的禮堂。每個人都臉色鐵青，對轄區分局的警察來說，成立殺人事件的搜查總部是最令人憂鬱的事。因為不僅需要分局提供人力支援，而且還會增加開支，上司的心情當然也就特別差。

小杉和白井一起走進刑事課，南原和另一名下屬正站著說話。南原那張冷淡的馬臉看著小杉，言不由衷地說：「不好意思，我知道你很累。」

「目前是什麼狀況？」小杉問。

「就是你看到的狀況，」南原巡視周圍，「大家都在忙，你也趕快加入。」

「我已經加入了。」

小杉正準備脫下大衣，南原制止了他，「不用脫了，要請你馬上去找一個人。」

「找誰？」

「散步員。」

「散步員？」小杉皺起眉頭，「那是誰？」

「死者家屬說，福丸家之前養了一條柴犬，被害人負責每天帶牠去散步。半年前，被害人腰受傷之後，無法長時間走路，但不帶狗出門散步，狗太可憐了，於是僱用了一名散步員。」

「他們家有養狗嗎？」小杉問白井。

白井偏著頭：「我沒看到。」

「上個月生病死了，」南原說：「死的時候十五歲，對狗來說，已經算很長壽了。原本就生了病，腳受了傷之後無法動彈，病情更加惡化，最後就死了。問題在於牠受的傷，是在散步時被腳踏車撞到的。那天是僱用的散步員帶狗去散步，被害人勃然大怒，認為一定是散步員走路沒有看好，才會讓狗被撞到，於是就解僱了他。」

南原又補充說，那是三個月前的事。

「你認為那個散步員和這起事件有關？」

「這是去探訪的偵查員提供的線索。昨天白天，鄰居的家庭主婦看到有人向福丸家中張望，但那個人並不是陌生面孔，之前曾經在路上遇見過。」

「該不會就是剛才提到的那個散步員？」

「叮咚，答對了。」南原用粗獷的聲音，說著完全不像是他會說的話，豎起了食指，而且從桌上拿起一張照片，「在向家屬了解那個人的身分之後查了一下，就是這個人。」

照片似乎來自駕照的資料庫，照片上是一個年輕男子，看起來不到二十五歲，下巴很尖，眼尾有點下垂。不知道有什麼不滿，面無表情地看著鏡頭。

「你有沒有聽說兇手闖入的途徑？」南原問。

「聽白井說，目前認為是從玄關的大門進出。」

南原左右搖晃著食指，舌頭發出「嘖嘖嘖」的聲音。

「鑑識股的人原本這麼認為，但情況發生了變化，家屬提供了重大的線索。兇手有可能從後門出入。」

「後門？福丸太太出門的時候，忘記鎖門了嗎？」

「不，據她說，絕對鎖了門，但有備用鑰匙。」

「備用鑰匙？」

「信箱底部裝了一個小型容器，後門的備用鑰匙就藏在裡面。據說是用這種方式防止出門沒帶鑰匙時被關在門外，剛才已經請鑑識股的人確認，鑰匙的確在裡面。」

「有誰知道那裡有備用鑰匙？」

「死者家屬說，應該只有他們一家人知道……」南原沒有說下去，似乎話中有話。

「也有可能並不是這樣？」

南原點了點頭。

「因為柴犬養在戶外，院子裡也有狗屋，但天氣不好的時候，會讓狗從後門進入屋內。被害人腿不方便，很可能曾經把放備用鑰匙的地方告訴散步員。」

小杉再度看著那張照片。

「死者家屬對這名散步員的評價如何？」

「只知道他是開明大學四年級的學生，除此以外，對他並不了解。聽說是被害人的朋友介紹的，因為都是在他們夫妻不在家的時候帶狗出門散步，所以他們和散步員很不熟。」

「是喔。」

「有這些線索就足夠了，你趕快去找這個年輕人。」南原說完，遞給他一張便條紙，上面寫了姓名和地址，應該也是從駕照的資料庫中找到的。

「電話號碼呢？」

「他們夫妻並不知道，但被害人知道，所以應該很快就知道了。知道之後，會馬上通知你。好了，你現在就去找他。」南原手心向下，上下甩著手，似乎在趕人。

「喂，南原。」就在這時，門口響起低沉的聲音。即使不必看，也知道誰進來了。

小杉轉過頭，看到刑事課長大和田大步走了過來。他的四方臉上有兩道濃眉，大家在背後都叫他「木屐」。

「附近的監視器怎麼樣了？我不是已經下令扣押所有的監視器錄影帶了嗎？」

「目前正在進行。」南原直挺挺地站在那裡回答。
「所以呢？有沒有從錄影帶中發現什麼？」
「不，接下來才要分析……」
「在磨蹭什麼？趕快著手進行啊。萬一到時候功勞被一課那些人搶走怎麼辦？無論如何，在他們來這裡之前，逮捕兇手這件事必須有點眉目，你應該很清楚這件事吧？」
「是，我當然清楚。」南原因為太緊張，回答的聲音變得很尖。
「今天晚上、今天晚上是關鍵，必須動員分局內所有員警，掌握破案線索，即使證據有點勉強，我也會同意抓人。」
「是，我們將全力以赴。」
白井用手肘輕輕捅了捅小杉的側腹，小聲地說：「我們快走吧。」
「這樣比較好。」
小杉和白井一起離開了辦公室，背後傳來大和田對著南原大吼大叫的聲音。
「木屐課長是怎麼回事啊？脾氣比平時更暴躁。」小杉邊走邊問。
「聽說局長請求警視廳搜查一課派人支援。」
「果然是這樣。話說回來，發生了搶劫殺人事件，而且目前兇手不明，當然會請求一課的支援。」

「大和田課長得知這次由一課的哪一股負責這起案子之後，心情突然變差了。我剛才稍微聽到幾句，好像是輪到七股值勤。」

小杉忍不住停下了腳步，「七股？真的嗎？」

所謂「值勤」，就是在警視廳待命，隨時可以加入偵查的狀態。當成立偵查總部時，基本上就由那一股的成員出動。

「有什麼不妥嗎？」白井問。

「七股的花菱股長是大和田課長在警察學校時的同學，」小杉壓低嗓門說，「他們從以前就水火不容，一直在暗中較勁。雖然兩個人都是警部，警階都一樣，但一個在警視廳，一個在轄區警局，誰高誰低，早就已經見分曉了。」

「喔喔喔，原來是這樣啊。」

「一旦成立搜查總部，就由警視廳掌握了主導權，轄區警局只能淪為負責安排和跑腿之類的打雜，大和田課長原本就覺得很屈辱，更何況這次由天敵花菱股長掌握實質的指揮權，他當然覺得很不爽。」

「難怪他會要求在一課來這裡之前，逮捕兇手這件事必須有點眉目。」

「因為一課來了之後，除了第一波搜索的紀錄，還必須交出所有的資料。」

員警抱著一個大紙箱走過他們面前，臉上已經露出疲態。他們也在為成立搜查總部做準備工作。

「如果這個人是兇手，事情就簡單了。」小杉看著南原交給他的便條紙。地址在三鷹市，名叫脇坂龍實。

3

根據便條紙上的地址，找到一棟兩層樓的舊公寓，看外觀就知道房間很狹小。這一帶有好幾所大學，可能是專門租給學生的公寓。

脇坂龍實住在一樓最裡面那一間，門旁停了一輛框架已經生鏽的腳踏車，小窗戶內黑漆漆的。

因為找不到門鈴，小杉直接敲了敲門，但沒有人回應。脇坂同學、脇坂同學。小杉叫了兩次，屋內沒有動靜。

好像不在家。小杉嘀咕道。

「可能出門吃晚餐了，要不要等一下？」白井提議。

「好吧。」小杉在回答時，看向隔壁的房間。雖然門上沒有掛名牌，但窗戶亮著燈光。

小杉走到隔壁住戶門口，敲了敲門。「來了。」屋內立刻傳來了應答聲。

「可以打擾一下嗎？」小杉問。

「哪一位？」

「我們是公家單位的人，有事想要請教你。」

雖然屋內的人沒有回答，但傳來了動靜。不一會兒，聽到打開門鎖的聲音，門打開了，但掛著門鍊。

一個年輕男人從門縫中探出頭。看起來像是學生。

小杉出示了警察證，「不好意思，這麼晚打擾你。」

年輕人瞪大了眼睛，臉上露出害怕和驚訝的表情。

「我們想要向你打聽一下住在隔壁的脇坂同學。」

「打聽什麼？」

「你平時和脇坂同學有來往嗎？」

年輕人的眼神不安地飄忽起來，「遇到時會聊幾句，因為我們讀同一所大學。」

「開明大學嗎？」

「對。」年輕人回答，「但不同系，我讀工學系，他讀經濟系。」

小杉問了他的姓名，他叫松下廣樹，和脇坂一樣，都是四年級。

「脇坂同學好像不在家，你知道他去了哪裡嗎？」

松下搖了搖頭，「我不知道，我和他沒那麼熟。」

「你今天一直在家嗎？」

「不，上午去了學校。差不多……三點左右回家。」
「之後呢？有沒有出門？」
「沒有，一直在家裡。」
「脇坂同學呢？他在家嗎？」
「不太清楚……」松下偏著頭，「不好意思，我沒有特別留意，所以不知道。」
「你沒看到他？」
「是啊，今天還沒見過他。」
「他家裡也沒有動靜嗎？」
「可能有動靜，只是我沒注意，這棟公寓的牆壁很薄，外面的聲音也很吵。」
「你知道脇坂同學的手機號碼嗎？」
「不，我不知道。」
「你們有沒有相互傳過訊息？」
「沒有，如果有事，直接去找他比較快。」
「你有沒有辦法聯絡到和脇坂同學很熟的人？」
松下露出為難的表情偏著頭。
「經常有朋友來找他，但我都不認識。」
「是喔。」

一無所獲。小杉有點失望。從這個年輕人口中顯然問不出什麼有用的線索。

「可以了嗎？我在寫明天要交的報告。」

「喔，真對不起，謝謝你的協助。」

小杉道謝後，松下露出訝異的表情點了點頭，關上了門。他直到最後，都沒有拿下門鍊。

「不中用的傢伙。」

小杉剛咕噥完，放在大衣內側的手機響了。是南原打來的。

「我是小杉。」

「有沒有見到脇坂？」

「他不在家，目前也不知道他去了哪裡，我們正打算在這裡等他。」

「那棟公寓沒有和他很熟的人嗎？」

「剛才問了鄰居，好像和他不太熟。」

「是喔。對了，你們沒有碰門把吧？」

「門把？什麼意思？」

「我在問你，有沒有碰脇坂租屋處的門把，還是說，已經碰過了？」南原不耐煩地問。

小杉轉頭看向脇坂龍實的房間，注視著門把回答說：「沒碰啊。」

「好，你們就在那裡待命，鑑識股的人馬上就到了，他們要採集門把上的指紋，你們不要讓任何人碰門把。」

「現場發現了兇手的指紋嗎？」

「就是我剛才告訴你的，藏在信箱下方的後門備用鑰匙，鑑識股調查之後，發現上面有不是被害人和福丸夫婦的指紋，而且顯然是最近留下的指紋。那對夫妻的兒女說，他們這一年都沒有碰過，所以很可能是兇手留下的指紋。」

「在現場也發現了相同的指紋嗎？」

「現場有很多指紋，目前正在比對。情況就是這樣，你們繼續留在那裡，知道了嗎？」

「好。」小杉回答後，掛上了電話，向白井說明了情況。

「後門備用鑰匙上留下了指紋嗎？兇手會留下指紋嗎？」白井抱著雙臂，微微偏著頭說。

「誰都會不小心犯下疏失，尤其是剛殺了人，可能滿腦子都想著逃跑的事，沒有顧慮到這些細節。」

他們正在聊天，不知道從哪裡駛來一輛廂型車，停在公寓前的馬路旁。滑門打開，兩名戴著帽子的鑑識人員走下車。小杉認識他們。

「加班辛苦了。」年紀稍長的鑑識人員笑著向他們打招呼，「我們都很辛苦啊。」

「明天會更辛苦。」小杉說，「因為警視廳的人明天要來。」

「哈哈哈，那倒是。」鑑識人員雖然附和表示同意，但態度很從容。類似這次的事件中，轄區分局的鑑識人員在第一波搜索時就完成了大部分的工作，不必被警察廳的人使喚，所以才能這麼老神在在。

「是哪一戶？」

「那一戶。」小杉指著脇坂龍實的房間說。

「那輛腳踏車也是他的嗎？」

「應該是。」

年長的鑑識人員點了點頭，向年輕的搭檔小聲說了幾句話，兩個人很快開始作業。年輕的鑑識人員採集了門把上的指紋，年長的負責採集腳踏車上的指紋。

4

龍實喝完第三罐發泡酒時，才聽到手機來電鈴聲。和他一起喝酒的波川省吾告訴他：「你的手機好像在響。」

他從掛在牆邊衣架上的登山連帽外套口袋裡拿出手機，螢幕上顯示的是住在隔壁的鄰居松下廣樹的名字。

他回撥了電話，電話馬上就接通了。松下劈頭就問：「你人在哪裡？」松下好像刻意壓低了聲音。

「我在波川家喝酒，你要不要一起來？報告寫完了吧？」

沒想到松下陷入了沉默，龍實正準備問他：「怎麼了？」松下搶先問他：「你沒事吧？」

「有什麼事？」

「因為……好像出了很大的事。」

「很大的事？」

「剛才，警察來我們公寓，他們好像在找你。」

「警察？為什麼？我沒違反交通規則啊。」

「不是，應該不是違反交通規則。不是穿制服的警察，而是穿著西裝和大衣，我猜想他們是刑警。因為我覺得好像會捲入什麼麻煩，所以他們問我的時候，我在情急之下說了謊，說我和你不熟，但他們一直問我，你今天在不在家，家裡有沒有動靜之類的問題。我猜想是在調查你有沒有不在場證明。」

「不在場證明？那是幹嘛？是在演推理劇嗎？」龍實把手機拿在耳邊，對著波川笑了起來。

「我沒有開玩笑，之後我在家裡豎起耳朵，聽到了他們的對話。他們好像打算從你的房門上採集指紋，而且之後真的又有其他人上門，在你家門口忙了一陣子。」

「喂喂喂，等一下，」龍實把右手上的手機換到了左手，重新盤腿坐好，「為什麼要採集我的指紋？」

在一旁聽著他講電話的波川臉色大變。

「我聽他們說，好像是要和不知道什麼東西上的指紋進行比對，好像是什麼備用鑰匙。」

「備用鑰匙？」

「嗯，我好像聽到他們說是後門的備用鑰匙。」

怎麼回事啊？龍實正想這麼問，突然想到一件事，忍不住「啊！」了一聲。

「怎麼了？是不是想到了什麼？」松下問。

「我想到一件事，我問你，你說的警察或是刑警還在我家門口嗎？」

「現在不在，不知道去了哪裡。」

「是嗎？不好意思，如果有什麼狀況，可不可以請你馬上和我聯絡？」

「沒問題啊，但你不回來嗎？」

「我會回去，但要先想一下怎麼處理。」

「好。」

「那就拜託了。」

「嗯，脇坂，那個……」松下有點吞吞吐吐，「他們搞不好是在偵辦什麼大案子。」

「啊？為什麼？」

「他們在提到備用鑰匙時，有一個刑警說，剛殺完人之後如何如何，所以我猜想可能是殺人命案……」

「……怎麼可能？」

「我真的聽到他們這麼說，但可能搞錯了，反正我先告訴你一聲。」

「好，我知道了。」

「那就先這樣。」松下說完，掛上了電話，龍實注視著手機。

「發生什麼事了？」波川擔心地問，「又是不在場證明，又是指紋，就像你說的，都是推理劇中經常聽到的字眼。」

龍實看著朋友的臉，搖了搖頭，「我也搞不清楚是怎麼回事，但警察好像在找我。」

「啊？」波川皺著眉頭，龍實向波川說明了松下告訴他的情況。

「後門的備用鑰匙是怎麼回事？你知道嗎？」

「我知道。」龍實回答，「但說來話長。」

「那就盡可能長話短說。」

「好。」

整件事必須從之前打工的事開始說起。

去年秋天，龍實研究室的大學教授問他願不願意接一個很簡單的打工。一問之下，得知是要帶一個老人飼養的柴犬去散步。只要每天上午帶狗出門散步一個小時，報酬還不錯。那個老人是教授不時造訪的圍棋俱樂部的棋友，去年腰受了傷，無法帶狗出門散步，正在為這件事傷腦筋。

龍實立刻去了老人家，見到了那個老人——福丸陣吉，以及他飼養的柴犬舔舔。福丸是一個溫厚的老人，話不多，似乎很中意龍實。舔舔可能也上了年紀，乖乖的，很聽話，不會亂叫。他們當場就談妥了，龍實也在當天就帶狗出門散步。

除了下雨的日子，龍實幾乎每天都去福丸家。舔舔也很快就和龍實變得親近，只要一看到他，就會搖著尾巴原地踏步。福丸似乎也認定他值得信賴，所以告訴他，後門的備用鑰匙藏在信箱下面。因為下雨的時候，要用備用鑰匙打開後門，把舔舔帶進屋內。

「但是，我告訴你備用鑰匙的事，千萬別讓其他人知道。」福丸老爺爺說完，向他眨了眨眼。

一切都很順利，但可能因此鬆懈了。在和福丸老爺爺、舔舔漸漸熟絡之後，帶舔舔出門散步時，不再像一開始那樣小心謹慎。

結果，那一天——

龍實在帶狗散步時心不在焉。因為他滿腦子都在思考已經獲得內定的那家公司的事，待遇如何，收入如何。他回想著在報考那家公司時，曾經仔細調查過的事項，雖然明知道現在去想這些事也是白費腦力，但還是思考著那家公司到底好不好。他手上握著狗繩，但注意力渙散，根本沒有看著舔舔。

一輛腳踏車迎面騎了過來，騎車的是一位像是家庭主婦的中年女人。她沒有放慢速度，試圖從龍實身旁鑽過去。下一剎那，就聽到舔舔「汪嗚！」的叫聲，和家庭主婦的慘叫聲。回頭一看，舔舔好像嚇癱似地坐在地上。

腳踏車撞到了舔舔，牠的腳受傷了。

中年女人堅稱狗被龍實的身體擋住了，所以她無法看到，騎過龍實身旁時才看到狗，所以閃避不及。

雖然龍實完全可以反駁，但他很擔心舔舔的情況，問了那個中年女人的電話後，立刻打電話給福丸。福丸聽了大驚失色，請他帶舔舔去動物醫院。

把舔舔送去牠平時就診的動物醫院，醫生檢查後發現，牠的右前腿骨折了。福丸得知後，難得大發雷霆地責罵龍實散步時到底在幹什麼。龍實知道福丸多麼溺愛舔舔，所以沒有反駁，當福丸對他說「你明天不用來了」時，他也只是鞠躬道歉說：「對不起，我知道了。」

那天之後，他就沒再見過福丸爺爺和舔舔，但並不是沒有想起他們。相反地，他經常為這件事感到後悔，好幾次覺得應該上門道歉，只不過最後並沒有付諸行動。

昨天剛好有事去福丸家附近。雖然他覺得和福丸爺爺見面有點尷尬，但很想見見舔舔。不知道牠怎麼樣了，不知道身體好不好。他想了解舔舔最近的狀況。

他走到福丸家門口，向屋內張望，但前門看不到狗屋所在的後院情況。他猶豫了一下，按了門鈴。

但是，沒有人應門。福丸爺爺似乎不在家。

他原本打算離開，但又覺得既然已經來到這裡了。他並不是要找福丸，只要能見到舔舔，就心滿意足了。

打擾了。他小聲說著，打開了前門，走進院子。如果福丸家的人回來，只要實話實說就好，所以並沒有罪惡感。

關上大門後，看到了信箱。同時想起福丸爺爺曾經告訴他鑰匙的事。不知道那把備用鑰匙是否仍然藏在秘密地方？他有點在意，於是去確認了一下。

那把備用鑰匙仍然藏在和以前相同的地方。他得知這件事後，忍不住竊喜。可能是知道別人家的秘密，讓他產生了一絲優越感。龍實把鑰匙拿在手上打量之後，又放回了原來的地方。

他繞過房子，走到後院，看到了熟悉的狗屋，但舔舔不在。他以為有人帶舔舔出門散步，看向狗屋時，發現狗屋上方和以前一樣，寫著「舔舔的家」幾個字，但是旁邊寫著「一月十九日去世」。

剛好是一個月前。

龍實感到沮喪不已。舔舔年紀大了，內臟有很多疾病，那次骨折可能讓牠的病情更加惡化了。

他不經意地向狗屋內張望，發現一條舊狗繩丟在裡面。他握在手上，頓時感到懷念不已，想起了以前拉著舔舔散步，或是舔舔走在前面，拉著他散步的情景。雖然相處的時間不長，但他覺得自己和那條狗心靈相通。回想起舔舔被腳踏車撞到時的情景，再度感到痛心不已。自己讓舔舔受苦了——

把狗繩握在手上時，不由得想要帶回家留作紀念。他把狗繩揉成一團，塞進了口袋。因為既然丟在那裡，自己帶回家應該也沒問題。

走出大門後，他心不在焉地打量著房子，剛好遇到鄰居。之前帶舔舔散步時，曾經好幾次遇見那個女人，但不知道她叫什麼名字。龍實向她欠身打招呼後，就轉身離開了。

「不太妙喔。」波川聽完龍實的話，抱著手臂說道，「我整理了你說的情況，發現目前的狀況對你很不利。」

「你怎麼整理的？」

「首先，」波川說著，豎起了食指，「警方的確在偵辦某起案子，如果松下沒有聽錯，很可能是殺人命案。我認為命案的現場，應該是你之前當散步員的福丸家，他們家有人遭到殺害。」

「怎麼可能……？」

「如果不是這樣，不可能提到後門備用鑰匙的事。警方認為兇手很可能使用了那把備用鑰匙犯案，所以正在調查鑰匙上留下的指紋是誰的。你剛才說，鄰居大嬸看到了你，那個大嬸可能告訴了警察，昨天中午，以前當散步員的學生在福丸家門前張望，所以警方才會比對你留在租屋處門把上的指紋。這麼一想，就可以合理解釋所有的事情。」

波川不愧是法律系的學生，分析起來有條有理。雖然龍實覺得匪夷所思，但除此以外，想不到其他可能性。

「原來是這樣啊。」龍實皺著眉頭，抓了抓頭，「既然這樣，那我就告訴他們實情，說我昨天擅自走進了庭院。雖然可能會挨罵，但那是我自作自受。」

波川露出好像在看怪物的表情，盯著龍實的臉。

「你還不了解事情有多麼嚴重。」
「有多嚴重？」
「你站在警方的立場思考一下，他們會相信你的說詞嗎？」
「不管他們相不相信，事實就是這樣啊。而且聽松下說，警察正在調查我的不在場證明。也就是說，命案是今天發生的，鄰居大嬸是昨天看到我，兩者根本沒有關係。」
波川緩緩搖著頭。
「警方一定懷疑你在前一天去察看現場，即使我是刑警，也會要求你主動到案說明。」
「如果要我去說明，我就去啊。我是清白的，不管怎麼問都沒關係。」
波川指著龍實的胸口問：「你有辦法證明嗎？」
「啊？」
「你剛才說，你是清白的，所以我問你是否有辦法證明。正如你所說的，命案應該是在今天發生，你今天一整天在哪裡，又做了什麼？」
「我可以回答這些問題啊。我今天去滑雪，一大早起床，開車去了新潟的新月高原滑雪場，晚上七點多回到東京。原本打算回家，但接到社團損友的電話，說老家寄來了真空包裝的炭火烤土雞，所以就來吃了。」

龍實說的社團損友，當然就是指波川。他們剛才還在大啖炭火烤土雞。

波川嘆了一口氣，「我剛才也說了，你必須有辦法證明啊。」

「當然可以證明，因為我真的去滑雪了。」

「你晚上七點多才到這裡，我可以為你之後的不在場證明作證，但之前的不在場證明，我就無能為力了。你要怎麼證明你去滑雪？」

龍實想了一下後回答說：「我有纜車券啊。」

波川很受不了地搖了搖頭。

「你以為這可以成為證據嗎？你可以一大早去滑雪場，然後再回來東京啊。」

「那我還有其他證據。」龍實從長褲口袋裡掏出皮夾，從裡面拿出高速公路的收據，「你看，上面有時間和日期，我上午九點下了新潟的湯澤交流道，晚上七點從練馬交流道下來。」

沒想到波川還是直搖頭說：「不行啊。」

「為什麼？」

「中間不是相隔了十個小時嗎？如果搭新幹線，來回只要五個小時。你完全有可能開車下了湯澤交流道後，停好車，搭新幹線回東京。犯案之後，再搭新幹線回去湯澤，去滑雪場買纜車券後，再開車回東京。」

「為什麼要做這麼麻煩的事？」

「當然是為了製造不在場證明。」波川很乾脆地回答，「可見是預謀犯案，事先準備了不在場證明。」

「太莫名其妙了。」

「警察會懷疑所有的可能性，千萬別小看他們。一旦他們認定這傢伙是兇手，即使有一些反證，他們也不會輕易放棄懷疑。」

「我什麼都沒做。」

「我知道，所以我才問你，有沒有辦法證明自己是清白的。」

「證明……證明……」龍實說不出話，用力抓著頭。

5

鑑識股的人完成作業，回分局後大約一個小時，接到了南原的電話。南原在電話中指示，要搜索脇坂龍實的住家，叫他去向房東借鑰匙。雖然小杉和白井向公寓的其他住戶打聽，但並沒有人和脇坂很熟，也沒有人知道他去了哪裡。大部分住戶都是開明大學的學生，但那所大學很大，學生人數也很多，所以校友意識很薄弱。

於是，小杉和白井站在離脇坂的公寓三十公尺外的便利超商門口，喝著熱咖啡，準備等脇坂回家。

聽南原說，那把備用鑰匙上的指紋，和脇坂租屋處門把上，以及腳踏車上採集到的指紋一致，於是決定以非法侵入住宅罪，向法院聲請了逮捕令。

「但現在已經晚上了啊，這麼晚搜索住家嗎？」

通常不會在天黑之後搜索住家。

「搜查一課的人明天就來了，萬一被他們搶走功勞怎麼辦？課長命令，要趁今天晚上把能夠處理的事情處理完畢。」

你是課長的傀儡嗎？小杉很想這麼頂撞南原。

「有他的手機號碼了嗎？」

「已經知道了，被害人的手機上有他的號碼，但目前還沒有和他聯絡。假設脇坂是兇手，他可能會逃跑，目前還不希望他發現自己遭到懷疑。」

「是這樣啊。」

「你去向管理員借鑰匙時，記得確認他的房屋租賃契約內容，上面應該有他老家的住址，和保證人的聯絡電話。」

「知道了。」

小杉掛上電話後，向白井轉達了南原的指示。

「搜索住家嗎？如果像你說的，脇坂是兇手的話，不是很快就可以結案了嗎？」

「很難說，搞不好是股長為了討好木屐課長，所以貿然行事。」

他們回到公寓，小杉又敲了敲剛才那個姓松下的學生住家的門，聽到裡面傳來「來了」的回應。

「剛才打擾了，可以再麻煩一下嗎？」

室內傳來動靜，打開了門鎖。門打開了，松下的瘦臉從門內探了出來，這次鬆開了門鍊。

「又打擾了，真不好意思。」小杉微微舉起手，他覺得對一個學生說話，不需要像剛才那麼恭敬。

「又有什麼事嗎……？」

「這棟公寓的管理員？或是房東在哪裡？」

「房東森田先生就住在隔壁。」

「喔，原來是這樣，謝謝，沒其他事了。」

這棟公寓就叫「森田公寓」。

「我去。」白井說完，快步走去隔壁。

「請問，」松下開了口，「請問你們在調查什麼案子？」

小杉揚起單側的嘴角苦笑著說：

「我知道你很在意，但不能告訴你，萬一你去推特之類的地方亂說話就慘了。」

「我才不會這麼做。」松下並沒有關門，露出試探的眼神看著小杉，「該不會是、殺人命案……？」

小杉收起臉上的笑容，看著眼前這個學生還帶著青澀的臉，「你為什麼會這麼覺得？」

「沒為什麼……只是亂猜的。」

「你的鄰居脇坂同學看起來會做這種事嗎？脾氣很粗暴嗎？」

「不，沒這種感覺。」

「那你為什麼會這麼覺得？」

「啊……不是啦，那個，」松下的眼睛周圍紅了起來，「因為、那個，剛才剛好聽到你們在這裡說話。」

剛才和白井說話時，似乎被他聽到了。

「我們有說命案嗎？」

「我好像聽到了。」

「好像嗎？是喔。」小杉抓住松下的肩膀，用力拉了過來，在他耳邊小聲地說：「不許告訴任何人，知道了嗎？」

小杉鬆手之後，松下一臉害怕地頻頻點頭，然後關上了門。

不一會兒，白井回來了。

「真傷腦筋啊，雖然借到了鑰匙，但房東森田先生閃到了腰，早上就沒辦法動彈，他太太也不在家，所以我們搜索住家時，他無法在一旁見證，該怎麼辦？」

「真傷腦筋啊。」

搜索住家時，當事人必須在場。如果當事人不在家，需要有人在一旁見證。

白井拿出手機，拍下了脇坂的房屋租賃契約，他老家的住址在愛知縣豐橋市。保證人那一欄中填寫的應該是他父親的名字。

「聽森田先生說，脇坂有車子，距離這裡二十公尺的地方，是森田先生名下的空地，其中一部分租給脇坂做為停車場使用。」

「車子？現在呢？停在那裡嗎？」

「我剛才去看了，那裡沒車。」

「哪一款車？車牌呢？」

「我寫下來了。」

白井打開記事本。那是一輛國產的四輪傳動廂型車，是「豐橋」的車牌。

既然停車場內沒車，很可能是脇坂開走了。難道他已經打算逃亡了？

小杉站在公寓前，思考著這些事，一輛廂型警車停在公寓前，南原從車上走了下來。他帶了兩名年輕的下屬，似乎打算親自搜索住家。

「脇坂還沒回來嗎？」南原板著臉，看著小杉他們問道。

小杉搖了搖頭，「還沒有。」

南原低吟一聲，「不知道是剛好外出，還是猜到自己會遭到懷疑而逃亡……」

「脇坂的手機應該是智慧型手機吧？不如聲請令狀，用GPS追蹤他的下落。」

只要有令狀，就可以請手機公司協助，提供手機GPS的定位資料。

「雖然很想這麼做，但一旦開始搜尋，脇坂的手機就會接到通知。」

「是嗎？那可不太妙啊。」

以前要追蹤GPS的定位資料時，必須通知當事人，現在已經放寬了相關規定，但很多手機都有自動通知的功能。如果脇坂是兇手，一旦發現自己的位置遭到追蹤，很可能會逃跑。

「去他房間搜索，這是最直接的方法。如果他在搜索時回家，就立刻要求他主動到案說明。搜索他房間的主要目標，是萬圓大鈔。如果是從福丸家偷來的，上面可能會有被害人或是死者家屬的指紋，除此以外，還有狗繩。」

「狗繩？散步時用的繩子嗎？」

「對，剛才接到家屬的電話，放在被害人房間佛台上的狗繩不見了。從死者脖子上留下的勒痕來看，很可能用來做為凶器。」

「果真如此的話，應該早就丟掉了吧。」

「不要在搜索前就輕言放棄，」南原瞪著他，「除此以外，還要扣押所有有助於了解脇坂目前下落的證物。」

「有一個問題。」

小杉告訴南原，目前找不到見證人。

「他的鄰居不是在家嗎？就找鄰居啊。」南原若無其事地說。的確可以找鄰居當見證人。

「走囉。」南原對下屬說。

小杉帶著他們前往脇坂的租屋處，然後再度敲響了松下的門。

松下一打開門，立刻露出驚訝的表情。他可能發現刑警的人數增加了。

「有一件事想拜託你，我們等一下要搜索住家，可不可以請你當見證人？」

松下張了張嘴，似乎在說「搜索住家」，但並沒有發出聲音。

「那就拜託你了。」南原在一旁出示了文件。搜索扣押許可狀——也就是俗稱的搜索令。

「呃……請問見證人要做什麼事？」

「什麼都不必做，只要在旁邊看著我們搜索就好。你應該會答應吧？」南原盛氣凌人地問。

「好，如果我可以勝任的話。」

「好。」南原轉頭看著下屬說：「那就開始吧。」

白井用戴上手套的手，打開了房間的門鎖。打開門後，走進屋內。兩個年輕的下屬也跟在他身後，小杉也跟著進了屋。

但是——

裡面只有一間三坪大的房間和一個小廚房，根本不需要四個大男人作業，而且房間內放了床和桌子，連站的地方都沒有。小杉轉身走出房間。南原在門外抽著菸，似乎一開始就不打算進屋搜索。松下穿著羽絨衣，站在不遠處。

「兇手是脇坂嗎？」小杉小聲問道，以免被松下聽到。

「我認為是他，」南原說話格外用力，「雖然鄰居是昨天看到他，但我覺得他應該是去勘察地形。當時被害人去醫院，福丸家沒有人，所以他以為今天也沒人在家，打算溜進去偷錢，結果被害人發現了，於是他就拿起一旁的狗繩勒死被害人。」

「股長，」小杉把臉湊到南原的臉旁，「你說話太大聲了。」

「喔喔。」南原皺了皺眉頭，瞥了松下一眼，皺了皺眉頭，「沒關係啦，反正很快就會知道了。」

南原似乎認定脇坂就是兇手。

就在這時，白井在室內大叫了一聲：「股長！」

「怎麼了？」南原站在門口問道。

白井走到門口，舉起手上的東西說：「找到了這個。」那正是一條狗繩。

6

波川說，最好把手機關機。

「警方可能會利用GPS定位追蹤，而且手機和智慧型手機原本就會發出電波，很快就可以查到使用哪一個基地台，你還是關機比較安全。」

「但這麼做，不是反而會引起懷疑嗎？」

「他們早就在懷疑你了，」波川指著龍實說：「趕快關機。」

波川說話的語氣不容爭辯，龍實無法反駁，只好乖乖把手機關機了。

波川拿起自己的手機操作起來。他說要傳訊息給松下，如果想要聯絡，就打他的電話。

龍實腦筋一片混亂。起初還抱著開玩笑的心情聽波川分析，但漸漸發現整件事的嚴重性。

「警方真的會像你剛才說的那樣嗎？」龍實問波川。

「我剛才說的哪樣？」

「就是先用非法侵入民宅的罪狀逮捕我。」

「喔，」波川把手機放在桌子上，「我認為他們這麼做的可能性相當高。」

「怎麼會這樣？」龍實抱著頭。

波川認為，警方會以非法侵入民宅逮捕龍實後，讓他招供更大的罪——殺人罪。

「怎麼可以這麼做？太卑鄙了。」

「這是日本警察的慣用手法，在缺乏關鍵性證據時，就會用他案逮捕的方式。一旦逮捕，就可以拘留你十天，上限是二十天。在這段期間內，會徹底偵訊，威脅恐嚇、軟硬兼施，無所不用其極，就是為了讓你招供。」

「不管他們用什麼方式，我沒有殺人，不可能承認。」

「你真是太傻太天真了，你知道為什麼冤罪無法從這個國家消失？就是因為嫌犯長時間遭到偵訊，精疲力竭，為了逃避這種痛苦，承認了自己根本沒有做過的事。有些刑警更惡劣，會在偵訊時說什麼不妨先承認，如果真的是清白的，到法庭上說清楚。但是，一旦認罪就完蛋了，因為偵訊筆錄會做為證據呈上法庭。所以，我提醒你，萬一真的遇到這種情況，千萬不能承認，要堅持到最後。」

「等一下，你是認真的嗎？」

「早就沒在和你開玩笑了。」

「這下慘了。」

龍實想要站起來，波川抓住了他的手臂，「你要去哪裡？」

「那還用問嗎？當然是警局啊，我要告訴他們，根本不是我幹的，我昨天去後院，是為了看舔舔。」

「你沒在聽我說話嗎？如果你主動投案，當場就會遭到逮捕。」

龍實抓著頭，快要哭出來了。「那我該怎麼辦？」

波川聽了他的問題，皺著眉頭，陷入了沉思。這時，波川的手機響了。「是松下打來的。」波川說完，接起了電話，「喂，我是波川……嗯……啊？搜索住家？」他瞪大了眼睛。「……嗯……嗯，啊？是這樣啊？等一下，你來告訴脇坂。」波川把手機遞給龍實。

「喂，搜索住家是怎麼回事？」龍實問松下。

「情況很不妙啊。」

松下用緊張的聲音說明了情況，龍實快暈了。福丸家今天果然發生了殺人命案，而且是強盜殺人。

最令龍實崩潰的是，他帶回家的那條狗繩被刑警當作重要證物扣押了。用他們的話來說，就是「發現了凶器」。

「脇坂，你真的沒殺人吧？」松下小聲問道。

「我怎麼可能做這種事？我是昨天去福丸先生家，那條狗繩是從狗屋拿的。」

「但我聽刑警說，這下子罪證確鑿了。」

「為什麼？為什麼會這樣？」

「我怎麼知道？我只是聽到刑警這麼說而已。」
「他們說，狗繩是凶器？」
「他們的確是這麼說的。」
龍實完全陷入了混亂，不由得思考起來，為什麼刑警這麼說。
他恍然大悟。因為他想到一件事。「啊，該不會……？」
「怎麼了？」
「舔舔有兩條狗繩，是同一個牌子，只是顏色不一樣，一條是新的，另一條是舊的。用來做為凶器的，應該是那根新的，不是我帶回來的這一條。」
「原來是這樣，那很有可能，但那幾個刑警很振奮，你最好趕快採取行動。」
雖然松下這麼說，但龍實不知道該怎麼辦。波川看到他沉默不語，向他伸出手，示意龍實把手機給他。龍實默默把手機還給他。
「我是波川，警察目前在幹嘛？……是喔，知道了。我等一下和脇坂討論後再決定。不，我覺得你最好不要輕舉妄動……嗯，如果有什麼情況，隨時和我們聯絡。」
波川掛上電話後看著龍實，「搜索住家似乎已經結束了，但刑警還沒有離開，應該在等你回家。」
「如果我現在回家，就會遭到逮捕嗎？」
「百分之一百二十，」波川斷言道，「他們要以非法入侵民宅罪的罪名逮捕你，也是無可奈何的事，但你不能在目前的狀況下遭到逮捕，在遭到逮捕之前，必須掌握能夠證明你並沒有犯下強盜殺人罪的證據。」

「我沒殺人啊。」龍實上下揮動著拳頭。

「如果你這麼說就有用，就不需要警察了。無論如何，都必須證明你今天去了新月高原的滑雪場。」

「即使你這麼說……」龍實回想著自己在滑雪場的行動，「那種地方，不是都會設置監視器嗎？不知道有沒有拍到我。」

波川注視著龍實的臉說：「你打算把自己的人生賭在這麼不可靠的事上嗎？」

「什麼人生，你也未免太誇張了。」

「你別忘了，你目前涉嫌強盜殺人，你知道有多少人因為冤罪而毀了人生嗎？別不當一回事，趕快想一想有什麼方法可以證明你今天的行動。比方說，有沒有在滑雪場遇到了熟人之類的。」

「沒有啊，」他說完這句話，用手扶著額頭時，突然想到一件事，「啊，有了……」

「有什麼？」波川探出身體。

「雖然不是熟人，但我在樹林裡的未壓雪區域，和一個單板滑雪的女生聊了幾句，我看她自拍好像不成功，所以就幫她拍了照。」

波川用力嘆了一口氣。

「既然這樣，你為什麼不早說？既然有證人，你的不在場證明就完美無缺了，你馬上和她聯絡。」

「但我沒問她的電話……」

波川立刻皺起眉頭，「那她叫什麼名字？」

「我也沒問……因為誰想得到會發生這種事？」

波川低吟著，抱著雙臂，「完全沒有線索嗎？」

「有一條線索，她說里澤溫泉的滑雪場是她的主場。」

「里澤溫泉？長野縣的？」

龍實點了點頭。

「聽她說話的語氣，好像今天或是明天就會回去那裡。她技術超好，去那裡的話，也許可以打聽到。」

「如果你看到她，能夠認出她嗎？」

「應該可以，拍照的時候，她把雪鏡移開了，超正點。」

「好！」波川拍了拍盤著的雙腿。

「把她找出來。找到她，才是證明你清白的最好方法。應該說，這是唯一的方法。」

「去找她？什麼時候？」

波川看了一眼鬧鐘後，露出銳利的眼神看著龍實。

「警方清查你的交友關係，搞不好今天晚上就會來這裡，所以最好馬上就出發。」

「馬上？連住宿都不找？」

「住宿的地方，到那裡自然會有辦法，最好趕快行動。」

「等一下。」

「怎麼了？」

「我身上沒錢。」

「啊？」

「我的存款都用光了，房租也還欠著沒繳。」

波川用冷漠的眼神看著龍實，「你欠了房租，還去滑雪嗎？也不去打工，而且還走高速公路。」

「因為不知道什麼時候會下雪，所以今年冬天都沒打工。進公司上班之後，日子就沒這麼悠閒了。」

「你的工作搞不好也不保了。」波川用手掌做出砍頭的動作。

「簡直是惡夢。」龍實仰頭看著天花板。

「你身上有多少錢？」

「呃……」龍實拿出皮夾，裡面只有幾張千圓紙鈔。

「下個星期家裡就會寄錢給我，原本可以撐到下星期，誰知道會遇到這種事。」

波川用力嘆了一口氣，皺著一張臉說：

「好吧，那我陪你一起去。仔細想一想，你自己去找一個連名字也不知道的女人應該有點難。」

「真的嗎？太好了，感激不盡。」

「里澤溫泉滑雪場嗎？聽說那裡的雪質超棒的，我以前就想去那裡滑雪，沒想到會以這種方式去那裡。」

波川站了起來，打開衣櫃，裡面有一塊圖案花稍的滑雪板。

7

要找的第五個男學生似乎和家人同住，地址上並沒有房間號碼。根據地址找到之後，發現是一棟氣派的獨棟歐式房子，門牌上寫著「駒井」的名字。一看手錶，已經超過晚上十點半了，雖然明知道沒有事先聯絡，在這個時間登門造訪不太妥當，但小杉還是按了對講機的門鈴。

「哪位？」對講機中傳來男人的聲音，聲音中充滿警戒。
「不好意思，這麼晚打擾。我是警察，有事想要請教一下，不知道方便嗎？」
「啊？有什麼事？」
「不必擔心，和府上沒有關係，只是想請教令郎幾個問題。」
「我兒子？」
「對，不會打擾太長時間。」
男人沒有回答，直接掛上了對講機。不一會兒，玄關的門打開了，一個穿著開襟衫，年約六十歲的男人走了出來。他走到大門，小杉出示了警察證。
「請進。」男人雖然打開了門，但臉上充滿狐疑。
「打擾了。」小杉打了聲招呼，走進了門。
走進屋內，男人大聲叫著兒子的名字。一個戴著眼鏡，皮膚白淨的年輕人從二樓走了下來。
「這位是警察，」父親說，「好像有事要問你。」
年輕人沒有回答，不安地眨了眨眼睛。
「你是駒井保吧？」小杉站在脫鞋處問道。
「是啊。」
「你應該認識脇坂同學吧？就是你們經濟系四年級的脇坂龍實同學。」

「認識啊，三年級的時候，我和他是同一個研究小組。」
「最近呢？你們關係好嗎？」
「不算關係好……我們平時也不會一起玩。」
「你知道脇坂同學的好朋友的名字和電話嗎？」
「雖然我不知道他們關係有多好，但經常和他在一起的是——」
駒井說了三個人的名字，但都不知道他們的電話。
「我們系上人很多，知道電話的反而沒幾個。而且脇坂有很多其他系的朋友，像是社團的朋友之類的。」
「是什麼社團？」
「我記得之前聽他說過，好像是戶外活動的社團，冬天去滑雪，夏天去溯溪。」
小杉想起剛才搜索住家後，白井他們聊天時提到，脇坂家裡有很多單板滑雪相關的器材和DVD。
「社團的名字是什麼？」
「我不知道。」駒井回答得很乾脆。
「脇坂同學今天好像出門了，請問你知道他去哪裡嗎？是不是學校有什麼活動？」

「沒有活動啊。現在這個季節，他應該去滑雪了吧？」駒井說話的語氣越來越隨便，可能得知和自己毫無關係，心情放輕鬆了。

「了解了，不好意思，這麼晚還上門打擾。」小杉向駒井父子鞠了一躬，轉身走出玄關。

今晚就到此為止。雖然是在辦案，但這麼晚登門還是太失禮了。

聽鑑識股的人說，在脇坂龍實家發現的狗繩，和死者脖子上的勒痕一致，很可能就是凶器，因此，目前必須傾全力找到脇坂的下落，但手上幾乎沒有任何線索，簡直一籌莫展。即使調查了搜索住家後扣押的東西，也沒有發現任何顯示他交友關係的線索，他的朋友資料應該都在手機裡，所以完全找不到任何通訊錄或是名冊之類的東西；他平時應該都習慣使用電子郵件，所以租屋處也沒有任何信件。

無奈之下，只能根據他大學的相關資料，找到幾個同學的聯絡方式，只不過那幾個同學未必和脇坂很熟。果然不出所料，登門確認後，所有同學的反應都和剛才的駒井差不多。

小杉很擔心脇坂可能已經逃亡。因為向手機公司查詢基地台位置後，發現他的手機沒有發出電波，也就是已經關機了。如此一來，就很難追蹤到他的下落。

他邁著沉重的步伐回到分局，南原一臉不悅地坐在那裡，兩隻腳蹺在桌子上。

「一無所獲嗎？」南原看著小杉，低聲問道。

「只能明天之後再繼續了。」

「明天一早，就要召開偵查會議，警視廳一課的人當然也會來。」

「應該吧。」

「他們會根據今天第一波調查的結果，認為首要目標，就是追查脇坂的下落，到時候，我們就只能支援他們。我們做好所有的準備工作，結果好處都被他們拿走。」

「這就是轄區警局的命運。」

南原狠狠瞪著他。

「我說小杉啊，如果在探訪時掌握什麼消息，要先向我報告，不能先告訴警視廳的人。」

「我認為這麼做也是徒勞，我們根本不可能搶在警視廳前面破案。」

「少囉嗦，反正照我說的去做就對了。」

聽到南原咬牙切齒地這麼說，小杉沒有反駁，順從地應了一聲：「好。」南原也知道這是白費力氣，但必須在課長大和田面前表現一下。

「今晚我先回家了。」

「好，辛苦了。」

小杉拿起放在自己座位上的皮包。今天自己還去仙台出了差。真是漫長的一天。但想到也許明天更加漫長，心情不由得沉重起來。

8

波川的手機響了。他說了一、兩句話之後，立刻掛上了電話。

「藤岡打來的，他已經到了。」

「等一下要怎麼向他說明？」龍實問。

波川想了一下，聳了聳肩說：「看到他之後，再來思考這個問題。」

他們扛著滑雪板等行李，走出家門。

走出公寓，一輛灰色的ＳＵＶ停在馬路旁。坐在駕駛座上的藤岡打開車門，走下了車。

「這麼晚出發，要去哪裡？」藤岡一派輕鬆地問道，他是龍實他們社團的學弟。

「等一下再告訴你。」波川說完，向龍實使了一個眼色。

龍實快步走向附近的投幣式停車場。他的車子停在那裡。但那並不是他名下的車子，而是他叔叔的。他叔叔以前喜歡開著這輛廂型車四處跑，之後因為工作太忙，沒時間開車，所以就給龍實開。他用便宜的價格，向房東經營的停車場租了車位，但租金還欠著沒繳。

他開著車子回到公寓前，停在藤岡的車子後方。

「脇坂學長不是有車嗎？」藤岡看到龍實從駕駛座走下車，瞪大了眼睛，「既然這樣，為什麼還要向我借車子？」

「這是有原因的，」波川回答，「而且事情很複雜。」

藤岡後退半步，「我不知道比較好嗎？」

「不，還是稍微知道一點比較好，而且也有事情要拜託你。」

「……什麼事？」

「最近，更確切地說，也許明天就會有警察來找你。」

藤岡瞪大了眼睛，微張著嘴巴問：「真的假的？」

「他們應該會問你，知不知道脇坂龍實在哪裡。」

藤岡細長的臉慢慢轉向龍實，「學長，你做了什麼？」

「我什麼都沒做。」龍實立刻回答：「沒騙你。」

「那警察為什麼要找你……？」

「剛才不是說了嗎？事情很複雜。」波川說，「所以，有一件事要拜託你。今天晚上的事，絕對不要告訴任何人，包括見到我們，還有借車子給我們的事。不管誰問你，你都要堅稱不知道、不了解。」

「萬一問你們的電話呢？如果說不知道，不是反而很奇怪嗎？」

波川皺著眉頭，搖了搖頭說：

「這種普通的問題可以回答，只要隱瞞今天晚上的事就好。警察一定會向你發出各種指示，你不需要反抗，就照他們說的去做就好。」

藤岡眨了好幾次眼睛，再度看向龍實問：「你真的什麼都——？」

「我沒有！」龍實跺著腳說：「相信我。」

「還有一件事要拜託你，」波川豎起食指，「脇坂的車子，你負責保管一下，小心不要讓熟人看到。」

藤岡用左手摸著嘴角，微微低下頭，似乎在思考。最後好像突然想到了什麼，看著波川腳下的行李問：「你們要去哪裡？」

「不好意思，不能告訴你。你也最好不要知道。」

「但你們是去滑雪場吧，還帶了滑雪板。」他指著滑雪板說。

波川站在行李前說：「你就當作沒看到。」

「……好吧。」

龍實把行李從自己的車上拿下來，把車鑰匙交給藤岡，「那就拜託了。」

「脇坂學長，別嫌我囉嗦……」

「我什麼都沒做，你夠了沒有！」

藤岡點了點頭說：「我相信你。」

「我們也相信你。」波川說，「你要遵守約定。」

「我知道。」藤岡說完，坐上了車子。

目送排氣的聲音很大，但動作並不敏捷的車子離去後，龍實和波川把自己的行李放進藤岡的車子。

龍實坐在駕駛座上。波川雖然有駕照，但平時從不開車。

一看時間，晚上十一點多。龍實回到東京才四個小時，連他自己都難以相信，幾個小時前，自己還在新潟的湯澤。

沒想到現在竟然要去長野縣的里澤溫泉滑雪場，這樣真的沒問題嗎？他不由得感到不安，但現在並沒有時間仔細思考，必須去滑雪場找到那個女生。

「只能祈禱不要遇到酒測。」龍實對著手心吐氣，嗅聞有沒有酒味。接到松下的電話之後，就沒有再喝酒，但之前喝的酒應該還殘留在體內。

「還要注意不要超速，拜託你開車小心點。」坐在副駕駛座上的波川說，「另外，不要走高速公路。」

「啊？為什麼？」

「為了以防萬一。如果警方知道我們開這輛車，馬上就可以利用N系統查到我們的下落。」

「N系統？」

「就是車牌自動讀取裝置，雖然國道上也有裝，但高速公路的出入口都有裝，所以最好還是避開。」

波川雖然自己不開車，但很了解這些情況。

「啊，要走普通道路喔，那要怎麼走？」龍實操作著自動導航系統，用不使用收費道路的模式開始搜尋。

不一會兒，導航系統就顯示了地圖，龍實整個人倒在駕駛座上，「哇噢，要這麼走啊，一定會累死，不知道要開幾個小時。」

「就走這條路，到那裡時，天應該亮了，剛好不必擔心今晚的住宿問題。」波川仍然很冷靜，「出發吧，先去便利商店買些食物。」

龍實發動引擎，正準備出發時，聽到有人敲車窗的「咚咚」聲音。一個年輕女生站在副駕駛座那一側的門外。

波川打開窗戶，「嗨，怎麼了？」

「你要出門嗎？」那個女生問波川，他們似乎認識。

「是啊，有點事。」波川轉頭看著龍實，向他解釋說：「我們住同一棟公寓。」然後又轉頭問那個女生：「有什麼事嗎？」

「可不可以載我去N車站？因為我臨時要去朋友家。」

N車站離這裡有一段距離，走路要將近二十分鐘。

「拜託了。」她合起雙手說道。

波川一臉為難地看著龍實問：「怎麼辦？」

龍實也很猶豫，雖然很麻煩，但原本就會經過N車站，而且這麼晚了，讓一個女生單獨走這段路似乎不太安全。他想了一下說：「我沒問題啊。」

「上車吧。」波川對她說。「謝謝。」她興奮地坐進後車座，龍實確認她上車後，放下了手煞車。

「太好了，超幸運。原本想到這麼晚出門，心情就很憂鬱，這條路很多地方都很暗。呃，你是波川的朋友嗎？」她問龍實。

「是啊。」

「不好意思，你們是不是在趕時間？」

「也沒有啦……」

「啊，你們要去滑雪嗎？」她似乎發現了後方的行李，「要去哪個滑雪場？」

「這是秘密。」波川說：「是不能告訴別人的秘境。」

「是喔，我好想知道。」

「下次告訴妳。」波川回答後，指著前方小聲地對龍實說：「便利商店。」前方左側有一家便利商店，龍實放慢速度，轉動了方向盤。

在停車場停了車之後，波川對那個女生說了聲：「妳在車上等一下。」然後和龍實一起下了車。

「不好意思，惹上了麻煩。」波川小聲地說。

「沒關係，不會有影響。」

「不瞞你說，我和她曾經有過一次，所以不好意思拒絕。」

有過一次。當然是指曾經和她上過床。

「我就知道是這麼回事。」

「她和你之間沒有交集，所以警察不會去問她。即使真的問了她，被警方知道我和你在一起也沒關係，反正他們早晚會發現。」

「我也這麼覺得。」

「為了以防萬一，我的手機等一下也會關機，否則被追蹤就慘了。」

「不好意思，都是因為我的關係。」

「別在意，這也是難得的經驗。」

「聽你這麼說，我就放心了，不過，我問你一件事。」

「什麼事？」

「你只上過她一次嗎？」龍實用大拇指指著車上問。

波川停下腳步，轉頭看向後方，然後皺著眉頭看向龍實說：「我是這麼認為的。」

「這麼沒把握？」

「好幾次趁著酒興，做了一些不規矩的事，但我認為那些不算。」只有你這麼認為。龍實很想這麼說，但目前欠他一份人情，所以就沒吭氣。

買完食物和飲料，回到車上。那個女生一邊滑手機，一邊對他們說：「回來啦。」龍實發現她看波川時，流露出不像是對待普通朋友的熾熱眼神，但龍實假裝沒看到。

在N車站讓她下車後，龍實和波川出發前往里澤溫泉滑雪場。波川打電話給松下，確認了目前的狀況。松下說，仍然有警察守在公寓附近。

「他們應該會二十四小時監視，直到抓到你為止。」波川說完之後，操作著手機，「現在，我也成為被追緝的目標了。」

他關掉了手機。

9

雪面在朝陽下閃閃發亮。

插完最後一根竿子後，確認了繩索的鬆緊度。用手搖了幾次，似乎不必擔心會鬆動。紅色繩索內側的區域是積了厚厚一層雪的樹林，樹木之間完全沒有任何滑行的軌跡。對自己的滑雪技術稍有自信的人，看到這麼理想的雪況，會忍不住想要鑽進繩索，但絕對不允許這種情況發生。因為這個斜坡下方有溪流，而且有很多地方容易雪崩。兩年前，有一名外國滑雪客埋進雪堆裡，差一點窒息。找到那個外國人的滑雪客雖然救了人，但也同樣違反了規定，所以不值得稱讚。

根津昇平確認了時間，距離滑雪場開始營業的時間還有三十分鐘。如果其他巡邏員也都按計畫完成工作，所有禁滑區應該都已經拉上了繩索。

回到停在滑道旁的雪上摩托車，後輩巡邏員長岡慎太從相反方向走了過來。

「都完成了。」

「辛苦了，那我們回去吧。」

根津騎上雪上摩托車，長岡坐在他的後方。原本裝了大量繩索和竿子的拖車已經空了。很少有人知道，滑雪場每天的營業結束後，都會回收那些繩索，隔天早上再重新裝設。如果一直放在雪地裡，萬一晚上下大雪，可能會被埋進雪地。

「積了不少雪啊，差不多有五十公分吧。」長岡大聲問道，根津懶得扯著嗓子回答，只是點了點頭。

這一陣子降雪量很少，原本有點擔心，但昨晚開始下雪，積雪量應該有三公尺左右。雪是滑雪場的財產。

雪上摩托車穿越了里澤溫泉著名的滑道「天際飆速滑道」。摩托車盡可能沿著滑道旁邊行駛，讓早起的滑雪客能夠盡情享受剛壓過雪的滑道。以今天的雪況，可以盡情享受像用刀子在割雪地般的割雪滑行。

從天際飆速滑道進入家庭滑雪區時，根津放慢了速度。雖然還沒有開始營業，滑道旁已經出現了人影。遠遠看去，就知道那是誰。這一陣子，這兩個人經常在這裡出沒。

根津把雪上摩托車駛到她們面前後，停了下來。

「早安。」根津熄了引擎。

那兩個人都是女生，異口同聲地說：「早安。」

「妳們還是這麼認真啊。」

「因為只剩兩天了。」其中一個女生——瀨利千晶說。不知道是否打算馬上就滑雪，她一身滑雪裝扮。戴著安全帽，安全帽外還戴了雪鏡，腳下放著倒扣的滑雪板。

「到底需要準備什麼？不就只是新郎和新娘滑下來而已嗎？——對不對？」根津徵求坐在後方的長岡的同意。

「好像沒那麼簡單，我也搞不太清楚。」

「那怎麼行！」千晶聽到長岡的回答，不服氣地嘟著嘴說：「不是已經充分說明了嗎？」

「不好意思，其實我還是搞不太清楚，但我會在婚禮之前記住。」長岡一臉歉意地說。

「喂，妳未來的姊夫竟然說這種話。」千晶對著她身旁的女生說，那個女生穿著粉紅色滑雪衣，戴著毛線帽。

「別擔心，我會在後天之前好好訓練他。」成宮莉央笑著說，「慎太哥，明天要特別訓練。你要有心理準備，要好好記住攝影的位置和流程。」

「真傷腦筋啊。」長岡無力地嘆了一口氣，「原本就覺得很丟臉，恨不得能夠逃走。」

「現在不要抱怨了。」千晶把手扠在腰上說。

「真傷腦筋。」長岡又重複了一次。根津聽了，忍不住苦笑起來。

他們正在討論後天即將舉行的那場活動。這場活動正是長岡的婚禮。他的結婚對象是莉央的姊姊成宮葉月。葉月和長岡一樣，是在里澤溫泉村長大的女生。

但是，那並不是普通的婚禮，而是在這個滑雪場舉行的盛大滑雪場婚禮。

根據根津聽到的情況，這個企劃來自里澤溫泉滑雪場定期舉行的理事會上的討論。在理事會上，大家正在討論是否有方法可以吸引更多滑雪客上門，於是有人提到，有幾個滑雪場以滑雪場為舞台舉辦了婚禮，取名為白色婚禮或是雪婚禮，我們也可以嘗試舉辦這樣的婚禮。

並不是所有理事都表示贊同，有的人認為準備工作很麻煩，也有人覺得會造成其他滑雪客的不便，最基本的問題是，根本沒有人知道在滑雪場怎麼舉辦婚禮。

擔任理事長，同時也經營大型旅館的滑雪場老闆說了一件大家意想不到的事。

聽說「板山屋」的葉月和長岡慎太要結婚了，但日期和婚宴場地還沒有決定，不如邀請他們在我們的滑雪場舉辦婚禮。

「板山屋」是里澤溫泉村經營多年的旅館，成宮葉月是「板山屋」的長女。「板山屋」的老闆成宮也是滑雪場的理事。

理事長人不壞，但經常心血來潮地提出一些大膽的建議。在那次理事會上，也犯了這種老毛病，沒想到有幾名理事覺得這個主意不錯，當場表示贊成。其他理事也沒有積極反對，相反地，甚至有人認為到時候把婚禮的影片放在網路上，可以達到為滑雪場宣傳的效果。

幾天之後，理事長帶著兩名理事前往「板山屋」，詢問成宮對這件事的意願。成宮注重義氣，平時就積極促進村莊的發展，一口答應了理事會的提案，拍胸脯保證，會設法說服女兒。

已經訂婚的兩個新人似乎也沒有太反對，反而欣然接受。但並不是因為能夠在從小長大的村莊內最喜愛的滑雪場舉辦婚禮感到高興，而是因為滑雪場包辦了婚禮所有的費用。

接下來才是問題。里澤溫泉滑雪場的工作人員中，沒有人知道要如何在滑雪場內舉辦婚禮。這時，有一個意外的人物自告奮勇。她就是新娘成宮葉月的妹妹莉央。莉央以前曾經在東京的廣告公司任職，目前在家裡幫忙的同時，製作本地的流行資訊雜誌。她主動要求籌備姊姊的婚禮，而且還發下豪語，說有自信可以用合理的價格找到攝影師和相關工作人員。

那些理事完全不知道要怎麼舉辦滑雪場婚禮，莉央的自告奮勇無疑是及時雨。萬一婚禮失敗，反正莉央是新娘、新郎的自家人，所以也不會有人抱怨。

於是，成宮莉央著手策劃滑雪場婚禮計畫，兩天後，就將實現這個計畫。

「根津，你來得正好，我剛好有事想要拜託你。」千晶說。

「什麼事？」

「可不可以載我去這條滑道上面？我想要確認幾件事。」

「二十分鐘後，纜車就開始運轉了，妳等一下嘛。」

「我要抓緊時間，而且最好趁沒有其他客人的時候確認。」

「妳真任性啊，但妳也看到了，這樣會超載。」

「根津哥，沒關係，我下來就好。」長岡下了摩托車，「千晶，請上車。」

「謝謝。」千晶抱著滑雪板坐上了摩托車。

「真是拿妳沒辦法。」根津發動了引擎。

雪上摩托車爬上了斜坡。「這裡就好。」千晶說，根津停下摩托車，讓她下了車。

千晶巡視著滑雪場，抱著雙臂，陷入了沉思。

「妳在為什麼傷腦筋？」根津問。

「不是傷腦筋，而是在煩惱要怎麼安排負責表演滑雪的人員。時機很重要，人數也很重要。因為對新娘和新郎來說，這是一輩子只有一次的婚禮，絕對不能失敗，而且，這場婚禮的成果會影響到里澤溫泉滑雪場的未來。」

「妳好像很投入，而且聽起來好像很好玩。」

千晶轉頭瞪著根津問：「你是在諷刺我嗎？」

「沒這回事，」根津搖著頭，「我覺得這樣很好，因為我一直很關心妳退出競技界之後的情況。」

千晶不耐煩地搖了搖頭。

「謝謝你的關心，但這場婚禮不是為了我，一方面是希望為朋友的姊姊盡一點力，而且也想要回報栽培我這麼多年的業界。」

根津苦笑著搖了搖手，「我知道，妳不必這麼認真。」

「我沒有認真啊。」千晶有點尷尬。

成宮莉央果然沒有食言，運用了以前的人脈關係，找到了婚禮相關的工作人員。除了負責拍攝婚禮影片的攝影師、主持人和音響人員以外，最令根津驚訝的是，竟然還找了瀨利千晶。千晶以前是越野滑板滑雪的選手，也曾經以奧運為目標。根津起初無法理解莉央為什麼會找上千晶。

但是，聽了莉央的說明之後，終於了解了她的目的。她並不希望只是把婚禮的場地移到滑雪場而已，而是想要舉辦一場盛宴為幸福的新人祝福，為此，需要安排表演節目。滑雪場的表演，當然非單板滑雪和雙板滑雪莫屬，但並不是人多就代表精采，必須由導演充分激發他們的魅力，於是就找來了千晶。千晶和莉央既是好友，也是競爭對手。莉央以前也曾經是滑板滑雪的選手。

「婚禮從幾點開始？」根津問。

「後天下午一點，你也受到了邀請啊。」

「我知道，我會準時參加。」

「請你在貴賓席上欣賞，絕對不會辜負你的期待。」千晶說完，把雪鏡拉了下來。她看著斜坡的樣子和選手時代完全一樣，如今，她身上散發出和當年完全不同的氣勢。

她的黑色安全帽上貼了粉紅色星形貼紙。根津以前曾經聽她提過，每次比賽獲得優勝，就會貼上一張貼紙。

根津正想問她，到底有幾張貼紙時，千晶飛速衝下了斜坡。

10

從上司在第一次偵查會議上的態度，完全可以預測日後的情況。警視廳搜查一課果然派了花菱警部率領的七股加入搜查總部，花菱一身做工考究的西裝，坐在前方的高台上，因為打高爾夫球曬黑的臉上露出從容的笑容。他實際負責這次辦案的指揮工作，已經了解了第一波調查的情況，一定覺得這次的工作太輕鬆了。

木屐課長大和田眼睜睜地看著到手的肥肉被人搶走，滿臉不悅的表情，和花菱形成明顯的對比。他自始至終垂著嘴角，原本長方形的臉變成了梯形。

南原垂頭喪氣地坐在大和田身旁。他在會議一開始說明了這起事件的概況後，花菱就覺得他沒用了，完全無視他的存在。

「沒問題啊，那就以找到脇坂為最首要的任務。」花菱聽完所有偵查員的報告後說道，「既然他沒有按時繳納房租和停車場的租金，顯然手頭拮据。剛好知道有錢人家的備用鑰匙藏在哪裡，前一天那戶人家又剛好沒人，他很可能想要闖空門偷竊。最重要的關鍵，就是發現了凶器——你認為呢？」他徵求坐在他身旁的大和田的意見。

「我認為沒問題。」大和田小聲地回答。

花菱點了點頭，巡視著下屬。

「他手機關機，而且沒有回到租屋處，很可能已經決定逃亡。要全力探訪所有和他有關的人物，查到他可能去的地方。既然他決定逃亡，很可能會開車，必須和各縣警的交通課合作，積極蒐集車號監視系統的資訊。但是，目前還無法確定脇坂就是兇手，所以要繼續追查死者的交友關係，並持續在命案現場附近探訪。」花菱說完，再度轉頭看向大和田，「大和田先生，這些工作可以交給你們負責嗎？畢竟你們對這一帶的環境比較熟悉。」

「喔，好，沒問題。」

小杉看著他們的對話，有一種無力感。花菱顯然打算把白費力氣的偵查工作都推給轄區分局，但大和田也無法反駁。

偵查會議結束後，所有偵查員都會分組進行調查，由偵查主任指示偵查的內容。小杉和搜查一課一個姓中條的年輕巡查長被分在同一組，一看到他自信滿滿的臉，小杉就有一種不祥的預感。

小杉他們奉命調查脇坂所屬的戶外運動社團。這是昨天從駒井保那裡打聽到的消息。

「社團叫什麼名字？」散會後，中條問小杉。

「目前還不清楚。」

「你沒有調查嗎？」

「昨天時間已經很晚了，沒辦法繼續調查。」

中條沒有吭氣，拿出智慧型手機，俐落地操作起來。

「開明大學有五個類似的社團。」說完，他把手機放回口袋，大步走了出去，似乎示意小杉不要多問，跟他走就對了。

小杉拿起自己的大衣，追了上去。

在搭電車前往開明大學的途中，中條也一直滑手機。他似乎在調查什麼，但完全無意告訴小杉。

「喔喔，應該是這個。」他自言自語地說道。

「找到了嗎？」

「在五個社團中，只有一個會在夏天溯溪。就是這個社團。」中條把手機螢幕轉向小杉，那是社團一名成員的推特。社團名叫「山猴」，上面也有不少照片。

「有沒有提到脇坂？」

「我接下來會調查。」中條一臉嚴肅地繼續操作手機。

電車抵達離大學最近的車站，他們下了電車。走出驗票口，小杉走向大學的方向，但中條停下了腳步。他手上仍然握著手機。

「怎麼了？」

中條抬起頭，但並沒有看小杉，巡視周圍後，小聲嘀咕說：「是這裡。」說完後，走向和大學相反的方向。
「要去哪裡?學校是這個方向。」小杉追上去時說。
「去學校也沒有用，難道你打算問每一個遇到的學生，知不知道『山猴』嗎？」中條邊走邊回答。
「那要找學生課嗎？」
「哼。」中條哼了一聲，「學生課根本不知道這種小社團，即使他們知道，也未必願意給我們看相關資料。大學和學校這種地方，保護個資的意識特別強。」
「那要去哪裡？」
「跟我走就對了。」中條在說話時，完全沒有轉頭看小杉一眼。
最後，他們來到一家什錦燒店。這家店的營業時間從上午十一點開始，還有將近一個小時。中條推開掛著「準備中」牌子的門，走了進去。
「不好意思，還沒開始營業。」一個身穿白色工作服的男人在吧檯內說。
「我們不是客人。」中條走向吧檯，出示了警察證，「我們是警察，請你配合我們的偵查工作。」
看起來像是老闆的男人停下手，臉上露出有點緊張的表情，「請問、有什麼事？」
「開明大學的學生經常來這裡吧？」

「嗯，是啊……他們經常來捧場。」
「你應該知道『山猴』這個社團吧？」
「是啊……他們經常來這裡。」
「我看社團成員的推特，幾乎每天都有人來這裡。」
「嗯，是啊。」
小杉聽著他們的對話，終於了解了情況。大學的社團成員經常會聚在某一家餐廳，中條應該從推特中掌握了這家店。
「你有辦法聯絡到那個社團的成員嗎？」
「我知道社團團長的手機。」
老闆說，社團的團長是姓藤岡的三年級學生。
「請你打電話給他。」中條用不容爭辯的語氣指示老闆，「就說有人想了解他們社團的情況，叫他馬上來這裡。」
老闆露出困惑的表情，拿起放在一旁的手機問：「可以告訴他是警察找他嗎？」
「請便，這樣事情也比較簡單。」
老闆開始打電話，對方立刻接了電話。老闆對著電話說了中條剛才指示的內容，當說到「我也不知道是怎麼回事」時，微微嘟起了嘴。

「他應該馬上就到了。」老闆掛上電話後，對中條說。
「讓你費心了。老闆，請問你認識一個姓脇坂的學生嗎？」
「脇坂嗎？很熟啊，他也是『山猴』的成員，上個星期還來過這裡。」
「他是怎樣的學生？」
「什麼意思？」
「是不是個性很激烈，或是脾氣很暴躁？」
老闆對中條的提示沒有反應，微微偏著頭說：
「有嗎？我覺得他的個性很溫和，那孩子很乖，個性開朗活潑，也很懂得照顧別人。」
「喔，是喔。」中條馬上失去了興趣，似乎覺得外行人的評價很不可靠。
「脇坂怎麼了嗎？」
中條沒有理會老闆的問題，他似乎用態度表示，老百姓只要回答問題，別問東問西。
三十分鐘後，入口的門打開了。一個身穿黑色羽絨衣，一頭棕色頭髮的年輕人探頭張望，然後微微欠身打招呼。
「你是藤岡嗎？」中條出示警察證時問道。
「對。」那個學生遲疑了一下，走進店內。

「我們正在找脇坂，去了他的租屋處，他人不在家，你知道他在哪裡嗎？」

「脇坂學長……嗎？最近沒遇到他。」藤岡語氣緊張地回答。

「你知道他的手機嗎？」

「知道。」

「那你打電話給他。」

「現在嗎？」

「對。」

藤岡一臉困惑地看向老闆，拿出手機開始打電話。他把手機放在耳邊，不一會兒，搖了搖頭說：「打不通。」

「那你問一下可能知道脇坂下落的人，你們不是很擅長這種事嗎？」

「要傳訊息給社團的所有人，問他們知不知道脇坂學長的下落嗎？」

「沒錯、沒錯。」

藤岡點了點頭，開始操作手機。他輸入的速度很快。

「傳出去了。」

「謝謝，那就等他們的回覆。藤岡，你也坐吧。」中條拉開旁邊的椅子坐了下來，「要不要喝點什麼？雖然還沒有開始營業，但應該可以供應飲料吧？」

「喔，不用了。」藤岡搖著手，在椅子上坐了下來。

小杉坐在不遠處看著他們。

藤岡開始操作手機。似乎有人回覆。他的手指在螢幕上迅速滑動。

「情況怎麼樣？」中條問。

「大家都不知道，有人說，可能他一個人去滑雪了，但只是猜測而已。」

「所有人都看到訊息了嗎？」

「不，還有人未讀。」

「那就再等一下。」

之後，又有好幾個人回傳了訊息，但沒有人知道脇坂的下落。藤岡說，目前只有姓波川的學生還沒有讀過訊息。那是法律系四年級的學生。

「波川和脇坂關係很好嗎？」

「是……啊。對，他們算好朋友。」藤岡很謹慎地回答。

中條露出銳利的眼神看向小杉，再度轉頭看著藤岡說：「你打電話給他。」

「打給波川學長嗎？」

「對，趕快。」

藤岡在中條的催促下，急忙撥打電話，但把手機放到耳邊後，神色更緊張了。「打不通……」

中條倒吸了一口氣，「你知道他住在哪裡嗎？」

「就住在這附近的公寓。」

中條站了起來，一把抓住藤岡的手臂說：「帶我們去。」

「現在嗎？」

「對啊，趕快。」

中條推著藤岡的背走了出去，似乎忘了向老闆道謝。小杉對老闆說了聲：「謝謝你。」然後跟了上去。

波川住的公寓就在離什錦燒店十分鐘路程的地方，和脇坂住的地方不同，那棟公寓又大又新，有自動門禁系統，裝設了監視器，門口還有管理員。

中條用對講機按了波川家的門鈴，沒有人應答。

「不好意思。」小杉向管理員出示了警察證，「請問你從幾點到幾點在這裡？」

「上午九點到傍晚五點。」禿頭管理員眨了眨眼睛回答。

「你認識住在三〇二室的波川同學嗎？」

「認識啊，他是開明大學的學生。」

「你今天有看到他嗎？」

「今天嗎？呃，我想一想。」

「不好意思。」這時，小杉身後傳來一個女人的聲音，轉頭一看，一個年輕女生站在那裡，抬眼看著他，「好像有我的包裹。」
「喔，」管理員點著頭，「有啊。」
「不好意思。」管理員向小杉打了聲招呼後走了進去，當他走回來時，手上抱了一個很大的紙箱，「就是這個，有點重，妳小心點。」
「謝謝。」年輕女人回答後，接過了紙箱，抱著紙箱搖搖晃晃地離開了。
「呃，剛才說到哪裡了？」管理員問小杉。
「波川同學。」
「喔，沒錯。不，我今天好像沒看到他。」
「昨天呢？」中條問，「昨天有沒有看到他？」
「不太清楚。」管理員露出客氣的笑容，微微偏著頭，「因為這裡出入的人很多，看一下監視器，應該就知道了。」
中條揮了揮手，似乎在說「算了」，然後看著藤岡說：
「你可以走了，謝謝你的協助，但不要隨便把這件事告訴別人。之後可能會再聯絡你，到時候再拜託了。」
藤岡一臉緊張地點了點頭，快步離去。
「先去他家裡看看。」中條說。
和管理員交涉後，打開了大門，但管理員拒絕打開波川的房門。他說除非住戶同意，否則他無法擅自開門。

「我們只要在門口張望一下，」中條不願放棄，「而且也不會告訴別人你為我們開了門。」

管理員一臉快哭出來的表情搖著手，「別為難我了。」

中條咂著嘴，小聲嘀咕說：「真是傷腦筋。」

波川住在三樓，按了門鈴也沒有反應。他的房門鎖住了。

中條開始撥打電話，小聲說了幾句後，對小杉說：「你先回總部，接下來的事，我們會處理。」

「我們是指？」

「我們七股。」中條一臉嚴肅地看著他說：「這種事，必須由經驗老到的人來處理，否則很可能會破壞重要的證據。」

他的言外之意，就是轄區分局的刑警是累贅。

「知道了，那接下來的事就麻煩你了。」小杉鞠了一躬，走向電梯廳。雖然他故作平靜，但內心怒火沖天。

走出公寓，站在人行道上準備攔計程車時，聽到旁邊傳來一聲巨響。轉頭一看，好幾輛腳踏車倒在地上，一個女生忙著把腳踏車扶起來。仔細一看，就是剛才向管理員領包裹的女生。她似乎把包裹放在腳踏車載貨架上時，不小心撞倒了其他腳踏車。

小杉走了過去，協助她把倒地的腳踏車扶了起來。

「喔，不好意思，謝謝你。」年輕女生向他道謝，握住一輛腳踏車的把手。那似乎是她的腳踏車。

「怎麼了？」

「我沒事。」年輕女人回答後，看了小杉的臉，驚訝地張著嘴。

「妳有沒有受傷？」

她抬眼看著小杉說：「你剛才向管理員大叔打聽波川的事。」

小杉瞪大了眼睛問：「妳和波川很熟嗎？」

「也不算很熟……你們在找他嗎？」

「是啊，正確地說，是在找他的朋友。」

「朋友……滑雪的朋友？」

小杉聽了，立刻憑直覺知道有狀況，「妳知道什麼情況嗎？」

「也不算知道……」她猶豫了一下，繼續說了下去。

小杉回到分局的刑事課，坐在自己座位上的南原猛然站了起來，對著他揚了揚下巴，示意他去外面說話。

來到走廊上，南原大步走向小會議室，打開了小會議室的門。裡面沒有人，南原在桌子旁的鐵管椅上坐了下來，「你趕快說一下詳細的情況。」

「就是我在電話中說的那樣。」小杉拉著椅子說道。

「那個女大學生說，那個人就是脇坂嗎？」

「我拿了脇坂的照片給她看，她說只是從斜後方看，所以不太確定，但應該就是他。」

那個女大學生說，她昨晚深夜有事要出門，一走出公寓，就看到路旁停了一輛「很高的、淺色的車子」，波川坐在副駕駛座上。她問波川，可不可以順路載她去N車站，波川答應了。她不認識開車的男生，但從車上的行李判斷，他們應該要去滑雪。因為她也喜歡滑雪，所以很好奇他們要去哪裡，但波川不肯告訴她。不一會兒，兩個男生下車去便利商店。她偷偷操作車上的衛星導航系統，結果發現，他們要去——

「長野縣的里澤溫泉滑雪場，而且不知道為什麼，他們避開了收費道路。」

「應該是為了避開N系統。這就對了，他們打算逃亡，這兩個人一定是共犯。」

「為什麼要去滑雪場？」

「不知道，可能那裡有適合藏身的地方，像是廉價的旅館之類的。」南原猛然站了起來。

「現在要怎麼辦？」

「我去和課長商量，你在這裡等著。」南原走出會議室，用力關上了門。

小杉用力吐著氣。

從女大學生口中得知重要線索後，他立刻聯絡了南原。南原得知後興奮不已，命令他立刻回分局，而且還叮嚀他，千萬不能把這個消息告訴搜查一課。他似乎打算獨占這條線索，搶在搜查一課前面。

小杉內心也很想給花菱和中條他們一點顏色看看，只不過他對自己和同事有多大的能耐存疑。他冷靜思考後，覺得雖然不甘心，但只能把這條線索提供給搜查一課。

門打開了，南原走了進來，不知道為什麼，白井也跟在他身後走了進來。

「我剛才和副局長、課長討論後，決定了方針，」南原鄭重其事地說，「我們把脇坂吃下來。」

「吃下來是指？」

「就是由我們逮捕他，不讓搜查一課插手，也不向他們提供這條線索。」

「有辦法做到嗎？花菱股長一定會發現。」

「如果調度大批人力，他們很快就會知道，所以這次走少數精銳路線，也不會讓其他同事知道。這件事只有我們，還有課長，以及副局長知道而已。」

「瞞著局長嗎？」

南原聽了小杉的問題，撇了撇嘴說：

「局長是高考組的公子哥，早晚會調回警視廳，不可能同意我們這麼做。」

「這樣沒問題嗎？隱瞞線索，之後會不會被追究責任？」

「我們必須對隱瞞線索這件事保密，至於為什麼會在里澤溫泉滑雪場抓到脇坂，之後可以找各種理由解釋，就說是偵查員自行判斷的結果。」南原指著小杉說。

「等一下，要我去里澤溫泉滑雪場嗎？」小杉探出身體問。

「除了你以外還有誰？知道這件事的人相當有限，而且，並不是叫你一個人去，我還為你安排了助手。」南原指著斜後方，白井站在那裡。

「你受重用了。」

白井聽了小杉的話，用力嘆了一口氣說：「是啊，我感動得快流淚了。」

「關於你們兩個人不再和搜查一課合作的事，我會找理由向他們解釋，但是，只有三天。你們必須在三天內找到脇坂，而且順利逮捕他。一旦成功，就可以立下大功，以後就可以步步高陞。好好加油，知道了嗎？」

小杉沒有回應南原空虛的激勵，用手摸著額頭。他不認為自己有能力做到。

「知道了嗎？」南原再度向他確認。

「什麼時候出發？」雖然小杉這麼問，但他已經猜到了答案。

「馬上。」南原說出了他意料中的話，「你們馬上準備，出發前往里澤溫泉滑雪場，但絕對不能讓其他人察覺，不光是搜查一課的人，也不能讓其他同事知道。」

「所以也不能請求當地警方的協助嗎？」雖然明知道問了也是白問，但小杉還是確認了這件事。

「當然啊，一旦請求協助，他們去向警視廳照會怎麼辦？」

「但要尋找脇坂的下落，就必須四處探訪，在別人的地盤做這種事，不是要向當地警察打招呼嗎？」

「所以，你們要隱瞞自己是刑警的身分進行調查，不要太引人注意，同時隨時保持聯絡，就這樣。既然了解了，就趕快出發。」

小杉雖然了解，卻完全無法接受，但還是慢吞吞站了起來，和白井互看了一眼，走出會議室。他的腦海中浮現了「轉職」這兩個字。

11

拿下雪鏡，隔著箱形纜車的窗外，眺望著窗外的風景。放眼望去，是一片銀色的世界。遠處的山稜線雄偉而優美，被白雪覆蓋的櫸樹樹林感覺很不真實。身穿五彩滑雪衣的滑雪客，用各種不同的姿勢在富有起伏地形的寬敞滑道上滑行。

日本最大的滑雪場果然名不虛傳。龍實暗自想道，他很後悔之前只因為距離有點遠，就從來不曾造訪這裡。如果早一點知道，大學的滑雪生活應該可以更加充實。

「你這眼神，也未免太陶醉了吧？」坐在對面的波川一臉不服氣地說。纜車上只有他們兩個人。

「沒有啦，只是覺得這個滑雪場真的超讚。」

波川聽了龍實的回答，肩膀起伏了一下。因為他戴著雪鏡，所以看不到他的表情，似乎在嘆氣。

「你現在哪有心情說這些啊，你到底有什麼打算？照這樣下去，永遠都找不到『女神』。」

波川心浮氣躁地說，龍實無法反駁，抱著雙臂「嗯」了一聲。

波川口中的「女神」，當然就是龍實之前在新月高原滑雪場遇到的那個女生。龍實目前被懷疑是殺人兇手，她是能夠拯救龍實的唯一人選，所以是「救命女神」。

今天清晨六點多，他們抵達了里澤溫泉滑雪場，滑雪場還沒有開始營業，他們把車子停在停車場，在車上小睡了片刻。之前經常為了享受一大早的粉雪雪道，開夜車前往滑雪場，照理說早就習慣了，但龍實腦袋很清醒，完全睡不著。雖然被當作命案的嫌犯遭到追緝這件事完全沒有真實感，卻也無法把這件事趕出腦海。

最後，他也不知道自己有沒有睡著，就到了滑雪場的營業時間。他們在車上換了衣服，抱著滑雪板，走進了滑雪場。

看了滑雪場的地圖，腦筋一片空白。里澤溫泉滑雪場實在太大了。有兩條箱形纜車路線，還有十四條吊椅纜車路線，滑道當然也複雜多樣，要在這麼大的滑雪場內尋找一個不知名的女生，簡直是不可能的任務。

他們決定在滑雪場內邊滑邊找，但是，要靠滑雪衣顏色這條唯一的線索，根本找不到人，內心也越來越焦急，更何況也不知道那個女生目前是否在這個滑雪場內。

這裡的每一條滑道都很棒，如果可以無憂無慮地在這裡享受滑雪樂趣，不知道有多幸福，但現在無暇享受，只能帶著必須趕快找到人的焦急心情，和用這種方式根本不可能找到人的空虛，一路滑到了山麓，然後，又漫無目的地搭上了箱形纜車。

「除了她滑雪技術很好以外，沒有任何線索真是傷腦筋啊，更何況今天她未必穿同一件滑雪衣。」波川嘆著氣。

「她的滑雪姿勢是左腳在前方。」

波川聽了龍實這句話，從椅子上滑了下來，「單板滑雪客大部分都是左腳在前，即使她的姿勢是右腳在前，也無法成為多重要的線索。」

「我覺得她不是普通的滑雪客，因為她一個人在新月高原的禁滑區域滑雪，如果沒有十足的自信，根本不可能。」
「話是這麼說……」波川摸著下巴，思考片刻後，戴著手套的手用力拍著大腿，「你說，她曾經提到，這裡是她的主場。她說里澤溫泉滑雪場是她的主場。」
「是啊。」
「她該不會在這個滑雪場工作？很多住在山裡的滑雪客會在滑雪場工作。」
「有道理，既然在這裡工作……」
「你不是說『女神』滑雪的樣子不像普通人嗎？既然這樣，就必須先去一個地方確認。」
龍實聽了波川說的地方，完全心服口服。
纜車到站後，他們急忙滑了起來，完全沒有心情享受壯麗的風景和美妙的雪質。他們一路滑到了滑雪教室的辦公室。因為波川猜想，「女神」很可能是教練。當他們抵達辦公室門口時，雙腿已經累癱了，但來不及休息，立刻打開玻璃門，走了進去。
辦公室內有幾個人正在報名參加滑雪教室，一名男性工作人員在櫃檯前辦理手續。
「脇坂，」波川拍了拍龍實的肩膀說：「你看那裡。」
龍實順著波川手指的方向望去，不禁瞪大了眼睛。因為那裡貼著滑雪教室的教練照片。他急忙走過去，張大眼睛仔細看了起來。總共有超過二十名教練，有一半是單板滑雪的教練，其中又有一半是女生。

「怎麼樣？」波川問，「每個教練都滿可愛的，有沒有在裡面？」

龍實沒有馬上回答，仔細凝視每一個人的臉。波川說得沒錯，每個女生都長得不錯，但他不得不搖頭。

「不在裡面嗎？」波川難掩失望地問，「你要不要再看仔細點，沒有長得很像的人嗎？」

「不在這裡面，根本屬於不同的類型。」

「沒有喔……」波川垂頭喪氣。

「請問，」旁邊傳來一個聲音，坐在櫃檯內的工作人員露出狐疑的眼神看著他們，「我們的教練有什麼問題嗎？」

「不，我們在找人。」龍實說。

「找怎樣的人？」

「是以這裡為主場的單板滑雪客，那個女生技術高超，而且很漂亮。」

「喔……」工作人員微微張著嘴，有點不知所措。

「你知道是誰嗎？」

「……還有其他線索嗎？」

「只有這些線索而已。」

工作人員露出很受不了的表情苦笑了一下，聳了聳肩說：「這個滑雪場有太多具有職業級技術的美女滑雪客。」他說話的語氣，似乎覺得根本沒什麼好談的，然後轉頭不理會他們了。

「走吧。」波川說：「繼續留在這裡也沒用，再好好想一想，有沒有其他線索。」

龍實咬著嘴唇，絞盡腦汁，努力回想在新月高原遇到「女神」時的情況。

「對了！」他拍了一下手，「她喜歡粉雪，她還說，明知道不能在禁滑區域滑雪，但還是欲罷不能。」

「禁滑區域喔……」波川小聲嘀咕著，「既然這樣，或許可以縮小範圍，因為違反規定，闖入禁滑區域滑雪的人並不多。」波川之所以小聲說話，是因為不想被工作人員聽到。

「但這個滑雪場這麼大，不知道該去哪裡找禁滑區域。如果認識當地人，或許還可以問他們哪裡是秘境。」

「當地人應該不願意告訴外人，他們不希望自己的樂園遭到破壞——」波川說到這裡，突然住了嘴。

「怎麼了？」龍實問。

波川笑了笑，指著牆上的海報，「俗話說，術業有專攻，最好的方法就是找專家。」

海報上介紹了越野滑雪行程，在熟悉地形和自然環境的嚮導帶領下，在沒有壓雪等整備的山區滑雪。海報上寫著「除了享受滑雪場的樂趣，還可以踏進大自然，增加不同的滑雪樂趣！」

三十分鐘後，龍實和波川穿著雪鞋，正在雪山上攀登。走在前方的是一個身穿藍色滑雪衣的年輕嚮導，還有另一名嚮導跟在龍實他們身後，他看起來比龍實他們年長許多。

因為沒有其他預約的客人，當他們報名參加越野滑雪行程後，立刻開始做出發的準備。龍實和波川除了雪鞋以外，還租用了伸縮自如的滑雪杖、探針、定位器和雪鏟，以及用來裝這些東西的背包。探針、定位器和雪鏟是雪崩時，有人被埋進雪裡時需要使用的工具。出發前，嚮導傳授了使用方法，龍實他們之前在社團活動時，曾經多次使用過，所以縮短了講習時間。嚮導得知臨時報名參加的客人有經驗，似乎也放了心。

越野滑雪區域的積雪很深，因為穿了雪鞋，所以腳沒有陷進積雪，但必須跨大步，適度拉開兩腳之間的距離，所以很不好走路。再加上雪山的坡度很陡，跟在邁著輕盈的步伐快步上山的嚮導身後走了一陣子，很快就流汗了。

「你們不愧有經驗，爬山也很輕鬆啊。」嚮導轉頭看著龍實他們，語帶佩服地說，「其他客人通常無法走這麼快。」

「不，如果可以，請你走慢一點……」龍實忍不住哀求道。

「是嗎？那我放慢速度，不過，你們真的很了不起。」嚮導稱讚道，這句話應該是奉承和鼓勵參半吧。

因為臉上也冒著汗，龍實停下腳步，把雪鏡向上一推。這時，有什麼東西闖入了視野角落。斜坡上方似乎有一個人影，穿著綠色滑雪衣，但很快就不見了。

龍實猜想，應該是擅自闖入的滑雪客，一定想要在越野滑雪的區域暢快地滑雪。

其他三個人似乎並沒有發現。

「還要走多久？」龍實問走在前面的嚮導。

「就快到了，大概還有十分鐘左右。」

還要爬那麼久。龍實有點洩氣。

「為什麼會選這一帶做為越野滑雪的區域？」龍實問。

「因為這裡容易積雪，坡度也恰到好處，出入也不會太難，所以方便帶客人上去。」

「但這樣不是會有很多人不報名參加行程，擅自闖進這裡滑雪嗎？」

「嗯。」年輕嚮導低吟一聲，「的確有不少人，如果我們發現，會提醒他們離開。」

「然後要他們付錢嗎？」

「這不是錢的問題，而是安全的問題。萬一走錯路，很可能就回不去了。最可怕的當然是雪崩，像今天這樣下雪之後的情況，尤其要格外小心。雖然本地人都很了解狀況，但偶爾來這裡的人會覺得，既然是越野滑雪使用的區域，安全應該沒問題，所以就容易掉以輕心。」

龍實聽著嚮導的說明，想起了在新月高原遇到的那名滑雪客。她說這裡是她的主場，根據嚮導剛才的說法，她在這裡滑雪的可能性似乎並不大。

「如果本地人不想滑正規的滑道，通常會去哪裡？」

嚮導聽了龍實的問題，停下腳步，有點驚訝地轉過頭。

「你是說，管理區域外的地區嗎？」

「不，也包括禁止滑行的區域。」

管理區域外是指滑雪場無法管理的區域，滑雪客可以進入滑雪，但必須自行負責安全問題。但禁止滑雪區域除了工作人員以外，任何人都不得入內。

「並不是完全沒有這種地方，」嚮導輕輕搖了搖頭，再度邁開步伐，「只是不能告訴你們。」

「果然不能透露嗎？」

「你們想去那種地方滑雪嗎？」
「不是，其實是想要找人。」
「找人？」
「一個女滑雪客。我朋友對她一見鍾情，但目前只知道她在這裡，而且喜歡在禁滑區域滑雪，除此以外，沒有任何線索。」
嚮導邊走邊轉過頭說：「你們該不會是為了這個目的，參加這個行程？」
「這也是目的之一。」
嚮導很受不了地聳了聳肩說：「你們真有意思。」
「可不可以偷偷告訴我們，哪裡是秘境？」
「嗯，真傷腦筋。」嚮導猶豫起來。
他們很快到達目的地，嚮導停下腳步，放下身上的行李，和另一名嚮導一起，在積雪中挖了三十公分見方的四方柱，然後把雪鏟放在四方柱上，用手拍了拍。這稱為壓縮測試，可以確認積雪張力較弱的部分在哪裡，了解是否有表層雪崩的危險性。
「沒問題。」龍實聽年長的嚮導小聲說道，暗自鬆了一口氣。既然來到這裡，當然想要暢快地滑一下。
就在這時，不知道從哪裡冒出來一個身穿紅色滑雪衣的滑雪客，但立刻就知道他是滑雪場的巡邏員。年長的嚮導似乎認識他，打了聲招呼後問：「發生什麼事了？」

「有一個蠢蛋擅自闖進這裡，結果回不去了。」高大的巡邏員咬牙切齒地說，「好像和他朋友走散了，你們有沒有看到？」

「不，我沒看到。」

「請問，」龍實問巡邏員，「那個人穿什麼顏色的衣服？」

「聽說是綠色，怎麼了？」

「那可能是剛才那個人。」

「你看到了嗎？」

「上來這裡的時候，在上面閃了一下，但可能早就滑下去了。」

「在哪裡？」

「就是、呃……」龍實說不清楚，「算了，你跟我來。」龍實說著，立刻走了起來。

「啊，沒關係，只要告訴我大致的位置就好，我們會自己找。」

「不，我帶你過去比較快。」

龍實並不是走回剛才上來的路，而是保持相同的方向，繼續爬上斜上方。巡邏員跟在他身後，雖然踩著滑雪板爬山很累，但巡邏員一定對自己的體力很有自信。

不一會兒，就來到剛才看到那個人的位置，但不見人影。龍實巡視四周，偏著頭說：「我記得就在這附近……」

龍實看向斜坡下方，並沒有滑行的軌跡。如果那個滑雪客從那裡滑下去，應該會留下痕跡。

「啊！」巡邏員叫了起來，往前走了一小段路。這時，龍實也看到有人蹲在一棵大樹後方。

走過去一看，一個身穿綠色滑雪衣的單板滑雪客抱著雙膝，坐在雪地裡。他並沒有失去意識，轉頭看向龍實他們的方向。

巡邏員探頭看著他，不知道對他說了什麼，滑雪客似乎連說話都很痛苦。

「怎麼了？」龍實問巡邏員。

「他撞到樹木，動彈不得了。」

「那可慘了，要不要幫忙？」

「沒關係，我會請人來支援，你可以回去繼續參加行程。謝謝你的協助。」

「不客氣。」龍實說完，走回剛才的地方。這次是下坡，所以很輕鬆，但他有點後悔，早知道應該把滑雪板扛上來。

12

從東京車站搭了將近兩個小時新幹線，又搭了二十分鐘的計程車，終於抵達了里澤溫泉村。一看手錶，已經下午四點多了，天色開始暗了下來。小杉和白井在「歡迎來到里澤溫泉滑雪場」的招牌附近下了車，走了一小段路，道路變得狹窄，而且分成好幾條岔路。道路兩側是大小不一的溫泉旅館，也有很多商店和餐廳，來往的行人大部分都是遊客。

「現在剛好是旺季，真熱鬧啊。」白井輕鬆地說。

「我好幾年沒來溫泉街了，如果不是出差工作，不知道有多幸福。」

「但是好冷啊，不愧是雪國。」

迎面走來一家三口。擦身而過時，走在中間的少年一臉納悶地看著小杉他們，對身旁的女人不知道說了什麼，只聽到那個女人小聲地說：「人家在工作啊。」

小杉停下腳步，看著白井，這才發現自己犯下了天大的疏失。

「慘了。」

「怎麼說？」

「衣服。你看一下周圍，只有我們是這種打扮。」

白井一臉心虛地東張西望。西裝、領帶，還有大衣和旅行袋，而且還穿著皮鞋。

這身打扮在東京車站不會引人注意，在這裡卻格格不入。

「那怎麼辦？」

「先找個地方搞定衣服。」

小杉巡視周圍，發現前方不遠處有一家出租店，招牌上寫著出租滑雪衣。

「去那裡。」小杉說完，正想走過去，鞋底在結冰的路面一滑。當他「啊！」一聲時，已經來不及了，一屁股重重地坐在地上，劇痛從腰部貫穿到頭頂。

「啊，小杉哥，你沒事吧？」

他抓著白井的手臂站了起來，忍不住發出呻吟。自己為什麼要受這種罪？比起生氣，他更感到窩囊。

一走進出租店，在租借單上填寫名字時，小杉的手機響了。是南原打來的。

「喂。」

「情況怎麼樣？」南原劈頭問道。

「什麼怎麼樣？」

「有辦法找到他嗎？」

「什麼？」小杉張大了嘴，這個老頭腦筋有問題嗎？「請你不要太強人所難，我們才剛到滑雪場，目前正準備換衣服。」

「換衣服？為什麼要換衣服？」

「因為遵從你的指示，不要太引人注目。」

小杉簡單地說明了理由。

南原咂著嘴。

「不要磨磨蹭蹭，警視廳那些人，已經動起來了。」

「發生了什麼事？」

「他們去了波川的住處，發現空罐上有脇坂的指紋。」

「波川的住處？他又不是嫌犯，法院竟然會同意。」

「並不是法院同意，而是波川的父母。一課的人打電話去波川的老家，說他們的兒子可能捲入了刑案，問他的父母是否可以去他的房間調查。即使沒有搜索令，只要保證人同意，就可以進入。」

的確是這樣。小杉忍不住發出低吟。

「從公寓的監視器中，也證實了波川和這起案子有關。昨天晚上十一點左右，波川抱著滑雪板走出公寓，和他在一起的應該就是脇坂。」

「對他們的去向……」

「目前還沒有掌握，而且，對於他們是否真的去了滑雪場這件事，也有不同的意見。有人認為他們料到監視器會拍到，所以故意帶了滑雪板出門，但其實是逃去完全無關的地方。一課的人果然厲害，分析得很透徹。」

「所以，警視廳的人馬上來這裡的可能性……」

「應該不會馬上過去，而且，不可能派刑警去全日本所有的滑雪場，所以應該會逐漸縮小範圍。在這段期間內，你們無論如何都要找到脇坂。」

「話是這麼說，但這個村莊比想像中更大，事情沒這麼簡單……」

「怎麼可以未戰先認輸呢？沒問題，你們一定可以勝任，你們要相信自己的能力，全力以赴。我會再和你們聯絡。」南原說完，沒有等小杉回答，就直接掛上了電話。

小杉瞪著電話。平時整天罵我不中用、不機靈，現在竟然說什麼「你們一定可以勝任」。

「怎麼了？」白井走過來問道，他已經換好了租來的滑雪衣，也借了手套和長筒雨靴。雖然穿在他身上顯得格格不入，但至少融入了周圍的風景。這樣就不會引人注意了。

小杉把和南原的對話告訴了他。

「如果被花菱股長查到這裡就完蛋了。」白井事不關己地說。

「一定會全體總動員，大批人馬都殺過來這裡。」

「乾脆把這個消息透露給警視廳，事情很快就可以搞定了。」

「但你會被丟去窮鄉僻壤。」

白井的眉毛皺成了八字，「那可不行，我孩子還小。」

「如果能夠找到下一份工作，就不必受這份罪了。」小杉嘆著氣，走向櫃檯。

換好衣服後，先去了事先預約的旅館。雖然是平價小旅館，但老舊的感覺反而很有味道。辦理完入住手續之後，小杉拿出脇坂的照片問旅館的員工。

「這個人有沒有住在這裡？」

三十多歲的客房服務人員一臉困惑地偏著頭回答說：「我並沒有記住所有客人的長相……但我應該沒看過這個人。」

「是嗎？」

客房服務人員準備帶他們去房間，但他們沒時間歇腳，於是請客房服務人員把行李拿去他們的房間後，轉身走出旅館。

旅館旁邊是一家禮品店。他們完全沒有看禮品一眼，直接走去收銀台。女店員問：「有什麼事嗎？」

小杉再度拿出脇坂的照片，「這個人有沒有來過這裡？」

女店員低頭看了照片後，搖了搖頭說：「沒有。」

之後，他們又去了旅館、商店和食堂，但完全沒有收穫。雪國的夜晚來得早，天色已經暗了。

「小杉哥，靠這種探訪的方式能夠找到他們的下落嗎？」白井走在溫泉街上，問出了內心的疑問，「我總覺得好像用錯了方法。」
「為什麼？」
「因為他們在逃亡，這種人可能大搖大擺地住旅館，出入商店和食堂，讓別人看到他們嗎？」
「他們應該還不知道警方已經掌握了他們逃來這裡。」
「也許是這樣，但我認為在心理上不太可能。」
小杉皺著眉頭，用指尖抓著臉頰。白井的話很有道理。
「那要怎麼找他們？」
「我一直在想這件事，但一直想不到妙計。話說回來，脇坂為什麼要逃來這裡？」
「如果知道原因，就不必這麼辛苦了。既然沒有其他方法，就只能繼續打聽。」
「好吧。」白井雖然不太能接受，但還是點了點頭。
之後，他們繼續拿著脇坂龍實的照片，走進每一家店打聽，卻沒有打聽到任何有用的線索。天黑了，許多商店都打烊了，今天只能暫時到此結束。
回去旅館後再出門太麻煩，他們決定直接找地方吃晚餐。他們訂旅館時，只訂了住宿，沒有訂晚餐。

因為不知道哪一家餐廳比較好，所以就在街上閒逛，看到前方有兩個體格壯碩的人熟門熟路地走進一家店，店內傳來熱鬧的聲音。

「就去那家吧。」小杉自言自語地嘀咕，走向那家店。

13

根津和長岡一起走進店內，老闆娘在吧檯內向他們打招呼：「兩位回來了。」圓臉的老闆娘身材也很豐腴，聽說以前是很有名的高山滑雪選手。她之所以會說「兩位回來了」，是在調侃昨天晚上也在這裡喝到很晚的根津。

「妳好。」根津向老闆娘打招呼後問：「有座位嗎？」

「當然有啊，那張桌子。」老闆娘說。根津今晚有訂位。平時他一個人的時候可以坐吧檯，但今天長岡也在，而且等一下還有另外三個人要來。

旁邊那張六人坐的桌子空著，上面放著「預約」的牌子。

根津和長岡坐了下來，入口的門又嘎啦一聲打開了，兩個男人走了進來。兩個人都四十歲左右，根津一看到他們，就覺得很奇怪。因為都這麼晚了，他們竟然還穿著滑雪衣。如果打算夜晚滑雪，不可能來這種居酒屋。而且，他們身上的衣服是向根津也知道的出租店租借的。通常不是會在吃飯之前，換上自己的衣服嗎？

「根津哥，」聽到長岡的叫聲，根津回過神。「你要喝什麼？」

熟識的年輕女店員一臉困惑地等在旁邊。

「啊，對不起，生啤酒，還有毛豆和野澤菜。」

「好。」店員回答後，走去後方。

「怎麼了？」長岡問他。

「不，沒事。」根津在回答時，再度看向那兩個人。那兩個可疑的人一起坐在吧檯前。

「今天真傷腦筋啊，竟然在那種地方發生自撞意外。」

根津聽到長岡這麼說，皺起眉頭，點了點頭。

「是啊，聽說有人失蹤，即使是禁滑區域，也不能不去找人，而且那裡是越野滑雪行程的區域，萬一有什麼意外，就會影響滑雪場的聲譽，也會對日後的生意造成影響。」

根津想起白天發生的事。他在滑雪場內巡邏時，一群滑雪客滿臉尷尬地滑向他，一問之下，才知道其中一人遲遲沒有回來。根津得知他們滑雪的區域，立刻火冒三丈。因為那裡是禁滑區域。那群滑雪客說，因為看到越野滑雪行程在那個區域，所以以為那裡很安全。

當務之急並不是沒收他們的纜車券做為懲罰，根津立刻聯絡了其他巡邏員開始找人。最可怕的是萬一遭遇小型雪崩，或是重心不穩，衝進深雪堆裡，整個人被埋進雪堆裡，搞不好會窒息死亡。

幸好這次並沒有發生這樣的悲劇。失蹤的滑雪客和其他人走失迷了路，而且因為不擅長在積雪很深的地方滑雪，滑雪板失控，撞上了樹木，撞斷了肋骨，痛得無法動彈。根津發現他之後，立刻請剛好在附近的長岡支援，兩個人把他抬去救護室。

除了受傷的滑雪客，根津還狠狠教訓了和他一起的其他人。但對那群人來說，比起巡邏員的數落，必須自己支付的救護費用應該更讓他們心痛。

女店員送來了生啤酒、毛豆和野澤菜。「辛苦了。」他們乾了杯，這杯啤酒可以帶走一天的疲勞。

根津大口喝著第一杯啤酒時，聽到旁邊傳來說話聲。「怎麼樣？有沒有看過這個人？」坐在吧檯前那兩個人的其中一人，不知道讓老闆娘看什麼東西。應該是照片。

老闆娘偏著頭，把照片還給他說：「好像沒來這裡。」

「是嗎？但是請妳記住這個長相，如果他來這裡，可不可以麻煩妳通知我？這是我的電話。」男人遞上一張便條紙。

但是，老闆娘並沒有接過便條紙。

「我不做這種麻煩事。」

「那我們下次來的時候再告訴我們，可以嗎？」

「好啊。」

「那就拜託了。」男人說完，接過了照片。根津看到照片上的人，忍不住吃了一驚。因為他看過那個人。

「這是通緝犯的照片嗎？」根津對男人的後背問。

「啊？」男人驚訝地挺直了身體，轉過頭，「請問你是？」

「他是滑雪場的巡邏隊隊長，」老闆娘回答說，「說起來，就是滑雪場的警察。」

「別亂開玩笑。」根津皺著眉頭，搖了搖頭。

「那剛好。」男人把照片出示在根津面前，「你看過這個年輕人嗎？他今天應該在這裡。」

根津注視著照片。沒錯，果然是他。

「怎麼樣？」男人問。

「不，」根津搖了搖頭，「我沒見過。」

「是嗎？真可惜。」男人把照片收了起來。

「你們為什麼要找這個人？他幹了什麼？」

聽到根津這麼問，男人和身旁的朋友互看了一眼，再度轉頭看著根津。

「簡單地說，就是離家出走的小少爺，他的父母委託我們找他。我們在調查之後，發現他來這裡了。我們是徵信公司的人，也就是俗稱的偵探。」

「原來是這樣。」

「你不是巡邏隊的隊長嗎？如果看到這個年輕人，可不可以請你通知我們？」男人說完，遞上那張剛才打算交給老闆娘的便條紙。

根津猶豫了一下，接過便條紙。「請問尊姓？」

「上面有寫。」

便條紙上寫著「小杉」。

「隊長先生，請問尊姓？」

「我姓根津。」

根津說明後，小杉說：「東京有一家神社也叫這個名字。」他們似乎是從東京來到這裡。

小杉似乎覺得談話已經結束，轉過身，背對著根津他們，和身旁的人說著話，但聽不到他們在說什麼。

根津一抬頭，看到坐在對面的長岡一臉訝異的表情。他可能對根津剛才的行為感到不解。因為根津向來不會主動找不認識的人說話。

根津不發一語地點了點頭，試圖藉此告訴長岡，等一下再告訴他。

入口的拉門嘎啦一聲打開，白天才剛見過的熟面孔走了進來。是瀨利千晶。「讓你們久等了。」她解開圍巾後，開始脫登山連帽外套。

「你們好。」又有兩個女生走了進來。是成宮莉央和她的姊姊葉月。莉央穿著和白天相同的粉紅色羽絨衣，葉月也穿著羽絨衣，但是一件長及膝蓋的羽絨大衣。千晶坐在根津旁邊，莉央坐在千晶旁邊，葉月很自然地坐在長岡身旁。他們五個人一起吃飯時，通常都是這麼坐。

坐在吧檯的小杉和另一個人不時轉頭看他們，可能是突然出現三個美女的關係。根津有點得意。

「之後的情況怎麼樣？準備工作進行得還順利嗎？」點完酒菜後，根津問千晶和莉央。

「大致差不多了——對不對？」莉央和千晶互看了一眼。

「我邀請的那些雙板滑雪客和玩家明天會來這裡。」千晶說，她經常把單板滑雪客稱為玩家，「因為要排練一下當天表演的節目。根津哥，到時候就麻煩你了。」

「請你們嚴格遵守時間。你們包場只有兩個小時，時間一過，就會把纜索撤走。」

「我知道，謝謝你。」

之前已經和滑雪場方面談妥，要包下滑雪場的一部分進行排練。

飲料送上來了，他們再度乾了杯。

「你們的大喜日子終於快到了。」根津輪流看著長岡和葉月。

「我完全沒有真實感。」長岡摸著脖頸後方，「光是結婚就已經很緊張了，沒想到還要在滑雪場舉行婚禮……我很擔心會搞砸了。」

「所以明天要加油，一定要好好練習。」莉央用強烈的語氣說道，然後轉頭看著葉月說：「姊姊，妳也一樣。」

「明天不用穿婚紗滑嗎？」葉月拿著烏龍茶，用溫和的語氣問。

「當然啊，如果排練試穿婚紗，不是會引起側目嗎？不知情的人還以為是正式的婚禮呢。」

「但婚禮的時候穿上婚紗滑雪，有辦法好好滑嗎？萬一跌倒怎麼辦？」

「怎麼可能嘛？姊姊，妳滑雪多少年了？而且，又不需要表演很難的動作，只要滑S形就好了。」

「葉月的S形滑降嗎？太精采了。」根津拿起啤酒杯，眨了眨眼。葉月在高中時代曾經是高山滑雪選手。

「我覺得根本是大材小用，」千晶說，「穿著潔白婚紗的新娘用割雪滑行快速滑下坡道的畫面一定超美。」

「千晶，到底要說幾次妳才聽得懂？這次的活動雖然是姊姊和姊夫的婚禮，但同時也是里澤溫泉滑雪場婚禮企劃的宣傳。如果表演這種高難度的動作，然後把影片放在網路上，不是會讓普通人卻步嗎？這種精采的表演就交給專家，所以才請妳幫忙啊，妳到底搞清楚了沒有？」

「我很清楚啦……」

「那就不要再抱怨了。」

「好，好，對不起，我不會再多嘴了。」千晶聳了聳肩。雖然千晶是莉央的好朋友，但莉央似乎在這件事上堅持魔鬼策劃人的立場，連千晶也有點無力招架，根津看在一旁，覺得很新鮮。

坐在吧檯前那兩個可疑的男人站了起來。小杉結完帳，向根津微微欠身打招呼，然後和另一個人一起離開了。

「你朋友？以前沒看過。」千晶問。

「因為發生了一點事。」

根津向三個女生說明了剛才的情況。

「其實我看過照片上那個男生。」他壓低聲音說，因為也不想讓老闆娘聽到。

「果然是這樣，我就覺得奇怪。」長岡說：「那個男生是誰？」

「我不知道他的名字，是報名參加越野滑雪行程的客人。」

根津詳細說明了在非正規滑道發現受傷的滑雪客的過程。

「原來是這樣，我剛才聽你說，參加越野滑雪行程的客人看到了走失的滑雪客，還帶你去那裡找人。」

根津聽到長岡這麼說，點了點頭。

「他不顧自己的行程帶我去找，穿著雪鞋爬了大約十分鐘左右，所以我覺得他很熱心，一般人通常不會熱心到這種程度。」

「原來富二代也有好人。」千晶語帶佩服地說。

「但你剛才為什麼說沒見過呢？」長岡問。

「嗯，」根津微微偏著頭，「可能是直覺吧，反正我想要幫他一下。因為我覺得他不像是壞人，所以還是不要說比較好。」

「可能是遇到什麼不順心的事決定離家出走，」莉央說，「沒想到富二代也有富二代的煩惱。」

「妳怎麼知道他是富二代？」葉月瞪大了眼睛。

「他的父母僱用私家偵探找他，如果不是有錢人，怎麼可能花這種錢？」

「嗯，有道理。莉央，妳真聰明。」

「這種事，誰都想得到啊。」

之後，他們又繼續討論婚禮的事。長岡和葉月結婚後，將會住進成宮家，成為入贅女婿，以後將繼承「板山屋」，但目前暫時以員工的身分在旅館內工作。

「長岡以後就是『板山屋』的老闆，葉月就是老闆娘，太好了，真令人期待啊。」根津說，「莉央，妳以後也會在旅館幫忙吧。」

沒想到莉央搖了搖頭。

「我打算在婚禮結束之後就離開，因為反正沒我的事了。」

「啊？是這樣嗎？」

「莉央，希望妳重新考慮一下，妳不必在意我們。」

葉月也同意長岡的意見，「對啊，真的不必在意。」

「這是怎麼回事？」根津輪流打量著他們三個人的臉問。

「莉央打算把她目前住的房間騰出來給我們使用。」長岡向根津說明，「因為她覺得葉月的房間太小了，但其實這根本不是問題。」

「不是啦，慎太哥，不是這樣，」莉央皺著眉頭，「是我自己的問題，我是為了自己決定要這麼做、想要離開家裡的，所以你們不必管我。」

莉央說話的語氣很強烈，長岡和葉月都被她的氣勢震懾了，不再說什麼，氣氛頓時變得很凝重。

「女人年過三十，人生就沒那麼簡單了。」千晶用開朗的語氣說道，然後摟著莉央的肩膀說：「對不對？來喝酒！」她拿起加了冰塊的威士忌，和莉央的杯子用力碰了一下。

根津看到莉央的嘴角露出笑容，鬆了一口氣。

他們繼續喝了一會兒，莉央和葉月要先回家，長岡說要送她們回家。根津向他們道別說：「明天見。」目送他們離開了。

「莉央剛才說的那句話，」根津把溫過的日本酒倒進千晶的小酒杯中，「是什麼意思？」

「你是問她說為了自己離家那句話嗎？」

「對啊。」

千晶拿起小酒杯喝了一小口，嘆了一口氣說：

「從年輕的時候就做自己想做的事，但最後一事無成，只有年紀不斷增加，然後發現周圍的人都結了婚，有了自己的家庭，只有自己孤家寡人。故鄉的家人張開雙臂接受這樣的自己，每天的生活也舒服自在，整天只想著要找一個理想的結婚對象，於是就開始積極尋找另一半，一旦發現有能夠保障自己未來穩定生活的男人，就使出渾身解數表現自己，三十多歲的女人對這樣的生活產生疑問也很正常啊。」

「妳是說，莉央是那樣嗎？」

「不光是她而已，只要不是生在大城市的女人，或多或少都有類似的煩惱，只有少數人能夠去大城市之後，實現自己的夢想，大部分都是灰頭土臉地回到老家，不得不向現實妥協。當然，也可以在那樣的生活中把握幸福，事實上，大部分人也這樣過日子。我相信莉央心裡也很清楚，但我猜想她還無法放棄，覺得自己也許還可以做點什麼，所以才會把葉月結婚當成是一個契機。」千晶拿起酒盅，為自己的酒杯倒了酒，「……這只是我的看法而已啦。」

「妳雖然在大城市出生，卻了解得很透徹啊。」

千晶是東京人。

「因為我也在尋找自己的歸宿。」千晶很乾脆地說，「而且我和莉央認識多年，只不過莉央雖然嘴上這麼說，其實有一部分還是顧慮到葉月他們。她似乎覺得既然是入贅，自己這個妹妹留在家裡似乎不太妥當。」

「我能夠理解。」

根津想起了俗話說的「小姨勝千鬼」。

「別看莉央那樣，其實她這個人很敏感。你知道嗎？她今年還沒有滑過雪。」

「啊？是這樣嗎？為什麼？」

「總之，她現在一心希望葉月的婚禮成功，雖然我對她說，可以當作轉換心情，但她說，萬一受傷就慘了。」

根津輕輕搖了搖頭，「她是把滑雪看得比三餐更重要的滑雪狂，可見她真的很愛她姊姊。」

「是啊，我從來沒看過感情這麼好的姊妹。」

「那妳呢？有辦法找到自己的歸宿嗎？」

千晶聽了根津的問題，聳了聳肩說：

「不知道啊，船到橋頭自然直吧。」她找來店員，又點了一盅日本酒。

14

……到了第二天，在廁所努力了半天，一看馬桶，嚇得魂飛魄散。我的大便竟然是綠色的。這下子完蛋了，一定得了不治之症。我手足無措，但仔細想一想，覺得綠色的大便也未免太奇怪了。因為顏色太漂亮，是那種很鮮豔的綠色，簡直就像顏料。這時，我想起一件事。前一天半夜喝酒時，我曾經把玩我姪女的顏料。慘了，我一定是喝醉的時候，把顏料吃進了肚子，於是就去確認了一下，沒想到綠色的顏料還沒拆封。我才剛鬆一口氣，卻發現黃色和藍色的顏料全都被擠光了。沒錯，我喝醉酒的時候，莫名其妙地把黃色和藍色的顏料吃進了肚子，結果兩種顏料在我肚子裡混合，變成鮮豔的綠色大便排了出來。……哈哈哈，這位住在東京的飯店工作人員M先生，你真慘啊。你的故事完全符合「青天霹靂」這個主題。是喔，原來顏料在你的肚子裡混合成綠色，不過，以後還是請你要多注意。

龍實聽著收音機內女ＤＪ說的故事，覺得這個世界上真的有不少笨蛋，這種人竟然能夠在社會上混飯吃。

ＤＪ介紹曲目後，收音機傳來了西洋音樂。那是龍實完全沒聽過的曲子，所以他關了收音機，伸了一個懶腰。當他伸展雙手時，拳頭碰到了車頂。即使把椅子完全放倒，一直坐在駕駛座還是會腰痠背痛，而且很無聊，他再度感受到智慧型手機的發明，充實了人類的生活。

今天花了一整天，也沒有找到那個女生——他們稱為「女神」的那個女生。越野滑雪行程結束後，他們自己找到了幾條非正規滑道，但都很不好滑，固定器在雪地中掉了好幾次。他們再度體會到，在不熟悉的環境下跑去非正規滑道滑雪太魯莽了。

他們在纜車營業時間結束的同時，回到了停車場，換了衣服之後，去公共浴池泡澡放鬆了一下。在溫度有點高的溫泉內伸展手腳，感到渾身充分放鬆，但回到車上之後，這種幸福的感覺立刻消失不見了。殺人命案的嫌犯？我嗎？——雖然至今仍然沒有真實感，但甚至無法住進平價旅館的事實，讓他知道這並不是夢，也不是開玩笑。因為波川說，他可能遭到了通緝，所以讓越少人看到越好。

副駕駛座的門打開，波川上了車。他手上拎著便利超商的袋子。

「你去了真久啊。」龍實說。

「好幾年沒打公用電話了，我也沒想到會聊這麼久。」

波川說。他剛才去便利商店買食物，順便打電話給松下。

「有進展嗎？」

「進展這個字眼，只能用在正面的事上，」波川從塑膠袋裡拿出三明治，「目前這種情況，要用越來越困窘來形容才比較恰當。」

「什麼意思？」

「聽松下說，刑警去問了好幾個學生，認不認識經濟系的脇坂同學，他們似乎真的把你當成了嫌犯。今天又有人去搜索了你住的地方，而且警察的人數比昨天多了一倍。」

龍實抱著頭，「怎麼會這樣？他們怎麼可以隨便跑去我家……？好煩喔。」

「並不是只有你的住家遭到搜索，」波川吃三明治時說道，「我也聯絡了藤岡，我果然沒猜錯，刑警也查到了『山猴』，他們知道我和你關係不錯，當然也想向我了解情況，但我的手機關機了，引起了他們的懷疑，所以就跑去我家了，還叫藤岡帶路。」

「結果呢？」

「我不在家。你猜刑警會怎麼做？」

「怎麼做？」

「為了確認這件事，我打電話回仙台的老家，和我爸聊了一下，結果不出我所料。他們接到了警視廳的電話，說我下落不明，問他們是否知道我在哪裡。我爸媽回答說，他們不知道，結果對方就說，我可能被捲入了犯罪，希望可以同意他們去我的房間察看。我爸媽當然一口答應，雖然警察並沒有告訴他們是什麼案子，但他們毫無根據地以為我被人幹掉了，我媽哭得可慘了。」

「那他們聽到你的聲音，終於放心了。」

波川撇著嘴，搖了搖頭。

「他們問了一大堆問題，問我到底幹了什麼，發生了什麼事，目前人在哪裡。我一再重複，我沒有做任何壞事，叫他們不必擔心，但他們還是在電話裡鬼吼鬼叫，我懶得再向他們解釋，沒等他們說完，就把電話掛了。」

「你真慘。」

龍實說完，波川打量著他的臉。

「你別以為事不關己，警察都已經把手伸到我老家了，一定也會去問你父母。」

聽波川這麼說，覺得很有可能。「那該怎麼辦……？」

「你等一下打通電話回家，告訴他們你什麼都沒做，叫他們不必擔心。」

「幹！真是太衰了，為什麼會搞成這樣？」

「還不是因為你自己跑進別人家裡，去摸了莫名其妙的鑰匙，而且還把別人家的狗繩帶回家。如果你沒做這些事，就不會遭到懷疑了。」

龍實無言以對，只能用力抓頭。

「所以，我家也遭到搜索了，現在他們已經掌握了很多情況，也知道你曾經去了我家。」

「他們知道我們來這裡嗎？」

「這我就不知道了，但我想起一件重要的事。」

「什麼事？」

「公寓的監視攝影機，應該拍到我們出門時的情況，我們不該帶這些東西出門。」波川用大拇指指著後方，「我是說滑雪板，所以警察可能已經知道我們去了某個滑雪場。我太大意了，早知道應該用租的。」

「但有很多滑雪場……」

波川點了點頭。

「所以我覺得警察應該不會馬上來這裡，只不過我們也沒有太多時間，因為我們的『女神』不可能一直留在這裡，必須趕快找到她。」

龍實握著方向盤，「到底該怎麼找到她？」

「這個滑雪場太大了，這樣隨便亂找，根本不可能找到她。我認為應該去『女神』可能會出現的地方等她。」

「正因為這樣，今天才特地參加了越野滑雪的行程，而且還想要向嚮導打聽正規滑道以外的秘境，但最後還是撲空啊。」

「嘖嘖嘖，」波川咂著嘴，「還有其他她可能出現的地方啊。」

「有這種地方嗎？」

波川用食指指著自己的太陽穴，「你也稍微動一下腦筋，你不是說她喜歡粉雪的滑道嗎？天氣預報說，今天晚上到明天早晨，會有二十公分的降雪。所以，你明天早上會怎麼做？」

龍實想了一下，立刻領會了朋友想要說什麼。他打了一個響指回答說：「明天一早去搭纜車。」

「沒錯，這裡有兩條箱形纜車的路線，如果想滑優質的粉雪，一定會去搭靠近山頂的纜車。那裡從早上八點半開始營業。」

「太好了。」龍實振奮起來，「那我們八點半去纜車站。」

波川失望地垂著兩道眉毛。

「等纜車開始運轉就來不及了，沒辦法確認排在前面的那些人。必須在營業時間之前，去排隊的隊伍中尋找。如果她在這個滑雪場，很可能會出現在那裡。」

「我了解了，那明天八點去纜車站。」龍實看著超商的塑膠袋，拿出明太子飯糰。吃完簡單的晚餐，龍實下了車，準備打電話回家。他接過波川買的電話卡，走向附設了公用電話的超商。

站在公用電話前，有點不知所措。因為他忘了怎麼使用電話卡。他想不起最後一次使用電話卡是什麼時候，只記得讀小學的時候，大人不幫自己買手機，曾經用過幾次公用電話。

他拿起聽筒，動作生硬地把電話卡插進了公用電話，按了老家的電話號碼，然後用力深呼吸了幾次。問題並不在於如何使用公用電話，而是不知道要怎麼開口。

鈴聲響起，電話馬上就接通了。「你好，這裡是脇坂家。」媽媽接電話時都習慣這麼說，難道是因為看到來電顯示是公用電話，所以聲音有點緊張嗎？

「喂，是我。」

「龍實！」電話那一端先傳來倒吸一口氣的聲音，叫他名字的聲音也很尖，「你在幹嘛？」

「在幹嘛，呃……」他不知道該怎麼說。

「警察突然上門，問我你有沒有回家。我回答說沒有，他們又問我，有沒有打電話回家，知不知道你去了哪裡，而且態度很兇。你到底做了什麼？」

「我什麼都沒做，只是遭到了誤會，所以警察在追我。」

「警察在追你？這是怎麼回事？」

「把電話給我。」電話中傳來爸爸的聲音，「喂，龍實，你到底在搞什麼鬼名堂？」

又是問相同的問題嗎？龍實有點洩氣，「我不是說了嗎？我什麼都沒做，我是清白的。」

「清白？這又是怎麼回事？」

「警察是怎麼告訴你們的？」

「他們什麼也沒告訴我們，喂，龍實，清白是怎麼回事？」

「清白就是清白，就是我沒有做任何壞事的意思。」

「既然這樣，你就不要躲躲藏藏，趕快去警察局。」

「問題就是不能這麼做，如果事情這麼簡單，我就不必這麼累了。」

「為什麼？到底是怎麼回事？」

「說來話長，反正你們不必為我擔心。」

「怎麼可能不擔心？龍實，你現在人在哪裡？從哪裡打電話？」

「我怎麼可能告訴你嘛，我要掛電話了。」

「喂，等一下！」龍實不理會爸爸在電話那頭大喊，掛上了電話，用力嘆了一口長氣。平時和父母說話就很累，但從來沒有像今天晚上這麼累。

他正打算轉身離開，發現公用電話吐出了電話卡。

15

從大浴場回到房間，一打開門，紙拉門內傳來的電視聲音立刻消失了，接著聽到的「喀答」聲音，應該是慌忙把遙控器放在桌子上的聲音。

打開紙拉門，前一刻應該還盤著腿看電視的白井跪坐在桌子前，電視遙控器和手機並排放在他前面的桌子上。

「這裡的溫泉不錯，你去泡一下吧。」

「好，那個，股長剛才打電話來……」

「他說什麼？」

「想了解目前的狀況。」

這老頭真煩人。小杉忍不住咕噥。難道他以為在這麼短的時間內，情況會發生巨大的變化嗎？

「你怎麼回答他？」

「我就照實說了。」白井看著完全沒有影像的電視螢幕回答，「我告訴他，我們盡可能擴大範圍四處探訪，但沒有發現任何線索。」

他的回答聽起來就像是公務員在國會答辯，但也只能這麼回答。

「股長有什麼反應？」

「他很不滿，說等你回來之後，再打電話給他。」

「哼。」小杉哼了一聲，打開旁邊的冰箱，拿出剛才在便利商店買的啤酒，在白井對面坐了下來。打開拉環，喝了一口啤酒之後，拿起放在電視旁充電的手機。

「我是南原。」小杉撥打電話後，立刻聽到南原不悅的聲音。

「辛苦了，我是小杉。」

「你剛才去哪裡？」

「當然去探訪啊？」

電話中傳來咂嘴的聲音。

「真的嗎？該不會是去泡了溫泉，現在正在享受泡完澡後的啤酒吧？」

他有透視能力嗎？——汗水順著小杉的太陽穴流了下來，「你誤會了。」

「算了，聽說你們還沒有找到。在一個小村莊裡找一個小毛頭，為什麼要花這麼長的時間？」

「他們也是今天剛到這裡，所以並沒有四處活動。而且我們又不能表明身分，如果可以說自己是警察，或許還能夠得到一些協助。」

「我不是說了，這樣不行嗎？要動動腦筋，你們沒問題，一定可以做到！」

又來這招。小杉撇著嘴，「喔……」

「目前又出現了新的情況，和脇坂一起逃亡的波川，很可能是強盜殺人的共犯。」

「啊？是這樣嗎？怎麼知道的？」

「一課那些人，還是去查了脇坂的手機，在花菱股長的指示下，獲得了手機GPS的位置。雖然他的手機目前關機，但可以調查之前的紀錄，結果發現，他在案發當天去了新瀉。」

「新瀉？」

「正確地說，是新月高原滑雪場。一大清早從東京出發，晚上七點多才回到東京。N系統的紀錄，也查到了脇坂車子的行蹤，兩者完全一致。」

「等一下，這不就代表脇坂有不在場證明嗎？他根本不可能犯案。」

「問題就在於並不是這樣，只有手機和車子的行蹤留下了紀錄，未必是脇坂的行蹤。」

小杉了解南原想要表達的意思。

「你是說，有其他人拿著脇坂的手機，然後開著他的車移動嗎？」

「不是很有可能嗎？」

「那個人就是波川？」

「脇坂的手機最後留下的位置，就是波川家。因為凶器的狗繩是在脇坂家找到的，所以實際犯案的應該就是他。波川只是負責偽造不在場證明。只是按照當初的計畫，他們兩個人都沒想到會發展成這麼重大的事件。原本只是計畫由脇坂偷偷溜進福丸家，偷一些值錢的東西而已，沒想到脇坂竟然殺了那個老人，於是發現無法靠這麼簡單的不在場證明矇混過去，所以他們就逃走了。」

「原來是這樣。」小杉嘴上這麼回答，內心覺得不太對勁。這樣的分析雖然在邏輯上說得通，但不太合理。

「所以，」南原繼續說了下去，「花菱股長更加卯足全力追查脇坂和波川的行蹤。可能他一心想要立功，所以完全不在意我們的動向，目前還沒有提到里澤溫泉村的地名。但是，他們很可能因為某個契機查到那裡，你們無論如何，都必須搶在他們之前找到人。」

「我雖然知道，但線索太少了。」

「怎麼了？你們手上不是有照片嗎？」

「問題就在這裡，來這裡之後，我才深刻體會到，滑雪場是理想的藏身之處。」

「為什麼？」

「因為可以在遮住臉的狀態下行動，即使戴著雪鏡或墨鏡走來走去，也不會引起任何人的懷疑，而且還可以用頭巾遮臉。髮型可以用帽子和安全帽遮住，滑雪衣可以掩飾體型，現在才知道，照片根本無法發揮任何作用。」

電話中傳來南原的低吟聲，小杉以為他無法反駁，沒想到他竟然說出了意想不到的話。「內行人不就是要在這種情況下設法找到人嗎？」

小杉覺得渾身癱軟。這根本不是內行人說的話。

「股長，我有一事相求。」

「沒辦法派人支援你。」

「我知道，也沒對這件事抱希望，但希望你提供一些資訊，有關脇坂和波川的資訊。」

「你想知道什麼？」

「衣服的顏色。」

「衣服？」

「我剛才也說了，一旦他們混入滑雪客之中，很難找到他們，應該說，根本不可能找到他們。唯一的識別方法，就是他們的滑雪衣和帽子的顏色，還有花紋。我希望你幫忙調查一下，他們兩個人在滑雪時的服裝，我想只要問一下他們社團的人，應該就知道了。」

「好，我會派人去調查。」

「如果可以，最好有照片，因為即使口頭描述顏色和圖案，也很難想像實際的感覺。」

南原再度咂著嘴，「你的要求真多啊。」

還不是因為你強人所難。小杉很想這麼反駁，但還是忍住了。「不好意思。」

「如果拿到照片，就會傳給你，再等一下。」

「好。」

掛上電話後，小杉把手機丟在坐墊上。

「又被股長激勵了一番。」白井心灰意冷地說。

「我覺得其實不必逞強，去和花菱股長好好協調一下嘛。不過，並不是那老頭在逞強，而是木屐課長。」

小杉告訴白井，花菱他們掌握了脇坂手機的GPS資料。

「而且，他們正式把波川視為共犯，但我覺得不太對勁。」

「怎麼說？」

「脇坂想要闖空門，波川為他製造不在場證明——到這裡為止沒有問題，因為只是竊盜而已，但最後發展成殺人命案，我搞不懂波川為什麼繼續協助他。因為對波川來說，主動到案說明情況不是更有利嗎？只要聲稱是開玩笑，在玩製造不在場證明的遊戲，很可能躲過罪責。他是法律系的學生，不可能不了解這些情況。」

「但他們就是逃走了，」白井說，「如果什麼都沒做，根本不需要逃。」

「是啊。」小杉拿起啤酒喝了起來。

「明天之後要怎麼辦？就像你在電話中說的，只憑照片去探訪，根本不可能找到他們。」

「所以我才請股長去查一下他們滑雪衣的顏色。」

「只憑這點線索找人嗎？你知道這裡有多少人來滑雪？」

小杉想不到要怎麼回答，皺著鼻子，站了起來，走到窗戶旁拉開窗簾，發現房屋的燈光一直延伸到遠處。雖然南原說這裡是小村莊，但實地調查後發現，這裡有超過兩百家大大小小的旅館。想到明天要去走訪所有的旅館，就開始感到沮喪，更何況脇坂他們未必住在普通的旅館。他們應該有躲藏的地方，才會逃來這裡吧。如果有人窩藏他們，就更難找到了。

一輛車子緩緩駛過前方的馬路。這個村莊的路很複雜，而且路都很窄，有些地方還積了雪。小杉的開車技術不太好，忍不住想，如果是自己在這裡開車，停車應該很辛苦。

丟在坐墊上的手機震動起來，拿起來一看，又是南原打來的。

「我是小杉，知道脇坂他們的服裝了嗎？」

「沒這麼快，目前正在調查。剛才忘了確認一件重要的事，你們應該有調查車子吧？」

「車子？」

「脇坂的車子，既然他們開車過去，應該停在村子的某個地方，你們沒有調查嗎？」

小杉吞了口水後才開口問：「調查村裡所有的車子嗎？就我們兩個人？」

「外來車停車的地方，不是很有限嗎？怎麼？你們還沒調查？」

「明天會調查。」

「小杉，」南原用低沉的聲音說：「你知道嗎？現在沒時間了。」

「我知道。」

「如果你知道，說話就不會這麼輕鬆。明天早上，我會再問你相同的問題，到時候你要回答我。沒問題吧？就這樣。」南原又自顧自說完後，直接掛上了電話。

小杉看著手機，已經連生氣的力氣也沒有了。

白井站在旁邊，他穿著浴衣，手上拿著毛巾，似乎打算去大浴場。

「雖然這樣有點殘忍，但如果你不想泡完澡之後吹冷風，晚一點再去泡澡。」小杉指著脫在一旁的滑雪衣，「做出門的準備，也別忘了帶手電筒。」

16

野獸在咆哮。這裡是哪裡？是叢林嗎？龍實昏昏沉沉地睜開眼睛。

最先映入眼簾的是灰色的牆壁。灰色的牆壁近在眼前，只要一伸手，就可以摸到。

仔細一看，那並不是牆壁，而是車頂，但感覺很陌生。所以，這不是自己的車子。

他慢慢坐了起來，發現自己穿著登山連帽外套，躺在後車座，滑雪衣和長褲當作毛毯蓋著下半身。他一時想不起是怎麼回事，怔怔地看著這些東西。

耳邊再度傳來低鳴，但這次他發現並不是野獸的咆哮，而是車子的引擎聲。一看車窗外，一輛灰色休旅車正打算停在旁邊的車位。

他從外套口袋裡摸出手機，想要確認時間。發現手機關機了。他搞不懂為什麼會關機，正想開機，又立刻停下。

對了，一旦開機就完蛋了——

記憶漸漸回來了。前天發生的事浮現在腦海。既然坐在這輛車上，就代表簡直像是一場惡夢的事果然是現實。

龍實重重地嘆了一口氣，把手機放回了口袋。

他看向副駕駛座，波川把整個座椅放倒，穿著羽絨衣睡著了。帽子把整個腦袋都罩了起來，也用滑雪衣裹住下半身。

「波川。」龍實叫了一聲，但他沒有回應。龍實伸手搖著他的身體，「喂，波川，你醒醒。」

波川動了幾下，把帽子脫了下來，揉了揉臉，轉頭看著龍實。他的右眼還有眼屎，「早安。」他用低沉的聲音打招呼，「現在幾點？」

「不知道，手機沒開。」

「對喔。」波川嘀咕了一聲，用力伸著懶腰。

「打開衛星導航系統，應該就知道時間了。」

「喔，沒錯。」波川動作遲鈍地伸出手，打開了開關。

「幾點？」龍實問。

「嗯，八點十五分。」

「喔。」

那還可以再睡一會。龍實再度倒了下來，下一剎那，倒吸了一口氣。

「慘了！」波川也同時叫了起來，他也想起了重要的事。

「纜車快開了。」龍實慌忙坐了起來。

打開車門，用力衝出去時，重重地撞到了門框。因為這不是他的車子，所以車門的高度也不一樣。

雖然車外還有女生，但現在管不了那麼多。他們急忙換了衣服，抱著滑雪板，一路跑向箱形纜車站。

快八點三十分時，他們才趕到纜車站。幸好纜車還沒有開始運轉，入口的門還關著。果然不出所料，想要享受一大早新雪的滑雪客已經在那裡排隊了。龍實和波川把滑雪板放在一旁，走到隊伍的最前面。

「怎麼樣？那裡有一個戴黑色安全帽的女生，要不要直接過去問一下？」

龍實看著波川手指的那個女生，搖了搖頭，「滑雪衣不是那種顏色，而且個子更嬌小。」

龍實看著正在排隊的人。除了日本人以外，也有很多歐美人。看來連外國人都知道，這裡的雪質完全不輸北海道。

雙板滑雪客手上拿的滑雪板都又寬又長，很多單板滑雪客也抱著粉雪滑道專用的滑雪板。沒有人滑過的滑道當前，個個都躍躍欲試。

龍實努力回想在新月高原見到的那個女生的服裝。她戴著黑色安全帽，滑雪衣是紅色和白色，但想不起來是什麼圖案。褲子的顏色呢？好像是藍色，但也可能記錯了。

他和波川一起沿著隊伍尋找「女神」。如果不趕快找，纜車就要開始運轉了。

「喂，那個女生呢？她的滑雪衣褲顏色和你說的完全一樣。」

順著波川手指的方向看去，龍實也感到有點驚訝。黑色安全帽，紅白格子滑雪衣和淺藍色的滑雪褲，身材也很像，而且那個女生看起來並沒有同伴。龍實想起「女神」曾經說，一個人滑雪很輕鬆。

「借過，借過。」龍實擠進隊伍中，周圍的人都戴著雪鏡和墨鏡，所以看不清楚他們臉上的表情，但知道他們都冷眼看著自己，只不過現在不能畏縮。

他走到紅白格子滑雪衣的女生面前，那個女生緊張地向後退一步，雪鏡遮住的臉上一定露出驚訝的表情。

「請問，」龍實鼓起勇氣開了口，「可以讓我看一下妳的臉嗎？」

女生把臉轉到一旁，似乎在反問，你在說什麼啊。

「妳前天有沒有去新月高原滑雪場？妳有去那裡吧？拜託了，讓我看一下妳的臉，求求妳了。」龍實鞠了一躬。

那個女生不發一語，然後慢慢舉起右手，把雪鏡推到安全帽上方，而且拉開了頭巾。「這樣可以了嗎？」

「啊！」龍實驚叫一聲，一時說不出話。

對方的聲音比想像中粗，而且發出聲音的嘴巴上方有鬍子。

「不好意思。」龍實又鞠了一躬，轉身離開了。在眾人狐疑的眼神注視下，走回波川身旁。

「找錯人了嗎？」

「哪是找錯而已啊！」

波川聽完龍實說明情況，低嘆一聲，「連性別也搞錯，未免太離譜了。」

「不是你問我那個女生怎麼樣嗎？」

「你在看到他的臉之前，不是也沒發現嗎？這代表在滑雪場只靠衣服找人，不是一件容易的事。」

「我也知道，但沒有其他方法了啊。」

「除了紅白雙色以外，能不能再具體一點？」

「問題就在這裡，但想不起來就是想不起來啊，我覺得記憶好像蒙上了一層迷霧。」

這時，纜車的工作人員現身，打開了門。隊伍開始動了起來。

龍實和波川站在隊伍旁，仔細打量經過的每一個單板滑雪客，很少有人完全符合黑色安全帽、紅白雙色滑雪衣和藍色滑雪褲的特徵，但只要看到接近的裝扮，就上前詢問，確認長相。雖然那些人明顯覺得他有點可怕，但現在管不了這麼多了。

纜車開始營業的三十分鐘後，隊伍慢慢變短了，但他們還是沒有看到「女神」。

「如果要滑早晨第一波的粉雪，現在應該坐在纜車上了。」波川的聲音中帶著焦急，「該不會猜錯了？」

龍實眺望著偌大的滑雪場，滑雪客一個接一個地滑了下去，全身散發出享受新雪的充實感。他們滑下去之後，一定會再來搭纜車，享受第二次。龍實無法克制內心對他們的羨慕，當然也很清楚，現在不應該羨慕。

他站在原地，想著這些事，突然聽到旁邊有人叫他。

「那個……」一個身穿藍色滑雪衣的年輕人走了過來，臉上戴著墨鏡。

他是誰？之前好像在哪裡見過相同體格的人。下一剎那，龍實立刻想起來了。是越野滑雪行程的年輕嚮導，記得他姓高野。

「嗨！」龍實對他露出笑容，「昨天謝謝你。」

「昨天辛苦了。」高野也對他說，「謝謝，你昨天幫了大忙。」

「幫了什麼？」

「你不是帶巡邏員找到了那個擅自闖入的滑雪客嗎？還特地爬上山，後來聽說那個人肋骨斷了，而且還斷了三根。」

「哇噢！」龍實皺著眉頭，「太可憐了。」

「雖然可憐，但他是自作自受。只不過如果當時沒找到他就慘了，他無法自行活動，搞不好到天黑之前都找不到他。天黑之後，當然就沒辦法再找了，他一身輕裝，最糟糕的狀況，可能會凍死。一旦發生這種事，越野滑雪的滑道就會禁止使用，滑雪場的評價也會嚴重受損，真的差一點就發生這種狀況。」

龍實聽了，也覺得真的只差一點，同時再度認識到，不光是巡邏員嚴格執行雪山的相關規定，和滑雪場營運有關的每一個人，都發自內心地祈禱不會發生意外。

「我們也會小心。」龍實說。

「請務必小心，對了——」高野看了看龍實，又看了看波川，「你們在這裡幹什麼？我剛才在辦公室看到你們不時找搭纜車的人說話。」

「喔。」龍實不置可否地點了點頭，看向辦公室。原來辦公室剛好在纜車站旁邊。

「你們該不會……在搭訕？」高野的嘴角露出笑容。

「不是，不是你想的那樣。」龍實在臉前搖著手，「昨天不是曾經向你提過嗎？我朋友在找一見鍾情的女生，我們還在繼續找。」

高野了然於心地點了點頭。

「果然是這樣，我剛才就覺得應該是這麼一回事。」

「有什麼問題嗎？」

高野向辦公室的方向瞥了一眼，又向龍實他們靠近了一步。

「你昨天說，那個女生喜歡非正規滑道的粉雪滑道，所以想知道這個滑雪場的秘境。」

「是啊……你願意告訴我們嗎？」龍實忍不住提高了音量。

高野又看了辦公室一眼，然後將視線移回龍實他們身上。

「不能告訴任何人，是我告訴你們的。」

「我們保證！」波川搶先用力回答。

17

小杉向兩棟建築物之間的停車場張望，忍不住感到洩氣。因為他看到停車場內停了十幾輛車，其中有好幾輛是廂型車。因為車上積了雪，不要說車子的廠牌，就連車身的顏色也難以判別，當然更無法看到車牌。

小杉穿著租來的滑雪裝和租來的長筒雨靴，走進了停車場。昨晚似乎又下了雪，每走一步，鞋子就埋進雪地中。

他走到最後方那輛廂型車旁，雖然顏色和車子的廠牌都完全不同，但還是用穿了長筒雨靴的腳踢開了車牌上的雪。那是千葉的車牌。原本就沒抱希望，所以並沒有感到失望。

隔壁再隔壁也是一輛廂型車，廠牌相同，顏色也很接近。他抱著一絲期待確認了車牌，可惜是愛媛的車牌。為什麼從四國開車來這種地方？他忍不住踢著輪胎發洩心中的怨氣。

不用說，他在找脇坂龍實的車子。昨晚接到了南原的命令，立刻離開旅館出來找車，但只要稍微偏離馬路，就是一片漆黑，甚至不知道自己身在何處。白井用快哭出來的聲音說：「這樣下去，我們可能會遇難」，小杉覺得這句話完全不是在開玩笑，而且簡直快凍死了。這樣下去不行。於是立刻決定隔天一早起來再找，兩個人渾身發抖地回到了旅館。

今天早上，兩個人分頭調查停在村莊內的車子。看了地圖後發現，村莊內有許多大大小小的停車場，於是決定分成東側和西側兩部分，猜拳獲勝的小杉選了西側。一個小時前，兩個人走出了旅館，連吐出的氣都是白色的。

脇坂龍實的車子是四輪傳動的銀色廂型車，小杉在四處尋找後發現，這是在滑雪場最難找的車子。廂型車有很多種類，不同廠牌的形狀有微妙的差異，但在一片雪地中，幾乎難以分辨。而且銀色也是麻煩的顏色，因為積雪之後，每一輛車看起來都是銀色，而且南原說，「車身的顏色可能和當初購買時不一樣，也必須把這個可能性列入考慮」，所以，每次看到車身較高的長方形車子，就必須上前確認車牌。

他走向下一輛廂型車時，手機響了。他正在想，如果是南原打來的就麻煩了，幸好是白井。

「找到了嗎？」小杉一接起電話就問道。

「找不到。」後輩的回答很乾脆。

我想也是。小杉心想。不可能這麼幸運。

「情況怎麼樣？」

「村莊東側的停車場，我已經查完一半了。」

「真快啊，我只查了三分之一。」

「不知道是不是風向的關係，車上沒什麼積雪，所以站在遠處就可以確認車子的廠牌。」

原來是這樣。虧自己還贏了猜拳。小杉忍不住後悔。

「怎麼辦？還要繼續下去嗎？」白井似乎不想繼續查下去。

「如果不繼續查，會挨馬面股長的罵。」

他在說南原。

「是啊，好吧，那就繼續查。」白井回答。小杉想像著他孤伶伶站在積雪馬路上的樣子。

小杉看向下一輛廂型車，忍不住皺起了眉頭。因為那輛車子在雙排停車的內側，不要說車牌，就連車子的廠牌也看不到，但那是一輛銀色的車子，不能不去查看。雖然麻煩，只能走過去確認。

車子之間的間隔原本就很狹窄，再加上積雪的關係，在車子之間移動變得更加困難。小杉只能側過身體，像螃蟹一樣移動，好不容易擠到那輛車子旁，想要確認車牌，卻因為和前面那輛車子的間隔太狹窄，看不到車牌。

他嘖了一下，繼續側著身體走路，想去看後方的車牌，沒想到車子停得離牆壁很近，也無法看到，而且他發現這輛車和脇坂的車子同款，無論如何都必須確認。既然看不到車牌，只能確認車內的情況。

小杉撥開車窗上的積雪，向車內張望。車內太黑了，看不清楚，只能把臉湊在車窗旁仔細打量。車上有揉成一團的毛毯，還有好幾個便利商店的塑膠袋，看起來像是住在車上——小杉這麼想道。

「喂！那位先生！」這時，不知道哪裡傳來叫聲。

小杉沒想到那個聲音在叫自己，繼續向車內張望。「我在叫你，就是你，難道沒聽到嗎？」那個聲音比剛才更尖、更大聲了。

小杉直起身體，四處張望。看到一個身穿防寒大衣的女人站在停車場中央瞪著他。

妳在叫我？小杉指著自己的鼻子。

「對啊，就是你，你在這裡幹嘛？這是我家客人的車子。」

她似乎是這個停車場的管理員。

「不，妳問我在幹什麼，這……」小杉覺得情況不妙，再度像螃蟹一樣橫向移動，離開了車子旁。

他思考著辯解的理由，戰戰兢兢地走到女人身旁。如果拔腿就逃，對方可能會報警。

「咦！」沒想到女人發出了奇妙的聲音，「你不就是昨天那個客人嗎？」

「啊？」小杉抬起頭，和那個女人四目相接。她的頭髮盤在腦後，圓臉上完全沒有化妝。年紀不到四十歲，防寒大衣襯托出她健美的身材。

小杉不認識眼前這個女人，正在思考她到底是誰。那個女人用力點了點頭。

「果然是你，就是昨天那個奇怪的客人，你不是說，在找誰家的小少爺嗎？」

聽到這句話，小杉才終於知道是怎麼回事。他再度打量眼前這個女人，剛才以為不認識她，但她的臉部輪廓和五官的位置，和昨天晚上見到的人一致。

「啊！」小杉叫了起來，「妳是居酒屋的老闆娘。」

「沒錯沒錯。」她笑著點了點頭。也許是因為在店裡穿和服的關係，也可能是因為沒化妝的關係，現在看起來比較年輕。

「昨天謝謝款待。」小杉說。

「是我該謝謝你，歡迎隨時光臨。」老闆娘鞠了一躬，「……雖然我很想這麼說，」她抬起頭瞪著小杉，「但一碼歸一碼，我不能眼睜睜地看著你破壞我們客人的車子。」

「我沒有破壞……這裡是妳家的停車場嗎？離那家店距離有點遠。」

「除了那家店以外，我家還經營旅館。就是那家。」

老闆娘用下巴指著對面那棟房子，那是一家日式小旅館，掛著「隨興」的招牌。小杉想起昨天去的那家居酒屋的店名是「隨興小餐館」。

「你在這裡幹什麼？」老闆娘氣勢洶洶地質問。

「沒幹什麼。」

「怎麼可能？我親眼看到你向客人的車子內張望，如果你不老實說，我就要報警。」

「哇，請等一下。」小杉伸出張開的右手，「好，我告訴妳，就是昨天說的，找那個小少爺的事。因為知道了他開的車子，猜想可能停在哪裡，所以就四處尋找。剛才我想確認車牌。」

老闆娘露出狐疑的眼神看著小杉，顯然並不相信他。

「是真的，我沒騙妳，請妳相信我。」

她仍然露出狐疑的眼神，抱著雙臂問：「哪裡的車牌？」

「啊？什麼哪裡？」

「你在找的那輛小少爺的車啊，是長野的車牌？還是東京的車牌？」

「不，都不是，是豐橋的車牌。」

「豐橋。」老闆娘嘀咕著，她臉上的表情已經不是懷疑，而是在思考。

「怎麼了嗎？」

老闆娘瞇起眼睛，露出探詢的眼神看著他，「你到底是什麼人？」

她直截了當的問話方式，讓小杉不知所措，「啊？什麼人……」

「你說的豐橋車牌，後面的數字是不是這樣？」老闆娘說了四個數字。

小杉忍不住屏住呼吸看著她的臉。那正是脇坂龍實的車牌。

「果然是這樣。」老闆娘看著他的表情說，「你說在找什麼小少爺，根本是說謊。」

「老闆娘，妳怎麼會知道這個車牌？」

「是我在問你，趕快回答，你到底是什麼人？」

小杉沉默不語，她從防寒大衣的口袋裡拿出了手機。

「如果你不回答，我就要報警，因為這樣最簡單。」

小杉重重地吐出一口氣。他只能投降。

「好，我會告訴妳實情，妳先把電話收起來，我的身分是這個。」小杉說完，出示了警視廳的徽章。

老闆娘皺了皺眉頭，但並不感到意外，而且連續點了好幾次頭。

「果然是這樣，我就猜想你是警察。」她說話的語氣已經變得很客氣。

「果然……是什麼意思？」

「昨天深夜，村莊的旅館公會傳來一份傳真，上面寫了我剛才說的車牌號碼。」

「旅館公會？這是怎麼回事？」

「我還想問你呢，總之，我也搞不清楚。」

「傳真是怎麼回事？傳真的內容是什麼？」

「是什麼……說明起來很麻煩，你跟我來，給你看了就知道了。」她轉身邁開步伐。

小杉跟在老闆娘身後走進旅館，她走進無人的櫃檯內，遞給小杉一張傳真紙說：

「就是這個。」

小杉接過傳真，看了傳真上的內容。傳真的收件人是「里澤溫泉村旅館公會各位相關人員」，主旨是「長野縣警洽詢車輛問題」，上面寫了車牌號碼，長野縣警要求旅館公會一旦發現該車輛，立刻和縣警聯絡。那個號碼當然是脇坂的車牌。

「原來是這樣。」小杉嘀咕著，把傳真交還給老闆娘，「原來是這麼一回事。」

「怎麼回事？我接到傳真之後，打電話問了公會的事務局長，他說也不了解詳細情況，問不出所以然，只說是用這份傳真轉達了縣警的指示。小杉先生……我沒叫錯吧？如果你了解情況，可不可以請你告訴我？」

「我會告訴妳，但我先通知一下我的搭檔。」小杉拿出了自己的手機。

18

下了雙人吊椅纜車，龍實四處張望。一旁的波川也東張西望著。

如果是正常滑雪，這裡有兩個選擇。可以沿著剛才坐的纜車兩側的滑道滑下去，或是前往名叫天際飆速滑道的長滑道。天際飆速滑道是里澤溫泉滑雪場特有的滑道之一。

但是，龍實他們的目的並不是正常滑雪。

「到底在哪裡？」龍實嘀咕道。

「他剛才說，下了纜車之後往右走。」波川重複了高野剛才告訴他們的話，指著那個方向，「我們先去那裡看看。」

即使滑雪技術再好，在第一次造訪的滑雪場內移動仍然令人不安，更何況他們打算離開正規滑道，內心的不安更勝於興奮。龍實和波川一起滑了過去，但沿途都疑神疑鬼，不知道是否走錯了方向。

不一會兒，出現了一個上坡道，當然無法繼續用滑雪板滑行。他們解開固定器，抱著滑雪板走了起來。一看腳下，有好幾個腳印。

坡度越來越陡，但他們確信沒有走錯。因為除了腳印以外，還有雙板滑雪客穿著滑雪板爬上斜坡的痕跡。

坡道中途，有一條繩索擋住了去路，但腳印並沒有消失，一直通往前方。

龍實和波川抱著滑雪板，鑽過繩索。上坡道的狹窄小路繼續向前方延伸，但那並不是正規的路，而是違反規定的違規者走出來的獸徑。

沿著這條路繼續往前走，不一會兒，視野開闊起來。腳下很平坦，看起來像是好幾個人用力踩過的痕跡。單板滑雪客似乎都在這裡穿上滑雪板。看向前方，已經看不到腳印，但樹木之間有單板和雙板滑雪客留下的滑行痕跡。

龍實嘆了一口氣，「如果不是有人告訴我們，我們絕對不可能找到。」

「是啊。」波川回答，「山上的事，還是問當地人最清楚。」

高野告訴他們，把這個滑雪場當成主場的人如果想滑粉雪滑道，都會來這裡。

龍實把自己的滑雪板放在雪地上，彎下腰準備裝固定器。

「你在幹嘛？」波川問。

「幹嘛……穿滑雪板啊。」

波川把滑雪板插在雪地上，做出跌倒的動作，「你腦袋破洞了嗎？」

「啊？」

「穿滑雪板幹嘛？你打算去樹林滑雪嗎？你覺得這樣能夠找到『女神』嗎？」

「這不是在玩啊，但不能滑嗎？」

波川攤開雙手，似乎在說，「真是夠了。」

「為什麼要滑？漫無目的隨便亂滑，會降低找到她的機率。你也看到了，這裡是起點，也就是說，想要滑下面這片樹林的人都會來這裡。」

龍實終於了解了波川的意思，「所以我們要在這裡等嗎？」

「你好像終於懂了。」波川把滑雪板翻了過來，放在雪地上，自己在旁邊坐了下來。

波川的話的確有道理。和朋友走散時，不要隨便亂跑。這是在滑雪場行動時的原則。龍實也把滑雪板翻過來後，坐在地上。

不一會兒，三名滑雪客走了上來，其中並沒有穿紅白雙色滑雪衣的人，而且從身材來看，三個都是男生。他們看到龍實和波川，似乎有點訝異，但立刻認為和自己無關，穿上滑雪板後，滑進了樹林。他們很熟悉這裡的地形，可能是當地人，在樹林內熟門熟路地穿梭，揚起的雪煙更加襯托出滑行的速度。

「啊啊，」龍實忍不住叫了起來，「看起來好爽，我也好想滑。」

「還輪不到你在那裡哀哀叫，我還不是在這裡陪你。」波川怏怏不平地說，「這種心情，簡直就像是狗看到美食，卻不能吃……不，這種形容還不夠貼切。應該說，全裸的美女躺在床上招手，卻連手指頭都不能碰……差不多就是這麼痛苦。」

「這……真的超痛苦。」

「簡直就像地獄，這件事搞定之後，你要請我吃大餐。」

「那還用說嗎？不管是豬肉雞蛋什錦燒，還是大份炒麵，你想吃什麼都行！」

「別想用這麼便宜的食物打發我，我還要加點特製豬肉泡菜文字燒。」

「沒問題啊，上面再來一份童星點心麵。」

「喔，很不錯喔。」

「越說肚子越餓。」

「我也是，這個話題就到此結束。」

他們聊著天，等了一陣子，之後也有好幾個滑雪客在龍實他們羨慕的眼神注視下，消失在滿是粉雪的樹林中。有不少人發出激動的叫聲，龍實很想捂住耳朵。

他們等了一個小時，「女神」仍然沒有出現。

「我們換地方等。」波川站了起來，「去問高野先生，還有沒有其他地方，我猜想一定還有其他秘境。」

「不知道他願不願意告訴我們。」

「可能很難，但只能拚命拜託他。」

穿上滑雪板後，他們進入了樹林。因為已經有好幾十個人滑過了，雪地上很難找到沒有滑雪軌跡的地方，但滑雪客還是會努力尋找哪裡還有未被踐踏的粉雪。明知道偏離下山的路很危險，還是會忍不住四處探索。雖然這種探險經常徒勞無功，但偶爾真的會發現好像盲點般被人遺忘的粉雪區，所以這種探險也讓人欲罷不能。

龍實用往常的這種方式滑了一陣子，發現進入了樹木密集的區域。樹木太多，無論往哪裡滑，看起來都很困難。他放慢速度，東張西望，最後停了下來。原本在前方的波川不見了。

龍實左顧右盼，還是不見波川的身影。他完全不知道自己目前在哪裡，也搞不清楚方位。

慘了。他忍不住著急起來。原本以為自己掌握了大致的方向，現在才發現可能偏離了下山的路。

「波川！」他大聲叫了起來，但只聽到回音，完全沒有人回答。

真傷腦筋。他撇了撇被頭巾遮住的嘴角，吐了一口氣。這裡是禁滑區域，而且是第一次進來這裡，完全搞不清楚前方通往哪裡。如果隨便亂滑，搞不好會墜落山谷或河裡，而且也可能遭遇雪崩。

遇到這種情況，只能做一件事。回到原來的地方最安全。無論再怎麼麻煩，也只能這麼做。

龍實轉頭看向後方的斜坡。樹木鬱鬱蒼蒼，完全不知道自己從哪裡滑下來。想要沿原路折返，只能沿著自己滑下來的軌跡走回去。

龍實心灰意冷，蹲下來準備解開固定器時，看到樹林中出現一小片紅色。紅色以超乎他預測的速度移動，轉眼之間，就來到他的上方。這時，他已經發現那是一名單板滑雪客，同時忍不住驚嘆，這個人實在太厲害了。這一帶的坡度很陡，而且樹木密集，但滑雪客完全沒有放慢速度。

滑雪客在龍實所在的位置數公尺上方改變方向，揚起一陣雪煙，然後毫不遲疑地滑了下去，顯然很熟悉這一帶的地形。

龍實看著那名滑雪客的背影，覺得一股電流貫穿全身。大膽而富有攻擊性的姿勢，正確而敏捷的控板技巧——就是她，絕對就是那個可以拯救龍實擺脫困境的「女神」。最重要的是，她身上的滑雪衣讓龍實確信了這件事。那是紅白雙色的滑雪衣。正確地說，是白底上有很多紅色的大圓點圖案。沒錯。龍實的記憶甦醒了。在新月高原見到的那個女生，就是穿這個圖案的滑雪衣，令人印象深刻，難以想像之前竟然想不起來。而且頭上戴著黑色的安全帽，穿著淡藍色的滑雪褲。

沒時間在這裡發呆。龍實立刻出發，在樹林中穿梭，一路追了上去。無論如何，這次不能再跟丟了。

但是，她的速度和技巧非比尋常。龍實為了閃開樹木稍微放慢速度，就會被她拋開一大段距離。龍實沿途克服會用力撞上樹木的恐懼，拚命追了上去，全身都冒著冷汗。

無論如何，都一定要追上她——當他想要鑽過樹木之間狹窄的縫隙時，覺得腳下被什麼東西絆到了。慘了。當他腦海中閃過這個念頭時，已經來不及了。他就像柔道時被人掃了一腿，整個身體都衝向前方，在雪地上滾了一圈。

他急忙坐了起來，但雪鏡沾到了雪，什麼都看不到。他連同帽子扯了下來，迅速看向前方。

她的身影在遙遠的前方，在雪地上漂亮地縱身一躍，隨即消失不見了。她似乎去了山脊的另一側。

龍實愣在原地，無法動彈，陷入一片茫然。踏破鐵鞋尋找的對象突然出現在眼前，他除了對此感到驚訝，更難以相信她就這樣消失不見的事實。怎麼會有這種事——

「喔喂！」他聽到叫聲，那是一個熟悉的聲音。龍實張望起來。「喔喂！」又傳來相同的聲音，聲音在遙遠的上方。

龍實抬頭看向斜坡，看到波川小心翼翼地從樹木之間走下來。

19

白井看完傳真，瞪大眼睛看向小杉。

「這是怎麼回事？為什麼長野縣警在找脇坂的車子？」

「你認為是為什麼？」

「是警視廳請求……協助？」

小杉緩緩點了點頭，「這是唯一的可能。」

「等一下，所以，搜查總部那些人已經查到脇坂他們逃到這裡來了嗎？」

「應該還沒有，如果是這樣，那個馬面股長一定會通知我們。」

「那為什麼長野縣警會發出這種東西？」

「你不知道嗎？」

白井聽了小杉的問題，露出思考的表情，隨即搖搖頭說：「我不知道。」

「是喔。」小杉從後輩刑警手上接過傳真，再度打量之後放在桌上，他認為只有一種可能。

老闆娘用托盤端著兩杯茶走了回來，恭敬地放在桌子上。

「謝謝。」小杉向她道謝。

他們正在「隨興旅館」的大廳，脫下了滑雪衣，兩個人一起坐在沙發上。茶杯中飄出蕎麥茶的香味。喝了一口，整個身體都暖和起來了，忍不住長長地吐了一口氣。

「真是太感激了。」白井的話充滿真誠。因為一直在戶外走動，他的身體快凍壞了。

「既然你的搭檔已經來了，可以請你繼續說明嗎？」老闆娘抬眼看著小杉說，她跪在桌子旁。她剛才遞給小杉他們的名片上寫著，她叫川端由希子。

小杉皺起眉頭。

「只有我們坐著不好說話，老闆娘，請妳也坐下吧。」

她搖了搖頭說：

「老闆娘不能坐在沙發上，因為不知道什麼時候會被客人看到。我在這裡沒關係，你繼續說下去。」

「剛才說到哪裡了？」白井問。

「只有開頭而已。」

「開頭？」

「你們在偵辦殺人命案。」

老闆娘拍了拍桌上的傳真。

「我嫁來這裡已經十五年了，應該是第一次收到旅館公會傳來這種東西，至少在我的記憶中是這樣。我還在納悶，到底是怎麼回事，沒想到竟然在找殺人兇手的車子。」

「目前還不確定他就是殺人兇手，只是有嫌疑而已。」小杉糾正道。

「對我們來說都一樣，都很可怕，反正不管怎麼說，希望你趕快抓到人。」

「我知道，所以我們才會來這裡。」

「但不是只有你們兩個人嗎？為什麼這麼少？雖然這裡是鄉下的村莊，但也未免太不當一回事了吧？」老闆娘說話的聲音變得很尖。

「不，我們也有苦衷。」

「什麼苦衷？要逮捕殺人兇手，竟然不願意派足夠的人手，這不是太奇怪了嗎？長野縣警也有問題，雖說是東京發生的刑案，但既然殺人兇手逃來我們村莊，只把兇手的車牌通知旅館公會，這不是太怠慢了嗎？」老闆娘可能太激動了，說話越來越大聲。

「妳說話太大聲了。」小杉伸出雙手，看向玄關的方向，看起來像是住宿客的一家三口一身滑雪裝扮，正準備出門。

「路上小心。」老闆娘滿面笑容地對他們說完後，又狠狠瞪著小杉說：「你倒是說明一下。」

「我馬上就向妳說明，長野縣警並沒有錯，因為警視廳可能只是請長野縣警確認，長野縣內所有滑雪場附近，是否有人看到這輛車。警視廳是問所有的滑雪場附近的情況，並沒有明確說是哪一個滑雪場。」

老闆娘納悶地偏著頭問：「為什麼？」

「因為無法確定是哪一個滑雪場，不光是這樣，警視廳除了長野縣警以外，還同時向新潟、群馬、福島等轄區內有滑雪場的所有縣警總部請求協助，內容應該也一樣。」

「為什麼要這麼做……？」

「因為搜查總部目前只掌握到嫌犯逃去某個滑雪場，但並不知道具體是哪一個滑雪場，打算在這種狀況下找到那輛車，所以才會向各地縣警請求協助。」

「原來是這樣！」白井用右拳打在左手上，「所以他們並沒有查到這個滑雪場。」

「這是唯一的可能啊。」

「的確。」白井頻頻點頭。

小杉拿起傳真。

「警視廳只提供了車子的特徵和車牌給長野縣警，因為線索有限，根本無從找起，所以縣警也很傷腦筋。即使要求滑雪場附近的轄區警局清查，也有人力不足的問題，於是只能通知滑雪場的觀光協會或是旅館公會，向他們蒐集線索，所以就有了這張傳真。」

「所以，兇手並沒有逃到我們里澤溫泉村嗎？滑雪場有很多，不在這裡的可能性反而更高，是不是這樣？」

老闆娘再度確認，小杉移開視線，因為他無法回答：「沒錯！」

「但是，」老闆娘皺著眉頭，「如果是這樣就奇怪了，你們為什麼會來這裡？還是全國所有的滑雪場都派了兩名刑警，他們也像你們一樣四處打聽，在滑雪場附近找車子嗎？我不太了解警察辦案，但覺得應該不太可能有這種事。」

「不不不，其中又有複雜的情況，」白井慌忙說，「當然不會所有的滑雪場都派人去調查，這不可能，但是，日本幾個具有代表性的大型滑雪場，還是必須派人調查，以防萬一，所以會派幾名偵查員分頭前往，里澤溫泉滑雪場這裡，就由我和小杉哥負責——小杉哥，對不對？」

後輩刑警努力掩飾，但小杉並沒有回答他。

「小杉哥？」白井用幾乎快哭出來的聲音再度叫著他的名字。

「小杉先生，到底是怎麼樣？」老闆娘一臉冷漠的表情問，「是像這位先生說的這樣嗎？」

小杉不知道該怎麼回答，放在一旁的滑雪衣傳來手機的來電鈴聲。「不好意思。」他從口袋裡拿出電話，果然是南原打來的。

小杉站了起來，走到一旁接起了電話，用沒有起伏的聲音打招呼說：

「早安。」

「什麼早安，一點都不早，你到底在幹什麼？」南原一大早就怒氣沖沖。

「按照你的指示，正在四處調查里澤溫泉村內的所有車輛。」

「結果怎麼樣呢？找到了嗎？」

「如果找到，早就和你聯絡了。」

短暫的沉默後，聽到「咚隆」一聲，南原應該踢倒了椅子。

「你什麼態度啊！」

「股長，我聽說一件奇怪的事。」

「奇怪的事？什麼事？」

小杉簡單地說了傳真的事。

「嗯，」南原低吟一聲，不悅地說：「已經有這種東西了嗎？」

「警視廳應該不是只有向長野縣警請求協助，而是請轄區內有滑雪場的所有縣警總部協助尋找脇坂的車子。」

「……嗯，應該就是這樣。」

「花菱股長果然厲害，做事情的格局就是不一樣。」

「所以我才命令你們要趕快找到車子，不要被他們搶先了。」

「但既然警視廳已經發出這種通知，如果脇坂的車子在這個村莊，別人一定會比我們更早發現。」

「你們不就是要設法比別人先發現嗎？」

小杉很想反問他，要怎麼設法比別人先發現，但覺得是白費口舌，所以改變了話題。

「知道脇坂他們的服裝顏色和圖案了嗎？」

「對，關於這件事，已經有收穫了。目前拿到了他們社團的照片，最近拍的那張團體照上，應該就是他們目前穿的滑雪衣，等一下會傳給你。」

「拜託了。股長，花菱股長他們應該還沒有注意到里澤溫泉吧？」

「當然啊，所以才會委託各縣警找車子啊。」

「股長，」小杉握著手機的手更加用力，「我剛才也說了，如果脇坂的車子在這裡，很可能有人比我們更早發現。即使沒有發生這種情況，花菱股長很可能會祭出更大膽的方法，一旦發現脇坂他們在這個滑雪場，一切都完了。花菱股長一定會全體總動員，親自逮捕脇坂他們，功勞當然也全都被搜查一課搶走。與其這樣，不如告訴花菱股長，脇坂在里澤溫泉村，這樣我們也很有面子——」

「喂！」南原打斷了小杉的話，「你是認真的嗎？」

「我非常認真，我是為分局著想。」

「分局的事不重要，你敢對課長說同樣的話嗎？」

「大和田課長嗎？」

「是啊，你敢對課長說，要把線索提供給花菱股長，讓他們立功嗎？」

小杉用力深呼吸後開了口，「可以啊，你可以把這通電話轉給課長——」

電話掛斷了。小杉仍然把手機放在耳邊，愣在那裡，緩緩搖著頭後，走回了沙發。

「股長說什麼？」白井露出試探的眼神問。

小杉撇了撇嘴角，聳了聳肩說：「他激勵我們努力工作。」

「我剛才稍微聽到一些，聽起來不像是……」

「他激勵我們。我決定這麼認為。」

「喔。」白井一臉狐疑的表情微微點了點頭時，他的手機響了。

「啊，收到了訊息，還附有圖檔。」白井操作了手機，把螢幕遞到小杉面前。

那是一張在雪地前拍的團體照。一群年輕男女穿著五顏六色的滑雪衣，做出各種不同的姿勢。大部分人都戴著雪鏡，難以分辨年齡，但他們散發的氣息，一看就知道是年輕人。

小杉告訴白井，應該是脇坂他們所屬社團的照片。

「好像是這樣，右側第三個和第五個就是脇坂和波川。」白井再度操作手機後，遞到小杉面前。

脇坂搞笑地豎起兩根手指。小杉看了照片暗想，原來現在的年輕人也還會比勝利的手勢。脇坂穿著灰色滑雪衣和鮮豔的粉紅色滑雪褲，帽子也是粉紅色。波川則是藍色滑雪衣搭配黃色滑雪褲，棕色的帽子。

「這算是彌足珍貴的線索。」小杉無力地苦笑起來。

老闆娘默然不語地聽著他們說話後，看著小杉的臉。

「我的臉上有什麼東西嗎？」

「你的臉上沒有東西，但你剛才在講電話時，說了不少讓我覺得不太對勁的話。脇坂是不是兇手的名字？我聽到你好幾句話的意思都顯示，那個人就在我們村莊。」

「不是啦，不是這麼一回事。」白井插嘴說，「只是不排除這種可能而已。經過各方面的分析，認為他躲藏在里澤溫泉村的可能性很高……只是這樣而已，這只是我們的推測——」

「不用白費口舌了，」小杉拍了拍後輩刑警的肩膀，看著老闆娘說：「老闆娘沒這麼遲鈍，不會相信這些話。」

「但是——」白井結巴起來。

「如果我們繼續裝糊塗，她一定會問，那為什麼我們要隱瞞刑警的身分？為什麼謊稱是徵信公司的人，在追有錢人家的少爺？——對不對，我沒說錯吧？」

老闆娘的嘴角露出笑容，「看來有隱情。」

「其實是很無聊的隱情，就是總公司和分公司的權力鬥爭……這或許還比較有價值，但我們目前面臨的狀況更差勁。」

「小杉哥，小杉哥，」白井垂著眉毛，「這樣不太好啦。」

「有什麼關係，我受夠了這種麻煩事。這些話都是我說的，你可以當作不知道，你可以出去迴避一下。」

但是，白井並沒有站起來，低著頭說：「怎麼可能……」

「如果你不迴避，就會和我同罪。」

「沒關係，我不想當卑鄙小人。」

「是喔，那就隨你的便。」

小杉轉頭看向老闆娘，盡可能簡短地說明了他和白井被派來這個村莊的原因——直屬上司為了討主管的歡心，硬是要求他們執行這項棘手的任務。

老闆娘聽了，恍然大悟地點了點頭說：

「也就是說，你們的主管想要給警視廳的精英一點顏色看看，所以隱瞞了兇手逃來這個村莊這件事。」

小杉撇著嘴角，聳了聳右肩說：「是不是很小兒科？」

「的確是，不過大部分男人不都這樣嗎？」老闆娘很乾脆地說，「不管到幾歲都還是小孩子，經常為一些無聊的事好勝逞強。雖然當事人樂在其中，但經常讓周遭的人疲於奔命，而有時候這反而是那個人的優點，所以事情就變得很麻煩……」

小杉聽了她的話，不由得感到驚訝。原本以為她會很生氣，沒想到她似乎能夠理解。

「不過呢，」老闆娘繼續說道，「事關殺人命案，情況又不一樣了。兇手逃到我們村莊，卻因為男人的面子，只派兩名刑警來這裡。任何人聽到這種事，都不可能繼續保持沉默，雖然不至於要求動員所有的警力，但警方不是至少應該派精銳部隊來這裡，趕快搞定這件事嗎？」

「妳說得完全正確。」

「既然你表示同意，」老闆娘露出嚴肅的眼神看著小杉，「就代表我可以用自己的方式處理，對不對？」

「妳打算怎麼處理？」

「我既然做這種生意，當然在這裡有很多警察朋友，其中也有當官的，我打算拜託他們，讓他們把你剛才說的情況傳回東京。這麼一來，搜查總部……我沒說錯吧？那些人應該就會採取行動。」

小杉點了點頭說：「這樣很好。」

「不，這樣不好吧。」白井站了起來，「我們會被開除。」

「都是我說的，我會說你不在場。沒問題，你放心吧。」

「這……」白井露出無奈的表情。

「真的沒問題吧？」老闆娘確認。

「對，沒問題。」

「所以，你無意讓上司當個男子漢。」

小杉用鼻子發出冷笑。

「如果是課長直接拜託我們，那又另當別論了，但現在的情況並不是這樣，只是股長為了討好課長，命令我們做這些苦差事，才不管他呢。」

「那我知道了。」老闆娘點了點頭，從脫在一旁的防寒大衣中拿出手機。白井見狀，抱住了頭。

就在這時，玄關的門打開了，一個年輕人走了進來。

正在操作手機的老闆娘看到他，露出有點意外的表情問：「咦？怎麼了？」

「來送這個，」年輕人走到老闆娘面前，遞上一張像是廣告單的東西，「這是明天滑雪場婚禮的介紹。」

「喔……原來是明天啊。」

「拜託了，」年輕人鞠了一躬，「請務必參加。」

「我當然會參加啊，你告訴葉月，我會坐在最顯眼的位置，穿最顯眼的衣服為他們祝福，叫他們一定要幸福，也叫他們盡情地露幾手。」

年輕人笑著鞠了一躬說：「我會轉告她。」然後轉身離去。

目送年輕人離開後，老闆娘低頭看著廣告單，嚴肅地嘆了一口氣，「對喔，還有這件事……」

「明天有什麼活動嗎？」小杉問。

「婚禮。」

「喔，有喜事啊。」

「但並不是普通的婚禮，」老闆娘把廣告單遞到小杉面前，「是在滑雪場舉行婚禮。這個滑雪場第一次舉辦這種活動，說起來，是一場盛大的慶典。」

小杉看著廣告單，上面大大地印刷著「綻放里澤溫泉滑雪場的全新魅力！」的文字。一看內容，這次的婚禮只是一場預演，希望能夠運用這次經驗，發現問題點和改善點，發展為更有魅力的活動。

「原來並不是正式的婚禮。」小杉說。

「沒這回事。」老闆娘把他手上的廣告單搶了過去。

「是真正的婚禮，也有真正的新郎和新娘，都是住在這個村莊的年輕人，尤其那位新娘，是同行的女兒，我從她讀高中時就認識她了。」

「原來是這樣，難怪要坐在最顯眼的位置。」

老闆娘甩著廣告單，在原地慢慢踱步，好像在思考什麼事。

「妳在想什麼？眼下不是有更緊急的事嗎？要不要聯絡妳認識的警界高層？」

他的聲音好像突然啟動了老闆娘的某個開關，她猛然停下腳步，緩緩轉頭看著他說：「小杉先生，再等一天。」

「啊？等？等什麼？」

「就是通知警察，兇手在這個村莊這件事。明天再通知警察，等婚禮結束之後，我就會打電話。」

「為什麼？」

「那還用問嗎？當然是為了讓婚禮圓滿成功啊。明天的婚禮不光是關係到兩個年輕人的幸福，還攸關這個滑雪場的未來，如果有大批警察從東京來這裡，不是會毀了一切嗎？」

「這……的確會。」

「可不是嗎？所以再等一天，在此之前，我不會向任何人透露你們的真實身分，你們可以自由活動。」

「自由活動……喔。」小杉抓了抓鼻翼，和白井互看了一眼苦笑起來，搖晃著肩膀。

「你們好像意興闌珊，是因為聽到我說明天會聯絡警察，就不想找兇手了嗎？」

「不是這樣，而是不知道要從何找起。我們兩個人能做的事有限。這次終於深刻體會到，如果無法使用警察的身分，我們真的是廢物。」

「啊喲啊喲，怎麼完全失去了自信？要不要我助你們一臂之力？」

老闆娘一派輕鬆地問，小杉挑了一下眉毛問：「助一臂之力？妳願意協助我們辦案嗎？」

「如果我能夠幫上忙的話。我也很希望早日逮捕兇手，當然，如果你們認為我礙事，我就不多管閒事了。」

小杉再度和白井互看了一眼，後輩刑警露出意外的表情。小杉知道自己臉上的表情也差不多。

他將視線移回老闆娘身上，不知道她這句話是否當真。她一臉嚴肅的表情等待他的回答，看起來不像是開玩笑。

小杉嘴角露出笑容，「老闆娘，妳真有意思。」

「是嗎？我很認真地在和你談事情，但總比說我是個無趣的女人好，所以還是謝謝你。怎麼樣？不需要我幫忙嗎？」

「不，請妳務必幫忙。我剛才也說了，我們沒有任何武器，沒有支援，也不熟悉這裡的情況，而且也不能仗用警察的身分。老實說，我們正在煩惱，不知道接下來該怎麼辦才好。」

「這個村莊看起來很小，但其實很大，而且目前這個季節，觀光客的人數太驚人了。好，我要怎麼幫你們？」

「與其說是幫忙，也許該說由妳主導。因為我們希望向妳請教。」

「請教什麼？」

「那還用問嗎？」小杉站起來，走到窗邊，指著遠處的纜車說，「當然是在日本最大的滑雪場玩警察抓小偷遊戲的方法。」

20

波川無法相信龍實說，他遇到了「女神」這件事，懷疑是龍實在雪地中迷路導致混亂，誤把剛好經過的滑雪客當成了「女神」。

「絕對沒這回事。」龍實斷言，「並不是因為那個人的技巧也和女神一樣厲害，或是穿的衣服一樣，才不光是因為這些原因。該怎麼說，是更直覺的東西，像是感覺，或是整體的氛圍之類的……」龍實無法清楚形容，越說越著急。

「你是說氣場嗎？」

波川半信半疑地問。

「沒錯！」龍實立刻表示同意，「氣場，就是氣場！藝人或是職業運動選手身上不是都會散發出獨特的氣場嗎？雖然只是走在街上，卻很引人注目，好像身體周圍會發光。新月高原的那個女生身上就有類似的東西，剛才看到的滑雪客也有相同的東西，而且是完全相同的氣場，一定就是前天那個人。」

「好！」波川點了點頭，「既然你這麼堅持，那我就相信你。所以，她是從哪裡出現的？」

「這就不知道了，只知道路徑和我們不一樣，因為她是從完全不同方向的斜坡滑下來。到底是從哪裡下來的？」

「絕對有一個只有當地人才知道的秘密入口。這個滑雪場這麼大，正規滑道以外，簡直就是無限的迷宮。」波川說。

龍實完全同意，雪山的地形很容易讓人的感覺失靈，因為無論去哪裡，看到的風景都好像差不多，即使是很熟悉的地方，也經常誤以為是完全不同的地方。

「問題在於她去了哪裡？」波川說，「如果知道的話，或許可以在下面找到她。她滑去哪個方向？」

「那裡。」龍實指著她消失的方向，「之後就不知道了，因為我跌倒了。」

「只能去那裡看看再說。」

他們沿著她離開的方向滑了下去。那裡還是一片密集的樹林，無法像「女神」那樣輕鬆滑下去，再度體會到她的滑雪技巧高超。

沿途不時來到稍微開闊的空間，以龍實他們的技術，也可以充分享受粉雪滑道的樂趣。雪地上有好幾條滑雪板滑過的痕跡，也許對熟悉這個滑雪場的人來說，這裡是必滑的滑道。

傷腦筋的是，這些軌跡在中途分成好幾條不同的路線。有的軌跡越過山脊，有的軌跡消失在茂密的樹林中。他們當然無從得知「女神」到底滑去哪裡，正如波川剛才說的，這裡簡直就像是迷宮。

他們漫無目的地隨便滑了一陣子，來到平坦的道路。前方是小溪，所以只能沿著溪邊滑行。這裡幾乎只有這一條滑道。

不一會兒，看到了前方的繩索。這意味著回到了正規的滑道。有一個身穿紅色滑雪衣的滑雪客站在繩索前方，看著龍實他們的方向。

龍實不由得一驚。他之前看過那件滑雪衣。昨天參加越野滑雪行程時，在山上遇到的巡邏員，就穿了這個顏色的制服。一旁的波川似乎也發現了，小聲地嘀咕說：「慘了。」

事到如今，已經逃不掉了。龍實只能面對現實，低頭鑽過了繩索。

巡邏員滑了過來。龍實縮起肩膀準備挨罵。

「咦？是你們……」沒想到高大的巡邏員開口說的話出乎意料，「你們不是昨天那兩個人嗎？」

「啊？」龍實抬起頭。

「你們昨天不是參加了越野滑雪行程嗎？」

龍實這才發現昨天自己帶這位巡邏員找到了迷路的滑雪客。「喔喔。」龍實忍不住叫了起來。

「果然是你們。」巡邏員笑了起來，他胸前的名牌上寫了名字「根津」。「昨天謝謝你，真的幫了大忙。」

「不客氣……剛才聽嚮導高野先生說，那個滑雪客撞斷了肋骨。」

「是啊，所以幸虧及時發現，真的要好好感謝你。」根津恭敬地鞠了一躬。

「不不不，你太客氣了，這是愛滑雪的人應該做的。」

「這句話太令人感動了。」根津抬起頭，輪流看著龍實和波川，「但現在看到的這一幕就讓人不太能苟同……不不不，是非常不能苟同。」他指著兩個人滑下來的滑道說。

「對不起。」龍實說，「我們原本在正規的滑道上滑雪，但不知道哪裡走錯了路，結果就滑到非正規滑道上去了……」

根津看著龍實，沉默了片刻。因為他戴了雪鏡，所以看不到他的眼睛，但龍實覺得他在瞪自己。

「最好不要說一些馬上會被識破的謊言，」巡邏員用冷淡的口吻說，「既然說謊，就代表沒有反省，那我更不能睜一隻眼，閉一隻眼了。」

「啊，對不起，剛才的是說謊。」

「你們是從哪裡離開正規滑道的？我有時候會守在這裡，很少看到當地人以外的人從這裡滑下來。」

龍實向他坦承，是從天際飆速滑道的另一側往上走，鑽過繩索進入了非正規滑道。

「原來是那裡。」根津點了點頭，但一臉難以釋懷的表情繼續說：「很多熟客也不見得知道那個地方，你們竟然知道那裡。」

「是喔，只是剛好找到。」龍實縮了縮脖子。

「該不會有人告訴你們？」

「不，呃……」

「啊！」根津似乎想到了什麼，「你們剛才說，和嚮導高野聊過，該不會是他告訴你們的？」

「啊，不，不是，是我們自己找到的，和高野先生沒關係。」他說話的聲音都破音了。

「別想騙我，如果沒有人告訴你們，你們不可能去那裡。是不是高野？老實告訴我。」

看來只能老實承認了。龍實小聲地說：「其實就是這樣。」

根津一臉無奈地搖了搖頭，「必須阻止這種事的人竟然還告訴你們，他到底在幹嘛？」

「請你不要怪他，是我們拜託他的。我們在找人，所以希望他告訴我們只有內行人才知道的粉雪區。」

根津偏著頭問：「在找人……？」

龍實又重複了一次昨天對高野說的話，他的朋友對神秘的女滑雪客一見鍾情，想要找到這個女生，但目前只知道她來到這個滑雪場，以及很可能在內行人才知道的粉雪區出沒。

「而且，我剛才終於看到了很像那個女生的滑雪客。」

「喔，在哪裡？」

「我也不是很清楚，但也是在非正規滑道，從和我們完全不同的路徑出現，轉眼之間，就不知道滑去哪裡了。」

「是喔，我十分鐘前就在這裡，沒有看到任何人。」

「是嗎？不知道她滑去哪裡了。」

「我了解你們的情況了，但不管基於任何理由，都無法對你們闖入禁滑區域視而不見。下次再被我看到，就要沒收你們的纜車券，然後請你們離開這個滑雪場。因為昨天的事，我不想這樣對待你們，所以麻煩兩位了。」

根津說話的語氣並沒咄咄逼人，反而好像在拜託。他既然在這裡當巡邏員，滑雪經驗一定很豐富，也了解在未壓雪的區域，尤其是沒有人滑過的非正規滑道滑雪的樂趣，但基於無法輕視可能發生危險的使命感，所以必須採取嚴厲的態度。龍實深刻體會到，正因為有他們，自己才能放心地在滑雪場滑雪。

「知道了，」龍實鞠躬說，「我們會注意。」

「拜託了。」根津說完，轉身離開了。龍實看著他壯碩的背影，思考著接下來該怎麼辦。如果不去非正規滑道，不是根本沒機會找到「女神」嗎？

根津停下了腳步，他轉頭看著龍實他們，猶豫了一下，再度走了過來。

「這件事，我不知道該不該說，」他遲疑了一下，用力深呼吸後開了口，「有人在找你們。」

根津說的話太出乎意料，龍實不知所措。

「是誰？」剛才始終沒有說話的波川開了口，他的聲音很緊張。

「他對我說，是徵信公司的人，是偵探。」

「偵探？」波川一臉訝異地小聲嘀咕。

「是昨天晚上在村莊的居酒屋遇到的，他們有兩個人，把你的照片拿給老闆娘，問老闆娘，你有沒有去那家店。因為我很在意，所以就問了他，他說正在找離家出走的年輕人，還說是你父母僱用他們的。」

龍實和波川互看了一眼。自己的父母僱用了偵探？根本不可能有這種事。

「結果呢？你說什麼？」波川問根津，「你有沒有告訴他們，我們白天參加了越野滑雪行程。」

根津挪了挪雪鏡後，轉頭看著龍實說：「我是不是該告訴他們？」

「啊？」龍實不由得挺直了身體。

「我原本以為你們可能有什麼苦衷，而且也沒有義務要協助那個自稱是偵探的可疑傢伙，所以就回答說，不認識，沒看過。如果這樣造成你的困擾，覺得我應該說實話，那我下次見到他們時會更正。」

「不不不，不要不要。」波川慌忙搖著手，「這樣很好，謝謝你幫忙。雖然無法告訴你詳情，但那個人才不是什麼偵探，他的父母也沒有僱用他們。」

根津既沒有點頭，也沒有搖頭，一動不動地站在那裡，似乎在思考該相信哪一方說的話。

「好，」不一會兒，高大的巡邏員說，「對我來說，只要別在這個滑雪場發生狀況，其他的事都不重要，你們可以保證這件事嗎？」

「當然。」波川看著龍實說。

「我們可以保證。」龍實語氣堅定地說。

根津用力點頭，再度準備轉身，但轉到一半，又停了下來，微微偏著頭說：

「你剛才說，你們在找的女滑雪客，是從和你們完全不同的路徑出現的？」

「對，」龍實回答，「好像比我們鑽過繩索的地方更左側。」

「原來是這樣。」根津嘴角露出笑容，似乎了解了狀況。

「怎麼了？」龍實問。

根津陷入了奇妙的沉默，看起來不像是不知道怎麼回答，而是在猶豫該不該回答。

「你們滑過天際飆速滑道了嗎？」根津問。

「還沒有，因為我們還沒到天際飆速滑道之前，就走去了相反的方向……」

然後爬上坡道，鑽過了繩索。
「其實，」根津說：「在天際飆速滑道的入口附近，有一個本地的搗蛋鬼經常闖入的區域。」
「啊？是這樣嗎？」
「天際飆速滑道是沿著山脊的滑道，所以可以從任何一個地方滑下來。有些地方的樹木密度較低，只要選對滑道，可以滑很長一段粉雪，但下面有溪流，而且有好幾個容易雪崩的地點，當然不允許在那裡滑雪。滑道旁堆了很高的雪，正常滑雪的人無法看到，但對於知道秘境的人來說，即使用堆雪擋住也沒用。遇到今天這樣的氣候條件，了解這個滑雪場的人，應該不會錯過那裡，讓我們巡邏員傷透腦筋。」
龍實聽了，終於恍然大悟。原來根津推測了「女神」滑雪的地點。
「謝謝，我們會參考你的意見。」龍實雙手緊緊貼著身體，對根津鞠了一躬。
「不必道謝，但你們絕對不要從那裡離開正規滑道。」
「好，我們發誓。」
龍實用力回答後，根津舉起一隻手，轉身離開了。
波川湊過來問：「怎麼辦？」
龍實攤開雙手回答說：

「你沒聽到他剛才說的嗎？我們去天際飆速滑道，只要等在那裡，『女神』可能會出現。」

「好主意，我也有同感，但是，不是要先確認一件事嗎？」波川指著龍實的鼻子說，「到底是誰在找你。」

必須走到昨天晚上的便利商店才能打公用電話，龍實想起最近曾經看過一篇報導，說現在的年輕人不知道怎麼使用公用電話。

波川打電話給藤岡。

「我是波川，之後有沒有什麼新的動向……當然是警方的動向啊。之後有沒有再問你什麼？……嗯，喔，果然是這樣。」波川按住電話，轉頭看著龍實說：「今天一大早，警察打電話給他，問他社團去過的所有滑雪場和旅館的名字。」

龍實嘆了一口氣，點了點頭。監視器拍到了他們離開波川公寓時的情況，所以早就猜到警方可能知道他們來滑雪場。

「結果呢？你有沒有把合宿的紀錄給他們？」波川問藤岡，「……嗯，這樣很好，沒必要隱瞞，全部給他們看也沒關係。因為我們目前在社團從來沒有來過的滑雪場。我第一次來，脇坂好像也是。……這就沒辦法告訴你了。……不，不是不相信你，只是以防萬一……提示？雪質超讚的。但是，我們現在沒心情玩，因為來這裡並不是玩樂……說來話長，等全都結束之後，我會告訴你。那我先掛電話囉……啊？你說什麼？滑雪衣？」波川的神色緊張起來，「……嗯，結果呢？……喔，那時候的照片嗎？……是喔，我知道了。」

波川掛上電話後，偏著頭，把電話卡抽了出來。

「他說什麼？」龍實問。

「有刑警在打聽你我的滑雪衣。」

「滑雪衣……是這個嗎？」龍實指著自己身上的滑雪衣。

「對。」波川回答。

「刑警要求藤岡正確說明我們在滑雪場穿的衣服，滑雪衣褲的顏色和圖案，還有帽子和手套。因為刑警說想要看照片，所以藤岡就把去年合宿時拍的團體照交給他們了。」

龍實也有那張照片。當時，自己穿著灰色滑雪衣和粉紅色滑雪褲，帽子也是粉紅色，就是目前這身打扮。波川的藍色滑雪衣和黃色滑雪褲的搭配也和當時一樣。

「我們來整理一下目前的情況，」波川說，「警察已經知道我們去了某個滑雪場，但並不知道具體的地點，所以才會向藤岡打聽，之前社團活動去過的地方。到這裡為止，你有沒有異議？」

「沒有。」龍實回答。

「但警察又在詳細調查我們的服裝，這件事該怎麼解釋？難道他們打算只靠服裝這條線索，在全日本的滑雪場通緝我們嗎？」

「怎麼可能……？」

「我也認為不可能，但搞不好他們根據某些線索，已經查到了這個滑雪場。」

「什麼線索？應該沒有方法知道我們來這裡吧？」

「你說得對，但我在意的是剛才那個姓根津的巡邏員說的話，自稱是偵探的人在四處找你。」

「所以……那個人……是刑警嗎？」

「如果是刑警，就和剛才的結論產生了矛盾，警方應該還沒有查到我們去了哪個滑雪場，更何況如果是警察，根本沒必要隱瞞身分啊。」

「那到底是誰？」

「不知道，可能除了警方以外，還有其他人在調查這起事件，想要搶在警方之前了解這起案子。」

「誰要搶在警方之前……你是說週刊的記者嗎？」

「也有這個可能。」波川看著龍實，偏著頭。

「怎麼了？」

「不對啊，如果你是名人，還有這種可能，但你只是二流大學的學生，即使搶在警方之前，也不是什麼大獨家。」

龍實有點在意波川說的「二流大學」，但無法反駁。「有道理。」

「果然是警察嗎？這是唯一的可能，但為什麼要謊稱是徵信公司的人……嗯，實在搞不懂。」

「問題是他們為什麼會知道我們在這個村莊？」

「還是這個問題，」波川抱著手臂，「又回到了原點。」

龍實跺著腳，「到底該怎麼辦？」

「總之，眼前必須馬上做一件事。」

「什麼事？」

波川脫下帽子，「要趕快換衣服。」

21

老闆娘在桌上攤開兩張地圖，一張是里澤溫泉村的地圖，上面詳細標記了各種設施和商店，另一張是滑雪場的地圖。

「那我們來舉行作戰會議。我先問你們一件事，兇手為什麼會來我們里澤溫泉？」

「容我再囉嗦一句，目前還沒有認定他是兇手，只是嫌犯而已。」
老闆娘聽了小杉的話，皺起了眉頭。
「現在別管這些麻煩事，因為我們沒時間了。怎麼樣？你們知道兇手來這個村莊的理由了嗎？」老闆娘輪流看著兩名刑警的臉問道，最後將視線停在白井身上。
白井默然不語地噘起嘴，舉起雙手，做出投降的姿勢。
「完全不知道，」小杉回答，「只知道他車上的衛星導航系統設定的目的地是這個滑雪場，以及他們帶了滑雪板出門。」
老闆娘連續眨了好幾次眼睛，再度納悶地輪流看著兩名刑警。
「怎麼了？」小杉問。
「什麼怎麼了，你為什麼不早說這件事。」
「哪件事？」
「就是帶著滑雪板出門這件事啊，既然這樣，兇手的目的不是很清楚嗎？」
「喂喂喂，妳該不會說，他們來這裡是為了滑雪？」
「難道你要說，沒有這種可能嗎？」
「當然不可能，殺人命案的嫌犯關了手機，當然是在逃亡。這種人怎麼可能悠哉悠哉地跑來滑雪？」
「那我問你，一心想要逃亡的人，還有什麼理由特地帶著滑雪板出門？如果有的話，請你告訴我。」

老闆娘的話很有道理，小杉也一直搞不懂這件事。

「搜查總部有人認為，這是為了擾亂偵查，讓我們以為他是逃到滑雪場……」

老闆娘無聲地笑了笑，搖搖頭說：

「如果是為了擾亂偵查，只要穿上滑雪衣就好。你們扛過滑雪板嗎？滑雪板很重，放在車上也很占地方。如果不是為了滑雪，只會礙事。」

「但是，他目前涉嫌殺人命案。在逃亡的人，怎麼可能跑來滑雪……？」

「對啊，不可能。」白井也在一旁助陣。

老闆娘對他們露出意味深長的笑容。

「不光是你們兩位，我相信東京搜查總部的人應該也誤會了一件事，我一開始就覺得奇怪。」

「誤會？怎麼誤會？」小杉問。

「我當然也認為兇手不可能在逃亡的途中跑來滑雪，如果真的打算逃亡，就會考慮之後的事，比方說，要躲藏在哪裡，要怎麼張羅日後的逃亡資金。但是，如果不是這種情況，而是為了滑雪而逃走，就覺得很合理了。」

「為了滑雪而逃走？」

小杉不太理解老闆娘這番話的意思，看向白井，白井也納悶地偏著頭。

「兇手是不是很喜歡滑雪？」老闆娘向他確認。
「好像是這樣，他在大學也參加了這種社團。」
老闆娘挑著眉毛問：「兇手是學生嗎？」
「對，我之前沒告訴妳嗎？」
「我第一次聽說這件事，那我順便問你，那起命案是預謀的嗎？還是失手殺了人？到底是哪一種情況？」
「目前認為是在衝動之下行兇，嫌犯為了偷竊闖空門，被屋主發現，結果就動手殺了人。」
「原來是這樣，那就更合理了。」老闆娘點著頭，似乎完全理解。
「什麼意思？可不可以用我們也能了解的方式說明一下？」
「並不是什麼費解的事，說起來，就是最後的晚餐。」
「最後的晚餐？什麼意思？越來越聽不懂了。」
「我猜想那個學生知道自己會遭到逮捕，但在遭到逮捕之前，想要最後一次在最棒的粉雪上盡情滑雪。在盡情地滑個暢快，沒有任何遺憾之後，就會主動向警方自首——他可能有這樣的打算，所以我才說是最後的晚餐。對單板滑雪客來說，最棒的粉雪的確就是美味佳餚。」
「喔。」小杉吐了一口氣，靠在椅背上，「我難以理解。」

「小杉先生，你有單板滑雪的經驗嗎？」

「完全沒有，年輕時稍微玩過雙板滑雪。」

「有沒有在積雪很深的雪地上滑過？」

「沒有，只在經過壓雪的斜坡上滑雪。」

「那你可能沒辦法了解，我打一個比方，你有一個心儀的女人，一旦遭到逮捕，以後可能再也無法見面了，這種時候，你會怎麼做？會不會想要見最後一面，好好溫存一下？」

「妳的意思是說，對脇坂來說，在這裡滑雪具有這樣的意義？」小杉脫口說出了嫌犯的名字。

「每個人心目中最重要的事不一樣。兇手失去行蹤，就認定他逃亡似乎言之過早。還是說，你有其他理由可以解釋兇手為什麼帶著滑雪板來這種地方？」

小杉想不到反駁的說詞，陷入了沉默，白井舉起一隻手說：

「我投老闆娘一票，我非常同意。脇坂並不打算一直逃亡，在這裡滑完雪之後，應該就會主動投案。和他在一起的波川也了解狀況，所以決定陪他——這麼一想，就覺得很合理。」

小杉抿著嘴唇，發出一聲低吟後，終於開口說：「嗯……的確有道理。」

「既然兩位都同意這一點，那接下來有什麼打算？」老闆娘看著小杉的臉問道。

「什麼打算？」

「兇手無意繼續逃亡，即使是最後的晚餐，也不可能連續在這裡滑好幾天的雪。既然早晚要自首，根本不需要急著逮捕他們。而且自首可以減輕罪責，這樣對當事人也比較好。」

「妳認為他們不打算繼續逃亡，這只是妳的臆測而已。即使現在他們這樣打算，之後也完全可能改變主意，不能樂觀地認為他們早晚會投案。而且，妳似乎誤會了一件事，即使他們目前向警方投案，也不稱為自首，只有在犯罪行為沒有被發現，或是警方完全沒有掌握誰是兇手時投案，才稱為自首。」

「是這樣嗎？所以，還是要找他們？」

「當然啊。」小杉回答，「這是我們的工作。」

老闆娘吐了一口氣，放鬆了肩膀的力量。

「好吧，既然我已經說了要幫你們，那就好人做到底。恕我再確認一次，所以你們也同意，兇手來這裡的目的是滑雪，對不對？」

「這……應該是吧。」小杉擦了擦人中說。

「既然這樣，」老闆娘低頭看著桌上的地圖，「我們在這裡也是浪費時間，在村裡找他們也沒有用，即使去旅館和商店，也不可能找到他們。」

「那要去哪裡找？」

老闆娘站了起來，笑著指向窗外說：

「小杉先生，你剛才不是說了嗎？警察抓小偷的遊戲舞台在天下無雙的里澤溫泉滑雪場。你剛才說，你年輕時曾經滑過雪，那就讓我好好見識一下你的本領，走，我們出發吧。」

22

高野聽了波川的話，連續眨了好幾次眼睛，「滑雪衣褲……嗎？」

「對，其實不管怎麼樣的滑雪衣褲都沒有關係，即使很破很舊也沒問題，而且不是單板滑雪的滑雪衣褲也沒有問題，雙板滑雪的衣褲就行了。」波川在說話時，不停地東張西望，應該在確認是否有人看到。龍實也有同感，在聽波川和高野說話時，每次入口的門一打開，他就忍不住轉頭看一下。

他們正在之前報名參加越野滑雪行程的滑雪教室的辦公室，找到高野後，站在辦公室的角落說話，拜託他緊急借兩套滑雪衣褲給他們。高野聽了，當然會感到驚訝，但龍實他們目前找不到第二個人幫忙。

「滑雪衣褲的話，只要拜託朋友，要多少件都不是問題，但問題是誰要穿？不能去租嗎？」高野問了理所當然的疑問。

波川看著龍實，龍實點了點頭。他們事先討論過要怎麼向高野說明。

「不瞞你說，」波川開了口，「有人在追我們。」

高野驚訝地向後退了一步。

「但是，你放心，不是什麼可怕的事。他是富二代，他們家在愛知縣是數一數二的有錢人家。」波川用大拇指指著龍實，「他無論去哪裡，都有保鑣，其實就是監視、監督的人跟著他，行動很不自由，生活壓力很大，滑雪是他唯一可以放鬆的一刻。因為不管是監視的，還是監督的人，在他滑雪的時候，不會跟前跟後。之前他在滑雪時，遇到了一名女滑雪客，他對那個女生一見鍾情。」

「啊？」高野的身體微微向後仰。「那不是你朋友的事……」

「對不起，」龍實向他道歉，「因為很丟臉，所以我說了謊。」

「原來是這樣啊。」

「請你原諒他說了謊，」波川一臉嚴肅地說，「因為這個富二代幾乎沒談過什麼像樣的戀愛，所以，這次的感情特別熱情而強烈。無論如何，都希望可以再見她一面，還揚言說，如果見不到她，乾脆死了算了。」

「這……」高野瞪大眼睛看著龍實，好像在看什麼珍禽異獸，「那還真嚴重啊。」

「所以，我這個朋友當然要挺他。傷腦筋的是，他非但不知道那個女生的電話，連名字也不知道。唯一的線索，就是那個女生的主場是在里澤溫泉滑雪場，而且單板滑雪的技術高超，喜歡在樹林中滑雪，我們就來這裡找那個女生。我剛才也說了，他有很多人監視，無法自由行動，更不要說為了找到自己心儀的女生，去滑雪旅行了。因為，他父母已經為他安排了未婚妻。」

波川可能越說越得意，竟然開始編故事。因為事先討論時，完全沒有提到這段內容，龍實聽了也嚇了一跳，忍不住看著朋友的臉。

「沒有嗎？」波川問他。

「不，呃，也不算是未婚妻……」龍實結結巴巴地說。

「是喔，原來並不是正式的未婚妻，但應該也差不多吧？」

「嗯。」龍實只能無奈地點頭。

「是喔，」高野打量著他，「原來現在還有這種事。」

幸好高野相信了。他真的是一個純樸的年輕人。

「所以，」波川繼續說道：「他趁監視的人不備，來到這個滑雪場，沒想到不知道哪裡走漏了消息，他的父母知道他來這裡，所以有人奉命來這裡把他帶回去，而且對方已經到這裡了。」

「是喔。」高野仍然一臉困惑的表情，聽到這種事，他應該不知道該如何反應。

「但是，即使追兵已經趕到，他也不能就這樣逃走。」波川拍了拍龍實的肩膀，「因為這是他能夠找到心儀的女生最初，也是最後的機會。至於我，無論如何都希望能夠幫好朋友完成心願。只不過在滑雪場這個有限的空間，要在敵人的眼皮底下行動並不是一件容易的事，而且服裝成為最大的問題。追兵掌握了我們的服裝，一定會做為線索尋找。我們只能換衣服，但不能去出租店，因為敵人很可能監視了出租店。

「所以，」波川壓低了嗓門，把臉湊到高野面前。「我們煩惱了很久，最後覺得只能找你幫忙。我們只是因為參加越野滑雪認識了你，你一定會覺得我們這樣拜託你很厚臉皮，但除此以外，我們想不到其他的方法。拜託你，可不可以請你幫忙張羅一下我們兩個人的滑雪衣褲？這都是為了我朋友，拜託了，真的求求你了。」

波川深深地鞠躬，龍實也慌忙跟著鞠躬。在彎腰的同時，不由得佩服波川的能言善道。雖然聽起來有點牽強，但至少編出了一個合情合理的故事。他以後一定可以成為優秀的律師，對他來說，把黑的說成白的根本是小事一樁。

「不要這樣，不要在這裡……我很困擾。」

「那你答應我們的請求嗎？」

「請你們先抬起頭，我的同事會覺得很奇怪。」

龍實察覺到波川抬起了頭，所以他也直起身體。高野瞥向櫃檯一眼後說：「我們去外面。」坐在櫃檯內的男員工露出訝異的表情看著他們。

走出辦公室，高野低著頭，沉默了很久，好像在思考。波川也沒有說話，一直看著高野。

高野終於抬起了頭，「好，我會想辦法為你們張羅兩套滑雪衣褲。」

「真的嗎？太感謝了。」波川再度鞠躬。

龍實正想跟著鞠躬，高野皺著眉頭，搖了搖手。

「請你們不要這樣，別人會看到。你們知道日向箱形纜車嗎？」

「就是路線比較短的那條吧？」

「對，在那條纜車路線的終點開始向下滑，右側有好幾棟房子，其中有一棟名叫『滑降』的餐廳，那是我家開的店。請你們去那裡等，我會把衣服帶過去那裡。」

「『滑降』嗎？知道了。」

「那就一會兒見。」高野說完，走進了辦公室。

波川重重地吐了一口氣，「搞定了。」

「原本我以為不可能成功，看來果然要試了才知道。」

「凡事都不能輕言放棄，走吧。」

他們拿起豎在辦公室旁的滑雪板，走向日向纜車。龍實走在路上時，也很擔心會被別人看到。因為聽巡邏員根津說，已經有人追來這裡了。

無論怎麼想，追兵都應該是警察，只是不知道警察為什麼隱瞞身分。雖然搞不清楚其中的原因，但對龍實他們來說，這種情況反而更有利。因為如果得知追兵是警察，根津應該也不會表現出那種友善的態度，他們也就無法像剛才一樣去拜託高野。

日向纜車是六人坐的箱形纜車。大部分纜車都會設計成三人一排，分別背對著前後兩側的窗戶，但這裡的纜車不一樣，中間設置了隔板，兩排三人坐的座位分別面對窗戶，更能夠充分享受窗外的風景。

龍實和波川坐在纜車的前半部，一對陌生的男女坐在後半部。雖然座位之間有隔板，但沒有隔音功能，所以不能在搭纜車時討論接下來的計畫。

「這個滑雪場的雪質真是太棒了，」坐在後方的男人說，「輕飄飄的感覺完全不一樣。」

「聽說這個星期的狀態特別理想，今晚也會下一點雪，明天是好天氣，簡直是最佳狀態。」女人回答。

「那真是太好了，千晶之前最擔心天氣狀況。雖然平時很希望下雪，但希望明天的雪不會下太大。這個季節應該不會下大雨，但很可能會下大雪。」

「在大雪紛飛中穿著婚紗滑雪應該很難。」

「參加的人應該也很辛苦，因為必須一直站在那裡，等新郎新娘滑下來，一定會希望早點結束。話說回來，如果天氣不好，負責攝影的人最辛苦。一旦下大雪，什麼都拍不到了。」

「現在不必擔心這件事了，應該可以成為一場浪漫的滑雪場婚禮。」

「是啊，我們也要努力表演出色的節目。」

龍實聽著他們的對話，暗自思考到底是怎麼回事。他們提到要穿婚紗滑雪，還有滑雪場婚禮，可能要舉行雪上婚禮。這個世界上，有些人的想法稀奇古怪。聽他們的語氣，好像在明天舉行，不知道有多大的規模，他只擔心不知道會不會影響自己找人。

纜車抵達終點，龍實跟著波川下了纜車。

「明天好像要在這裡舉辦婚禮。」波川邊走邊小聲說道。他當然也聽到了纜車上另外兩個人剛才的談話。

「嗯，不知道在哪裡舉行。」

「等一下打聽一下，應該可以自由參觀。」

「你想看那種東西嗎？」

波川聽了龍實的問話，停下了腳步，轉頭看著他。因為戴著雪鏡，看不到波川臉上的表情。

「我不會說我不想看，但我們現在有閒工夫看這種東西嗎？」

「既然這樣……」

「雖然我們沒有這種閒工夫，但是她——『女神』未必不會去看。女人對別人的婚禮，尤其對別人的婚紗很有興趣。雖然『女神』平時都在非正規滑道滑雪，但很可能湊熱鬧跑去看新娘。」

龍實用戴著手套的手，拍著自己的大腿，「有道理，她可能會在圍觀的人群中。」

「我們必須嘗試各種可能，畢竟剩下的時間不多了，走吧。」

波川再度邁開了步伐。

來到滑雪場上，他們穿上滑雪板開始滑了起來。滑了一會兒，就在右側看到了高野說的幾棟房子。滑過去一看，看到了「滑降」的招牌。那是一棟小木屋式的房子，側面是一塊很大的玻璃。

走進店內，他們坐在窗邊的桌子旁。脫了上衣後，年輕男店員走過來為他們點餐。雖然男店員個子很高，但很瘦，看起來像高中生。

「來熱鬧一下。」

波川說道，於是點了生啤酒。菜單上寫著，熱狗是這裡的招牌餐點，所以也點了一份。

餐廳內坐了一半的客人，歐美人比日本人更多。

牆上掛了好幾張大型照片，照片中是高山滑雪運動員的英姿，好像是在什麼比賽中拍攝的，還有站在獎台上領獎的照片。龍實看了照片，不禁感到驚訝。因為站在中央的正是高野。他的全名叫高野誠也。

「原來高野先生不是普通的嚮導。」波川也發現了照片，「而是很厲害的滑雪選手。」

龍實看向廚房，看到一對年長的男女，只是看不清楚他們的臉。可能是高野的父母。他們應該為兒子感到驕傲，才會把他的照片掛在店裡。

生啤酒送了上來。雖然沒有任何乾杯的理由，但他們舉起酒杯相碰後，喝下浮著滿滿白色泡沫的啤酒。今天一直忙來忙去，早就口乾舌燥，身體吸收啤酒，感覺就像在沙漠上灑了水。

熱狗也送了上來，上面淋了滿滿的番茄醬和芥末醬。

「看起來很好吃。」

波川正準備伸手拿熱狗，年輕店員開了口，「請問兩位是波川先生和脇坂先生嗎？」

「是啊……」波川回答。

「我哥哥叫我把滑雪衣褲交給你們。」

「啊！」波川叫了一聲，「你是高野先生的……」

「弟弟。」

「喔，」龍實也叫了一聲，「原來是這樣。」

仔細打量後，發現他們兄弟的眼睛很像。

高野的弟弟叫高野裕紀。

「哥哥因為工作的關係，沒辦法過來，所以叫我交給你們。我可以現在拿過來給你們嗎？」

「當然可以。」波川點著頭。

「那我去拿。」年輕的店員鞠了一躬後離去。

龍實看著他離去的背影，想起高野曾經說「不希望這個滑雪場的評價受損」。他在滑雪場內當嚮導，父母在滑雪場內經營餐廳，弟弟也在餐廳工作，他們全家都靠這個滑雪場過日子。

高野的弟弟──裕紀回來了，身旁還有一個和他年紀相仿的年輕人，他們手上各提了一個紙袋。

「我準備了我和我朋友的滑雪衣褲。」高野裕紀說完，介紹了身旁的朋友。這個叫川端健太的朋友是他小學同學，從小一起長大，看起來有點人來瘋。

兩個人遞上的紙袋中，一個裝了棕色的滑雪衣，另一個裝了迷彩圖案的滑雪衣，和龍實他們身上的滑雪衣完全不同。

「謝謝，真是幫了大忙。」波川向他們道謝。

「廁所在樓梯下面，你們可以去那裡換衣服。」高野裕紀說。
「好。另外，你哥哥可能向你提過，」波川壓低聲音說，「因為有一些狀況，所以有人在這個滑雪場找我們。也許你們會遇到他們，到時候——」
「我知道。」高野裕紀點了點頭，自信滿滿地說：「我絕對不會把你們的事告訴別人，放心吧。」
「聽你這麼說，我們就放心了，對不對？」波川徵求龍實的同意。
「拜託了。」龍實也鞠躬說道。
「請問，」那個叫川端健太的年輕人開了口，「在找你們的人是怎樣的人？知道他們長什麼樣子嗎？」
龍實和波川互看了一眼說：「聽說有兩個人。」
「兩個人……嗎？」
「怎麼了嗎？」
「不，沒事。」川端健太輕輕搖了搖手，但龍實發現他眼中充滿強烈的好奇。

23

走在前方數公尺的老闆娘可能察覺到身後沒有腳步聲，停下了腳步。她轉頭看向小杉，用全身做出重重嘆氣的姿勢。

「你在磨蹭什麼啊？」

小杉放下滑雪板，用肩膀喘著氣，調整呼吸後，才終於開了口。

「可不可以請妳走慢一點？穿這種鞋子很不好走，而且滑雪板又很重。」

「滑雪鞋當然很不好走，還是你要換成單板滑雪的鞋子，那種鞋子就很好走。」

「不，我沒試過單板滑雪。」

「那就別抱怨，就穿腳上這雙鞋好好走。如果再慢吞吞，天都快黑了。我們現在還沒走進滑雪場呢。」

「還要走多久？」

「快一點的話，五、六分鐘，來，加把勁。」老闆娘轉過身，繼續向前走。

還要走那麼久。小杉忍不住有點洩氣，但還是扛起滑雪板，穿著很不好走的滑雪鞋邁開了步伐。

走在前面的老闆娘腳步很穩健，她身穿滑雪衣褲的背影，一看就知道是滑雪高手。

離開「隨興」旅館後，老闆娘帶他們去了出租店，叫他們在那裡租滑雪工具。

「要在滑雪場玩警察抓小偷的遊戲，當然不能穿長筒雨靴。」聽老闆娘說話的語氣，似乎對目前的狀況樂在其中。

小杉已經有二十年沒滑過雪了，但即使這麼告訴老闆娘，老闆娘也不理會他，「滑雪這種事，很快就適應了。」

這時，白井戰戰兢兢地舉起了手，他說他從來沒滑過雪，「因為我是在南方長大的。」

雖然人手不夠，但帶初學者的人同行，只會造成負擔。小杉和老闆娘商量之後，決定派白井去出租店了解情況。因為脇坂他們很可能去出租店借滑雪衣變裝。

於是，小杉和老闆娘一起走向滑雪場，但滑雪鞋又硬又重，而且走在雪地上很容易打滑，光是走在雪地上，就渾身緊張。也許是因為用力不當，才沒走幾步，臉上就冒汗了。

滑雪板也很奇怪，比小杉記憶中的滑雪板更短，光是這一點，問題還不大，但形狀好像也不一樣了。聽說這種叫卡賓滑雪板，不知道自己會不會滑。在這個問題上，老闆娘也說：「很快就適應了。」

前方終於出現了建築物，似乎是箱形纜車站，招牌上寫著「長峰纜車」。聽老闆娘說，這個滑雪場有兩個箱形纜車站，這條纜車路線直通山頂。總共要搭十五分鐘，中途還設置了幾個站，所以距離很長。

小杉拿著老闆娘為他準備的纜車券，走向纜車站。有幾個客人在排隊，但不需要和別人擠在同一個纜車。

纜車站的工作人員是一個三十多歲的男人，皮膚曬得很黑。他面無表情地把客人帶到纜車旁，看到老闆娘，立刻露出笑容說：「老闆娘，妳好。」

他似乎認識老闆娘。老闆娘把雪鏡推到帽子上方，所以可以清楚看到她的臉。

「不好意思，」老闆娘向他打招呼，「我有一件麻煩事想要拜託你，可以借一步說話嗎？」

工作人員露出有點不知所措的表情，眨了眨眼問：「現在嗎？」

「對，不好意思啊。」

「是喔，沒關係……那請等一下。」

他瞥了小杉一眼，把在不遠處的年輕工作人員叫過來接他的班。

三個人走到離纜車站不遠處時，老闆娘說：「小杉先生，你把那個學生的照片給他看一下。」

小杉操作手機，找到了脇坂和波川穿著滑雪衣的照片，遞到那個工作人員面前。

「你有沒有看到兩個人穿這個顏色的滑雪衣？就是灰色和藍色的滑雪衣。」

工作人員聽了老闆娘的問題，偏著頭回答：

「我不記得了，好像看到好幾個人穿類似的滑雪衣……不好意思，我真的忘了。」

小杉覺得這也難怪，因為客人絡繹不絕，工作人員並不會仔細打量每個人的服裝。

「那你接下來多留意，只要看到這兩個人，馬上通知我。這上面有我的手機號碼。」老闆娘從口袋裡拿出名片。

工作人員接過名片後，再度看著手機上的照片問：

「這兩個人怎麼了？做了什麼壞事嗎？」

「現在還是秘密，如果順利找到他們，下次不收你的酒錢。」

工作人員瞇起眼睛，「真不錯啊。好，那我會留意。」

「拜託了。」老闆娘說完，向小杉使了一個眼色，走去纜車的隊伍排隊。

不一會兒，他們搭上了纜車。寬敞的纜車一次可以搭十二個人。

「老闆娘，幸虧有妳幫忙。」小杉說。這句話是他的心聲，「如果不出示警察證，我們根本不可能請纜車的工作人員這樣幫忙。」

老闆娘面帶笑容地說：「我想也是。」

「不愧是經營居酒屋和旅館的老闆娘，妳人面真廣，太佩服了。」

「嗯哼，」老闆娘輕輕哼了一聲，「其實不完全是這樣。」

「喔？那是為什麼？」

「我從小在這個村莊長大，認識很多朋友，而且，這麼說有點那個，其實我在這一帶小有名氣。當然是指在成為『隨興』的老闆娘之前。」

小杉聽不懂這句話的意思，微微偏著頭，老闆娘搖晃著滑雪板說：

「是這個啦。別看我現在這樣，年輕時，我曾經是有名的高山滑雪選手。高山滑雪分為技術派和高速派兩種，世界級的日本選手大部分都是技術派，但我擅長高速派，而且是速降比賽。年輕時，大家都叫我是『信州的子彈妹』，當然，那時候的體重比現在少了十幾公斤。」

「是喔。」小杉打量她的全身，難怪她看起來像運動選手。

「所以，我也參加過一些大型比賽，那時候，全村的人都為我加油。」

「原來是這樣，這樣的確是名人。」小杉恍然大悟地點了點頭，「這個村莊的超級明星，目前是居酒屋和旅館出了名的老闆娘。」

「託你的福，在這裡混口飯吃。」

「我記得妳剛才說，十幾年前嫁來這裡。」

老闆娘點了點頭說：

「你記性真好，十五年前。」

「那家旅館，是妳先生家的？」

「他的祖父那一代開始經營那家旅館，我老公以前也是滑雪選手，在選手時代，曾經算是上班族，但引退之後，回到這個村莊，繼承了這家旅館。他經營了五年之後，我們結了婚。」

「所以，他目前已經經營了二十年，但在居酒屋和旅館都沒有看到像是妳丈夫的人，他出門了嗎？」

小杉好像自言自語般地小聲說道，老闆娘瞇起眼睛，揚起嘴角，露出落寞的笑容。

「如果說是出門，也算是出門，只是一去不回了。」

「啊？」

「他去了那個世界。」她用右手指著上方說，「他得了肝癌，已經八年了。」

「啊！」小杉叫了起來，「原來是這樣……」

「在開居酒屋不久，就發現他得病了，那時候真的一團亂。我很想對他說，為什麼偏偏在這種時候生病，但這樣他未免太可憐了，所以我忍著沒說。」

「之後，妳一個人經營居酒屋和旅館嗎？」

「對，」老闆娘回答，「但我從來不覺得辛苦，因為有很多人幫我，所以我希望能夠用某種方式來報恩，回報村莊和滑雪場。」

「如果有殺人兇手逃來這裡，妳願意全力協助抓到兇手？」

「差不多就是這樣。」老闆娘笑了笑之後，戴上了雪鏡。纜車即將到達終點。下了纜車，走出纜車站，老闆娘仍然沒有穿上滑雪板。她扛著滑雪板在雪地上走了起來。小杉跟在她身後，詢問她原因。

「這個滑雪場很大，不是搭一趟纜車就可以到山頂，你不用多問，跟我走就對了。」她說話時沒有停下腳步，呼吸也沒有變得急促。

在上坡道走了一陣子後，老闆娘終於放下滑雪板，準備滑向下一個吊椅纜車站。

小杉聽了，不由得緊張起來，因為他二十年沒滑雪了，年輕時還算滑得不錯，但不知道現在是不是忘光了。

當小杉抬起頭時，發現老闆娘不見了，她似乎已經滑走了。小杉急忙穿上了滑雪板。

小杉戰戰兢兢地滑了起來，發現速度超乎想像，不由得感到害怕。他知道自己的屁股翹了起來，卻無法修正，只能慌忙把滑雪板張開呈八字形，拚命減速。想要帥氣地滑雪根本是癡人說夢，只能勉強在雪地上滑S形。

他全身冒著冷汗，緩緩向下滑，終於看到老闆娘等在前方不遠處。

「你說你很多年沒滑了，滑得還不錯啊，我對你刮目相看。」

小杉搖著頭，喘著氣說：「完全不行，我知道自己重心太後面。」

「知道自己的缺點，很了不起。適應之後就沒問題了，我們繼續前進。」

老闆娘轉身輕快地滑了起來。

小杉咬牙跟在老闆娘身後滑了一陣子，看到了前方的吊椅纜車。那是四人坐的纜車，將前往更高的山頂。老闆娘再度向工作人員打了招呼，讓小杉出示了手機，請工作人員看到那兩個人時和她聯絡。

下了吊椅纜車後，發現仍然不是山頂，還有另一條吊椅纜車路線。老闆娘再度拜託工作人員同樣的事，小杉對她人面廣這件事已經習以為常了。

下了纜車，終於來到了山頂。白得刺眼的雪景三百六十度，以各種不同的形狀呈現在眼前，也可以清楚看到遠方的稜線。小杉忍不住感嘆地吐了一口氣，「終於來到這裡了。」

「你別這麼快就露出心滿意足的表情，任務連一半都沒有完成，還要去向其他主要纜車路線的工作人員打招呼。」

「接下來要去哪裡？」

「我不是說過，這個滑雪場有兩條箱形纜車的路線嗎？雖然不知道兇手會在哪裡滑雪，但一定會搭其中一條纜車路線，所以我們先去另一條箱形纜車那裡。」老闆娘話音剛落，就立刻滑了起來。

「哇，等等我。」小杉慌忙追了上去。

即使小杉是外行，也知道老闆娘的滑雪姿勢很出色。老闆娘配合他放慢了速度，但所有的動作都輕鬆自如，恰到好處，在關鍵的瞬間能夠做出精準的動作。滑雪板的俐落感覺完全超越了其他滑雪客。

小杉在老闆娘身後拚命追趕，漸漸找回了滑雪的感覺，適應了目前的速度和卡賓滑雪板這種新的滑雪工具。他原本在運動方面就不差，很快就發現自己的動作也越來越大膽。當恐懼和不安消失後，就可以充分體會暢快的感覺，穿越寒風，在雪地上疾行也就越來越快樂。

「你越滑越好了。」停下來稍微休息的時候，老闆娘對他說，「和一開始滑的感覺完全不一樣了。」

「因為我慢慢掌握了要領。」

「那就再加快一點速度？」

「請妳手下留情。」雖然小杉這麼說，但老闆娘不理會他，立刻滑了起來，而且真的加快了速度。小杉急忙追了上去。「真傷腦筋。」雖然他嘀咕著，但發現自己很久沒有體會過這種興奮的感覺了。

話說回來——

這個滑雪場真大，「全日本最大」的宣傳完全屬實。無論走了再久，滑了再久，都有下一個斜坡，寬度和形狀不同的滑道出現在眼前，好不容易看到箱形纜車的車站時，小杉整個人快癱了。

「還有一小段路，加油。」

聽到老闆娘的激勵，小杉已經累癱的身體再度振作，繼續拚命滑。

纜車站入口掛著「日向纜車」的牌子，小杉很想休息一下，但老闆娘一直往前走，所以只能跟著她。

這個纜車站的工作人員是一個年輕男生，幸好沒有其他客人。老闆娘走向他，和他說了幾句。小杉從口袋裡拿出手機，找出脇坂的照片後走向他們。

年輕男生一看到照片，立刻說：「啊，這兩個人——」

「你見過？」

老闆娘問，年輕男生點了點頭，「他們來搭纜車，差不多一個小時前。」

「這麼久之前嗎？你沒有記錯？」

「應該沒有。」他指著手機螢幕說，「因為這個穿灰色滑雪衣的人，他的滑雪板和我的一樣，所以印象特別深刻。那塊滑雪板是限量的，很少有人有同樣的滑雪板。」

老闆娘轉頭看著小杉，他點了點頭。應該沒錯。

「之後沒再看到嗎？」

「應該沒再來搭這裡的纜車。」

「好，謝謝你，如果再看到他們，麻煩通知我。」老闆娘遞上自己的名片。

24

一群雙板滑雪選手出現在斜坡上方，他們排成隊列，配合著在滑雪場播放的音樂，沿著坡道滑了下來，勾勒出華麗的曲線。他們的滑雪杖上繫著粉紅色的長布。布料的材質似乎很輕盈，隨著他們的動作，在空中飄舞。

「喔喔喔。」根津忍不住發出感嘆的聲音，「真美啊。」

一旁的千晶和莉央沒有說話。根津轉頭一看，發現兩個人都神情嚴肅地看著前方。因為她們都戴著運動墨鏡，所以看不太清楚，但兩個人的眼神應該都很銳利。

雙板滑雪選手滑下斜坡之後，輪到一群單板滑雪選手出場。他們雙手捧著花束，保持著等間隔的距離，開始表演特技，但並不是每個人表演不同的特技，而是事先決定什麼時候表演哪一個動作。

「動作不整齊。」千晶不滿地說。

「右側那一組動作太慢了。」莉央表示同意。

「可能是音樂聽不清楚，我晚點去確認一下。」

「明天之前來得及嗎？」

「我會安排好，妳不必擔心。」

明天將在里澤溫泉滑雪場史無前例地舉行一場滑雪場婚禮，策劃人和能幹的助理說話的語氣，都不允許有絲毫的妥協。根津知道，這種時候，最好別說一些言不由衷的稱讚。

之後又有幾組單板和雙板滑雪選手表演了自創的節目，當最後一組表演結束後，千晶和莉央開始討論細節。因為她們說話很小聲，所以根津聽不到。

他看了手錶，確認了時間。目前包下了一部分滑道進行排練，但如果時間太久，會影響到其他滑雪客。

「那我先去和攝影師討論。」莉央說。

「嗯，拜託了。」千晶操作著手上的平板電腦。

「怎麼沒看到主角？」根津說：「新郎和新娘今天不來參加排練嗎？」

「長岡會進行特訓，照理說，要請葉月一起來排練，但她的婚紗尺寸好像有問題，她去長野了，莉央說應該不會有問題，因為新娘只是滑S形而已。」

「但要穿著婚紗滑，不是嗎？光是這樣，就很有看頭。」

「希望如此，你還有沒有發現其他問題？」

「我可是外行啊。」

「所以我才想要聽你的意見，你想到什麼都可以說。」

「嗯，」根津想了一下說，「硬要說的話，就是服裝問題。」

「服裝？」

「那些滑雪選手的衣服都沒有統一，表演那麼精采，真的有點可惜了。」

「原來是這個問題，」千晶用力點著頭，「別擔心，我自有妙計。」

「喔，是嗎？」

「明天正式表演時，會讓你大吃一驚。」

「太期待了，先不談這個……」根津看著手錶說：「時間差不多了。」

千晶舉起右手，豎在臉前，「對不起，讓我延長十五分鐘。」
「等一下不是還要包下上面的滑道拍攝嗎？時間來不及了。」
「那裡我會想辦法解決，這些表演是最重要的部分，拜託了。」千晶把平板電腦夾在腋下，雙手拜託著。
根津嘆了一口氣，「真的只延十五分鐘喔。」
「我保證。謝謝你，太好了。」千晶快步走向那些滑雪選手聚集的地方。
根津拿著對講機，通知因為包場而守在各處的巡邏員，要延長十五分鐘。
千晶比手畫腳地向表演者說著什麼，似乎在指示滑行的速度和表演動作的時機，根津在不遠處看著她。
「那再練習一次，加油。」千晶拍著手說道。
滑雪選手紛紛走向吊椅纜車。根津見狀後，走向千晶。
「妳竟然能夠找到這麼多人。」
「因為我十幾歲就進入這一行，至少認識的人夠多。」
「運用這些人脈，做任何事應該都不是問題。」
「任何事？」千晶有點意外地看著根津，「比方說？」
「這……我一時想不起來，但應該有很多，像是生意之類的。」
「是喔，原來你有這種想法。」千晶緩緩點了點頭，但眼神很冷淡。

「怎麼了？妳有什麼意見嗎？」

千晶想了一下之後，微微張了嘴，但似乎隨即發現了什麼，從口袋裡拿出手機。

原來有人打電話給她。她不悅地輕輕咂著嘴。

「喂？是我……在哪裡？在里澤溫泉啊……我之前不是說過，我朋友要結婚……我知道，下個星期就回去了……我知道要穿套裝，我已經準備好了……我知道。我會的……可以了嗎？我正在忙……我才不是在玩，我要掛了……好，好，那下週見。」

她掛上電話後，搖了搖頭說：「真煩人。」

根津苦笑著問：「誰打來的電話？妳的態度真冷淡。」

千晶皺著眉頭，把手機放回口袋，「家裡打來的，是我媽。」

「是喔。」根津看著她的臉，「真難得啊，妳竟然會提到父母。」

「嗯，我真的很少提到他們。」

「妳剛才說要穿套裝，該不會是要相親？」

根津開玩笑地說，但千晶完全沒有笑。

「是啊，從某種意義上來說，和相親差不多。」

「……到底是怎麼回事？」

千晶聳了聳肩，撇了撇嘴角說：「他們要我繼承家業，已經說了好幾年了。因為僱用了一些人，所以要和那些人見面。」

「家業？」

「幼兒園，並沒有很大。」

根津一時說不出話，注視著千晶的臉。認識她已經好幾年了，當時，他剛從單板障礙追逐選手引退，她還是選手，在認識之後，很快就發現兩個人很合得來。之後，他們每年冬天就會經常聯絡，有時候也會一起滑雪，但從來沒有聊過任何私事，根津也第一次聽說她家裡在經營幼兒園。

「我爸是理事長，我媽是園長。我爸七十三歲，我媽也六十五、六歲了，也差不多該擔心以後的事了。」

「妳的兄弟姊妹呢？」

「沒有，我是獨生女。」千晶搖了搖頭，「所以，如果要繼承的話，只有我了。」

「是世襲制嗎？」

「好像很多幼兒園都是這樣，聽說這樣有很多好處。」千晶說到這裡，自嘲地笑了起來，「既然我以後要經營那家幼兒園，不能說什麼『聽說』吧。」

「之前就決定了嗎？」

「只是大致決定，所以，別看我這樣，我有幼教師的證照，但我希望父母可以讓我趁年輕時做自己喜歡的事，我想挑戰一下，自己到底能夠做到什麼程度。」

「所以就成為單板障礙追逐選手。」

「就是這樣。雖然聽起來像在自誇，但我覺得自己的表現還不錯。雖然無法參加奧運，但我已經沒有遺憾了，我知道自己該邁向下一個階段。早就已經過了『趁年輕』的時期，所以──」

千晶繼續說道，「在決定繼承家業之後，我就不會再回這個行業了，再也不滑雪了。」

根津驚訝地瞪大了眼睛，「妳在開玩笑嗎？」

「我是認真的，我認為需要有這樣的心理準備，認為自己能夠兼顧的天真想法應該行不通。雖然可能有人覺得，可以把滑雪當作興趣，但這種不乾不脆的做法不適合我。」

根津看著千晶直視自己的好勝眼神，確信她是認真的。之前就知道她自我要求很高，個性也很頑固。

「所以，明天的婚禮結束之後……」

「嗯。」千晶點了點頭，「就要告別白色的雪世界了，那些表演者描繪的紅毯，也將是我告別的花道。」

「是這樣啊。」根津語氣有點低沉，他發現自己有點消沉。

「你不是也繼承了家業？」

「對，新潟的一家小型建築事務所。」

除了冬季以外，根津在建築事務所當建築師，冬天因為下雪的關係，無法工作，所以他來滑雪場當巡邏員。

「以前，你曾經和我聊過夢想。」千晶說，「你說想要建造一個像遊樂園的滑雪場，巨大的迷宮、雪地雲霄飛車，還有什麼？」

「吊鋼絲半管滑雪、滑雪滑翔傘。」

「哈哈哈哈。」千晶拍著手笑了起來，「沒錯，聽起來就超難的。」

「原來我們曾經聊過這些事。」

千晶聽了根津的話，露出嚴肅的表情，「你已經放棄了嗎？你的夢想已經結束了嗎？」

「不，」他搖了搖頭，「我沒有放棄，至今仍然收藏在心裡。」

「聽你這麼說，我就放心了。」千晶嫣然一笑，抬頭看著斜坡，「真希望能夠和你一起實現夢想。」

根津看著她的側臉，雖然心裡有想要對她說的話，但並沒有說出口。

25

走下雙人吊椅纜車，小杉巡視周圍。有好幾個人坐在地上裝固定器，但並沒有發現要找的滑雪衣。

「這裡也沒有……」

聽說脇坂他們一個小時前，曾經搭乘日向纜車後，小杉和老闆娘找遍了他們可能出沒的地方。雖然不時看到類似的滑雪衣，每次都興奮地靠近，但近距離觀察後，發現顏色不太一樣，或是同伴的服裝完全不同。

小杉看了手錶，發出低吟聲。已經耗費了不少時間。

老闆娘打開滑雪場的地圖。

「今天運轉的主要纜車站都已經去過了，如果兇手在這個滑雪場，一定會落入我們布下的天羅地網。」

「反過來說，既然還沒有找到他們，也許他們已經離開這裡了？」

老闆娘把地圖放回口袋時搖了搖頭，「你這麼說的話，就沒戲唱了，必須相信他們還在。」

「但是，有人在一個小時前在纜車站看到他們，之後就完全消失無蹤了，只能認為已經離開滑雪場——」

小杉的話才說到一半，老闆娘就伸出手打斷了他。她放在口袋裡的手機響了。

「你看，這不就有消息了嗎？」她拿出手機放在耳邊，「喂，辛苦了……啊？搭了纜車？什麼時候？……嗯……我知道了，謝謝你。」老闆娘掛上電話，把手機放回了口袋，「木魂纜車A的工作人員打來的，他說照片上的兩個人剛才搭了纜車。」

「木魂纜車A在哪裡？」

「你跟我走就知道了。」

老闆娘用力滑了起來，小杉慌忙追上去。

不一會兒，他們來到四人坐的吊椅纜車站，一看招牌，那裡並不是木魂纜車A。聽老闆娘說，要搭這個纜車，才能到木魂纜車A的車站。

「聽說他們身上就穿著照片上的衣服，並沒有換掉。」他們並排坐在纜車上時，老闆娘對他說。

「他們以為警察還沒有追到這裡，所以還沒有提高警覺。」

「其中一個穿著灰色上衣和粉紅色褲子，另一個是藍色和黃色。」

「沒錯，這些顏色很明顯，即使有很多人在滑雪，也很容易發現。」

小杉坐在纜車上往下看。下方的滑道很寬，有許多滑雪客在滑雪。這個滑道距離很長，傾斜度也不大，很適合初學者和初級者練習。

「如果和家人一起來，應該很開心。」

小杉脫口說道，老闆娘聽了，立刻對他說：「歡迎啊，你有孩子嗎？應該有吧？」

「很遺憾，我還是單身。」

「是嗎？真是太可惜了。」

「所以上司一直把我視為貶到僻地的優先人選，如果這次抓不到膈坂，恐怕就會——」

成真了。小杉正要這麼說時，不經意地看向前方，發現一名滑雪客身穿鮮豔的藍色上衣和螢光黃色的滑雪褲。他難以置信地巡視周圍，不禁倒吸了一口氣，因為那個滑雪客身旁，還有另一個身穿灰色上衣和粉紅色褲子的人在滑雪，那兩個人顯然是朋友。

「啊！」老闆娘先叫了起來，「在那裡，你看，那裡那裡。」

「我也剛好看到。」

「灰色和粉紅色，藍色和黃色，沒錯吧？」

「沒錯，就是他們。」

兩名滑雪客在雪地上滑得很暢快，不一會兒，就經過小杉他們的下方。

「啊，媽的！可惜不能跳下去。」

纜車距離雪面有將近三公尺的高度，如果跳下去，恐怕不是受輕傷而已。

小杉坐在纜車上看向後方，兩名滑雪客正在挑戰跳台。身穿藍色滑雪衣的人先跳了起來，漂亮地在空中翻了一個筋斗。

「啊喲！」老闆娘叫了起來，「真厲害啊，看來是滑雪高手。」

「明明是命案的嫌犯，竟然還玩得這麼開心。」小杉咬著嘴唇，瞪著他們兩個人。

「有那麼好的技術，任何地方都難不倒他們。雖然不知道他們要去哪裡，但我們要趕快追上去。」

雖然老闆娘這麼說，但坐在纜車上，只能乾著急。小杉捶著安全桿。

纜車終於抵達了終點。老闆娘一下纜車，就直接衝進了滑道。小杉也跟了上去。

老闆娘飛速滑行，而且沒有轉彎，幾乎直線向下滑行。雖然是緩斜坡，但小杉還是不由得感到害怕，只不過不能被甩在後面，所以只能壓低姿勢，拚命在後方追趕。

正當小杉感到不安，不知道要這樣滑多久時，老闆娘突然停了下來。小杉也慌忙停下來，但重心不穩，差一點跌倒。

「哇，怎麼了？」

老闆娘用右手握著的雪杖指向空中。小杉順著她指的方向看去，忍不住「啊！」地叫了起來。因為那兩個人坐在纜車上。

「那兩個人又上去了，難道想要再滑一次嗎？」

「很有可能，他們完全沒有警覺性，竟然在這麼明顯的地方連續滑好幾次。」

「竟然不把我們放在眼裡。好，那我們趕快去追。」

小杉準備開始滑，但老闆娘站在原地不動。

「怎麼了？不去追他們嗎？」

「我們不需要去追，他們應該還會從這個滑道滑下來，所以我們只要在這裡等他們就好。」

「有道理，妳說得對。」

小杉和老闆娘一起來到滑道旁，等待那兩個人滑下來。

「這兩個人滑得真開心啊，看起來完全不像是殺了人之後在逃亡。」

「我也這麼覺得，會不會是剛好衣服顏色相同，但不是他們？」

「不，不可能這麼巧，如果一個人也就罷了，眼前這兩個人的衣服完全一模一樣。」

「也對。」老闆娘以有點難以釋懷的表情偏著頭。

「啊，他們來了。」小杉指著斜坡上方。分別穿著灰色和藍色上衣的兩個人在雪地上蹦跳著出現了。

「走吧。」老闆娘立刻滑了起來。

那兩個人不時靈巧地在雪地上旋轉滑行，簡直就像在跳舞，難以預測他們的行動。小杉和老闆娘在注意其他滑雪客的同時，慢慢逼近那兩個人前進的方向。

在即將來到他們面前時，小杉用力張開拿著雪杖的雙手，腹部用力，大聲喊道：「喂，你們兩個，趕快停下來！」

「快停下來！」老闆娘一起大聲喊著。

那兩個人似乎聽到了叫喊聲，行動出現了變化。他們慢慢煞車，在小杉和老闆娘的數公尺前停了下來。因為戴了雪鏡，而且用頭巾遮住了臉，所以完全看不到他們臉上的表情。

小杉穿著滑雪板往上走，看著身穿灰色滑雪衣的人說：「你是脇坂龍實吧？我有事找你，請跟我走一趟。」

那兩個人互看了一眼，意味深長地點了點頭。

怎麼了？小杉正想發問，那兩個人縱身一跳，轉過身，下一剎那，從小杉身旁滑走了。

「哇！」小杉慌忙伸出手，身穿藍色滑雪衣的那個人用力推開了他的手，小杉重心不穩，一屁股坐在地上。

「啊，小杉先生，你沒事吧？」老闆娘問。

「我沒事。他媽的！我們趕快去追。」

小杉急忙站起來，追了上去。脇坂他們從滑道的岔路闖入了林道。

林道的坡度很小，所以，小杉和老闆娘必須用雪杖才能前進，只不過單板沒有推進力，滑起來應該更辛苦。果然不出所料，前方出現了那兩個人的背影，可以感受到他們正在為無法快速前進感到焦急。

太好了，應該能夠追上他們。正當小杉這麼想時，那兩個人突然消失不見了。他完全不知道發生了什麼狀況。

滑到那裡之後，終於了解了情況。因為林道彎彎曲曲，他們抄近路消失在樹林中。

小杉正在猶豫，該不該追上去，背後傳來老闆娘的聲音：「你沿著林道繼續向前滑。你的技術無法駕馭，而且這片樹林很不好滑，他們應該也無法輕鬆滑下去。」

既然本地的高手也這麼說，應該錯不了。「我知道了。」

老闆娘衝進樹林繼續追趕那兩個人，可以看到她輕鬆自如地在樹木之間穿梭。她使用的並不是深雪專用的滑雪板，小杉不由得對她佩服不已。

小杉沿著林道繼續前進。傾斜度漸漸增加，滑雪板也順利前進。

在轉過幾個彎道之後，脇坂他們的身影出現在右斜上方的樹林中。正如老闆娘所說，因為樹木很密集，所以他們的速度也快不起來。

也許可以在林道上堵他們。小杉心想。當他們出現時，可以用身體阻擋他們的去路。

他的計畫差一點就成功了。可惜那兩個人從右側樹林中出現後，穿越林道，直接衝進了左側的樹林。他們動作大膽，完全沒有絲毫的猶豫。

老闆娘也很快從樹林中衝了出來，在小杉身旁停了下來，揚起一片高高的雪煙。

「那兩個傢伙從這裡下去了。」小杉指著兩個人下去的位置說。

「是啊，對不起，中途滑雪板被雪絆了一下，所以沒追上他們。」

「不，光是能夠在那裡滑雪就很厲害了。」

「拚搏獎沒有意義，太可惡了，竟然沒有追上他們。」老闆娘一臉懊惱。

他們沿著林道向下滑，來到寬敞的滑道，但不見那兩個人的蹤影。他們似乎順利逃脫了。

老闆娘生氣地把雪杖用力插進雪地。

26

下午開始飄的雪已經停了，藍天從雲間探出頭。正如剛才搭纜車時聽到那對男女所說的，明天可能是個好天氣。龍實猜想，即將在滑雪場舉辦婚禮的那對新人，現在應該充滿興奮地期待明天的到來。

「喂，」穿著迷彩滑雪衣的波川叫他，「你哪有閒工夫抬頭看什麼天空啊，不專心一點，會找不到『女神』。」

「啊，喔……」龍實點了點頭，看著下方那片白雪覆蓋的樹林。

龍實和波川換了向高野裕紀他們借的滑雪衣褲後，在滑雪場內尋找那個女生。白底大紅點——這種滑雪衣很少見，而且也很顯眼。他們認為只要花足夠的時間，一定可以找到。

然而，現實卻很嚴峻。

這個滑雪場太大，只靠他們兩個人找人太難了。如果那個女生停留在某個地方，只要找遍整個滑雪場，應該可以找到她，但現實並沒有那麼簡單。他們每次移動，就很擔心這一剎那，和那個女生擦身而過。

煩惱了半天之後，他們來到這裡。據根津說，天際飆速滑道的入口附近稍微偏離正規滑道的這個地方，是喜歡深雪的當地人最常出沒的地點。與其在滑雪場內亂找，不如在這裡等待「女神」出現。

在這裡等了將近一個小時，的確不時看到像是當地人的滑雪客出現。雖然這裡是禁滑區域，但他們熟門熟路地在樹林中消失不見了。

那個女生並沒有出現。他們穿上滑雪板等在那裡，一旦她現身，就可以立刻追上去，卻一直坐在這裡枯等。

「今天應該不會出現了。」龍實看著樹林間好幾條有人滑過的軌跡說，「喜歡粉雪的人，會在剛下完雪的早上來滑。都已經這麼晚了，特地跑來非正規滑道也沒太大的意義。」

「是啊。」波川也表示同意，「那接下來要怎麼辦。」

「如果她還在這個滑雪場內，我們應該等在她出現的可能性更高的地方。」

「我了解你的意思，但問題是要去哪裡等？纜車站嗎？你知道這個滑雪場有多少條纜車路線嗎？」

龍實搖了搖頭。

「我們不是去搭纜車的地方，而是去下纜車的地方。雖然不知道『女神』會在哪個滑道滑雪，但一定會搭某條纜車的路線好幾次。」

波川沉默片刻思考後，指著龍實問：「你是說山頂纜車嗎？」

「沒錯，這麼晚了，她可能打算離開了，但在離開之前，應該會去山頂滑最後一次。」

「完全有可能。」波川點了點頭，站起來拍了拍屁股上的雪，「我們走。」

要搭往山頂的吊椅纜車，必須先去山麓搭箱形纜車。龍實和波川一起從非正規滑道滑了下去，如果被根津看到，一定會挨罵，但現在顧不得那麼多了。

繩索出現在前方。只要鑽過繩索，就是正規滑道。龍實正準備靠近，猛然停了下來。因為有巡邏員守在繩索外，但因為背對著繩索，所以還沒有發現他們。

「慘了。」波川滑到龍實身旁，「他在幹嘛？」

龍實看向斜坡上方，發現還有另一名巡邏員，正把牌子插進雪地。牌子上寫著「包場封閉中」。

「這個時間包場？這是怎麼回事？」龍實小聲嘀咕。

「不知道。」波川也感到不解。

不一會兒，一群雙板滑雪客滑了下來，每個人的動作都很優美，就連不滑雙板的龍實，也知道他們是專業選手。他們的雪杖上都綁著粉紅色的細長布條，所有人都循著正確的路線滑動，看起來就像是一條很長的帶子，一路飄揚地從雪地上滑下來。

接著是一群單板滑雪客。這些人也不是等閒之輩，他們好像在跳舞般經過龍實他們的面前。「太厲害了。」波川忍不住在一旁說道。

不一會兒，又有單板和雙板的滑雪選手連續滑了下來，但他們並不是隨便亂滑，而是有某種規則性，也許在下方欣賞，可以看得更清楚。

「這……可能是為明天做準備。」波川說。

「什麼準備？」

「剛才那兩個人在討論滑雪場婚禮時，不是提到表演嗎？應該就是這個。」

「有可能。」龍實點頭表示同意。

這時，又有一群人從上方滑了下來，其中有單板滑雪選手，也有雙板滑雪選手。和剛才不同的是，每個人雙手都拿著花束。果然是婚禮的表演節目。

當龍實看到其中一人時，忍不住懷疑自己的眼睛。那個人穿著白底大紅點的滑雪衣，淺藍色的滑雪褲，戴著黑色安全帽——正是他踏破鐵鞋尋找的女生。
「啊啊，啊啊啊啊……」龍實想要告訴波川，卻說不出話。
「幹嘛？怎麼了？」
龍實調整呼吸，指著那個女生離開的方向說。
「剛才的女生，就是『女神』。」
波川挺直了身體，「你說什麼？真的假的？」
「絕對沒錯，我們快去追。」
龍實正準備衝出去，波川抓住了他的肩膀，「等一下，這裡有巡邏員。」
「但如果不趕快追上去，就找不到她了。」
「你忘了嗎？警察很可能已經來這裡了，如果引起糾紛，被他們發現怎麼辦？再繼續觀察一下。」
波川的話很有道理。龍實無法反駁，只能握緊拳頭。

27

進入坡度和緩的林道後，前方的老闆娘做出好像滑降選手的姿勢。小杉也試著模仿，但速度太快，他忍不住有點害怕。腳下的滑道很硬，萬一跌倒，不會只是瘀青而已。

他們一路滑到了長峰箱形纜車的終點，解開滑雪板，站在路旁，看著走下纜車的人。

因為老闆娘剛才接到長峰纜車工作人員的電話，那兩個人搭上了纜車。小杉他們剛好在山頂附近，只要守在纜車終點，應該可以等到脇坂他們。這場追逐戰終於可以落幕了。

小杉看著手錶，這輛纜車行駛的時間約為十五分鐘。

「奇怪，」老闆娘看著纜車站的出口嘀咕著，「照理說，他們該下車了。」

「是不是我們來這裡時，他們已經下車了？」

「不太可能，他們最快也要在我接到電話的十分鐘後才會到。」

「對啊。」

小杉的手機響了。是白井打來的。

「我清查了所有出租店，都沒有發現脇坂他們借衣服的跡象。」後輩刑警說。

「我知道，因為他們好像沒換衣服。」

「是嗎？那我該怎麼辦？」

「你找一個地方待命，我差不多可以搞定了。」

「啊？是這樣嗎？」

「對，幸虧有老闆娘幫忙。」

這時，老闆娘拿出手機，放在耳邊，說了一、兩句話，她的表情立刻嚴肅起來。她看著小杉搖了搖頭。

「我等一下再和你聯絡。」小杉對白井說完，掛上了電話。「怎麼了？」

「我們上當了，他們又搭了其他吊椅纜車，剛才接到纜車站工作人員的電話。」

「其他吊椅纜車？沒有搭這條纜車路線嗎？」

「搭了，但在中途下車了。」

「啊！」小杉叫了一聲。他想起這條纜車路線中途有其他車站可以下車。

「走吧，順利的話，我們可以搶在他們之前抵達。」

老闆娘衝了出去，小杉拚命追了上去。

老闆娘穿上滑雪板後，立刻滑了起來，動作沒有絲毫的猶豫，然後以最短路線衝向那兩個人搭的纜車。

前方就是纜車下車的地方，老闆娘停了下來，小杉也在她身旁停下。巡視斜坡，發現藍色滑雪衣在很遠的下方，旁邊還有一個穿灰色滑雪衣的人。一定就是那兩個人。

「去追他們。」老闆娘滑了起來。

小杉也不顧一切地滑了起來，現在已經顧不了內心的害怕了。

滑了一會兒，老闆娘在滑道上停了下來。這裡有岔路。
「他們走哪一條路？」小杉問。
「不知道，這裡可以通往很多地方。」老闆娘說完這句話，又對他說：「你等一下。」然後拿下手套，在滑雪衣的口袋裡摸索起來。有人打電話給她。
「喂……辛苦了……啊，現在嗎？……喔，原來是這樣。」老闆娘在講電話時，左顧右盼起來，「我知道了，謝謝你。」掛上電話後，她看著小杉說：「有人告訴我，那兩個人在下面那個吊椅纜車的車站。」
「下面？哪一條纜車路線？」
「再往前滑一段，就可以看到了。」
老闆娘滑了起來，小杉緊跟在後。不一會兒，就看到了纜車的支柱。鋼纜懸在空中，雙人坐的吊椅纜車在移動。
「啊！」他忍不住叫了起來。因為那兩個人坐在纜車上。灰色和藍色滑雪衣。絕對沒有錯。
對方似乎也發現了他們，用手指著他們。那兩個人接下來的動作，讓小杉說不出話。
那兩個人竟然向他揮手，好像在對他說：「你過來啊。」簡直就是在挑釁。
「那兩個傢伙怎麼回事？完全不把我放在眼裡。」小杉用雪杖敲向地面，「我們趕快追過去，纜車站在哪裡？」
老闆娘默然不語，看著那兩個人遠去。
「老闆娘。」小杉叫著她。
老闆娘似乎終於回過神，挺直了身體說：「啊……對不起。」
「怎麼了？」
「沒事，我在想事情。」
「我們去纜車站，如果不趕快去，這次真的會跟丟了。」
老闆娘沒有反應，仍然站在原地不動。
「小杉先生，」她說：「你不覺得那兩個人有點奇怪嗎？」
「啊？」
「就像你剛才說的，他們看起來完全不像是殺了人之後在逃亡。」
「是啊……那他們是誰。」
老闆娘偏著頭思考片刻後問：「現在幾點？」
小杉看著手錶回答：「下午三點多。」
「三點……那就差不多了。」她自言自語地說。
「差不多？什麼差不多？」
但老闆娘沒有回答，說了一句：「你跟我來。」就滑了起來。

28

龍實走出漢堡店，波川也剛好從隔壁的食堂走出來，臉上的表情卻不太開心。龍實知道，他也毫無收穫。

當他們走到一起時，波川問：「你那裡也沒有嗎？」可能龍實也一樣愁眉不展。

「我向店員打聽了一下，店員說，沒有像是他們的人來過。」

波川聽了龍實的回答，點了點頭說：「我這裡也一樣，更何況那家店根本就沒辦法容納那麼多人。」

「那接下來要怎麼辦？」

「怎麼辦呢。」波川抱著雙臂巡視周圍。龍實也跟著他看向周圍，但並沒有預感可以找到想要找的人。

他們當然還在找「女神」，那個穿著白底大紅點滑雪衣的女生。那個女生顯然是明天要在滑雪場婚禮上表演的成員。

因為有巡邏員守在旁邊，所以龍實和波川只能從她們滑行的滑道旁繞一大圈來到山麓，但巡視整個滑雪場，也看不到剛才表演的那群人。他們這才發現可能找錯地方了。

於是，他們急忙搭了纜車去其他地方尋找，仍然沒有看到那群人，猜想他們可能已經結束排練了。

但是，並不是毫無希望。龍實他們認為，即使排練已經結束，應該還會為明天正式表演開會討論，一定有幾個工作人員聚在某個地方。

他們想到可以去食堂或咖啡店找人，於是分頭行動，去了滑雪場附近的每家店。沒想到完全沒有找到那群人，當然更不見那個女生的蹤影。

「沒辦法了，只能使用最後的手段。」波川說。

「最後的手段是什麼？」龍實問。

「請高野先生介紹滑雪場婚禮的工作人員，我相信他應該知道。」

「又要找他嗎？總覺得對他很不好意思。」

「我也知道啊，但除此以外，沒有其他方法啊。」

「也對啦。」

「只是不希望太多人知道這件事，因為一旦傳入正在追我們的人耳中就完了。」

「所以要使用最後的手段嗎？」

「沒錯。」

於是，他們去了高野的辦公室。這是今天第二度造訪。坐在櫃檯內的男性工作人員一看到龍實他們，露出訝異的表情。可能因為他們身上的滑雪衣褲和剛才不一樣的關係。

當他們說，要找高野時，男性工作人員搖了搖手說：

「他不在，剛才接到電話，去上面了。」

「上面是指『滑降』嗎？」龍實問。

「對。」男性工作人員點了點頭。

他們道謝後，走出辦公室。

「剛好，」波川說，「日向纜車的運轉時間快結束了，我們搭纜車去『滑降』。」

「好啊。」

龍實他們的滑雪衣褲還留在「滑降」，說好今天打烊後去拿。原本打算順便歸還目前身上的滑雪衣褲，但現在可能需要再多借一天。

日向纜車站並沒有太多人，他們向正準備收工的工作人員點了點頭，坐上了纜車。那名工作人員看了龍實手上的滑雪板，似乎想要說什麼。可能是因為那是限量滑雪板的關係。

下了纜車，他們穿上滑雪板，前往「滑降」。原本熱鬧的滑雪場也漸漸安靜下來。

他們在「滑降」門口停了下來，把滑雪板放在架子上。入口的門上掛著「準備中」的牌子。今天的營業時間應該結束了。之前聽高野裕紀說，下午三點半打烊。

打開門，走進店內，高野誠也和裕紀坐在靠門的桌子旁。裕紀的朋友坐在對面，記得他好像叫川端健太。

「嗨！」龍實向他們打招呼，「謝謝你們的衣服，真的幫了大忙，很可惜，今天沒有找到，如果可以，是不是可以再借一天？」

龍實在說話時，覺得有點不太對勁。因為高野兄弟的表情有點僵硬，川端健太也一樣，一臉歉意地縮著身體。

而且，還有更奇怪的事。空著的椅子上掛了兩件滑雪衣，一件是灰色，另一件是藍色。正是龍實和波川的滑雪衣。

他正想問，這是怎麼一回事？

「你是脇坂龍實吧？」有一個聲音從視野外傳來。

龍實轉頭看向聲音傳來的方向，坐在窗邊座位的一個年約四十歲的男人緩緩站了起來。坐在他對面的是一個看起來比他稍微年輕的女人。

「慘了。」波川在他耳邊小聲說，龍實也察覺到情況不妙。雖然立刻轉身想要逃走，但不知道什麼時候冒出來一個體格壯碩的男人擋在門口。

龍實看向高野兄弟，他完全不知道發生了什麼狀況，也不知道為什麼會發生眼前的狀況。

「對不起，」高野誠也向他道歉，「因為我弟弟他們做了無聊的事。」

「對不起，」裕紀合起雙手，「我們太得意忘形了。」

川端健太也拚命鞠躬。

「這是怎麼回事？」龍實輪流看著他們兩個人。

「他們穿著你們的滑雪衣去滑雪場，想知道會發生什麼事，他們想要故意讓正在找你們的人看見，然後去追他們。」

聽到高野的說明，龍實感到一陣暈眩。高野人品這麼高尚，沒想到他弟弟竟然這麼調皮搗蛋。

「這是我們的作戰，擾亂作戰。」川端健太抬起頭，「我們想要擾亂正在找你們的人，完全不是想要搞破壞。而且，原本以為憑我們的技術，絕對不會被逮到。」

看到川端健太嘟著嘴，拚命解釋的樣子，龍實猜想他是主謀。

「即使順利逃脫了，但被人發現你們是誰，不是根本沒有意義嗎？」

川端健太聽了高野的話，再度縮著脖子。

龍實搞不清楚狀況，沒有說話。

「他們滑了一陣子後回到這裡，結果那兩位就在這裡等他們。」高野說明時，看著那對中年男女。

「真是嚇壞了，沒想到追我的竟然是嬸嬸。」川端健太抓著頭說。

「我才大吃一驚呢！」坐在窗邊的女人說，「第一次看到你們時，我就覺得很奇怪。因為你們竟然在這個滑雪場內最寬敞的滑道上又蹦又跳，故意引人注目，看起來根本不像是在逃亡的人。之後也順利躲過我的追逐，不是本地人，根本不可能有這種本事。所以我就想到，一定是本地的搗蛋鬼，這家店又是這些搗蛋鬼經常聚集的地方，我們乾脆停止追逐，守在這裡，等你們送上門，結果你們果然回來了，而且其中一個竟然是自己的侄子……真是丟臉到家了。」

「嬸嬸，妳為什麼要幫他？無論怎麼想，不都應該幫他們嗎？」

那個女人欲言又止，抬頭看著身旁的男人。

「你似乎成功騙取了信任。」那個男人冷笑著，走向龍實，「你是怎麼向他們說明的？」

龍實不知道要如何回答，所以沒有說話。「算了。」男人從上衣口袋拿出什麼東西。

「我姓小杉，希望你跟我們一起回東京。你應該知道是什麼事吧？還是要我在這裡說明？你應該並不希望他們聽到吧？」男人出示了警察證，龍實看到上面寫著小杉的名字。

「啊？」最先發出聲音的是川端健太，「為什麼？」

「噓！」高野誠也斥責道，他臉上的表情很嚴肅。

高野裕紀瞪大眼睛，愣在那裡。他應該太驚訝，所以無法反應。

「請等一下。」波川站在龍實身旁，「你們誤會了，脇坂不是兇手。」

「有話回警局之後再說。」

小杉繼續向龍實靠近，波川擋在他面前。

小杉挑了挑眉毛，「你想以妨礙執行公務遭到逮捕嗎？」

「兇手？逮捕？這是怎麼回事？」川端健太自言自語地小聲問道，「這是怎麼回事？我完全不知道。」

「少囉嗦！」那個女人大喝一聲，「你給我閉嘴！」

小杉推開波川，看著龍實揚了揚下巴，「變裝遊戲結束了，趕快換上自己的衣服。」

「請你先聽聽脇坂的解釋。」波川懇求道。

「我不是說了嗎？等回警局之後再聽，如果拒絕主動到案說明，那就用其他方式，你的非法侵入民宅逮捕令已經下來了。」

「他現在不能離開這裡。脇坂，你倒是說話啊，這不是你的事嗎？」

聽到波川這句話，龍實吞了一口口水後開了口。

「我不是兇手，我也沒有殺福丸爺爺。」

「殺人？真的假的？」川端健太大叫起來。

「健太！」中年女人再度斥責他。
小杉注視著龍實的臉問：
「既然你不是兇手，為什麼要逃？你們手機關機，不就是為了逃亡嗎？」
「不光是因為這個原因。」
「還有其他理由嗎？好吧，沒關係，反正你是在了解這起案子的情況下採取了這樣的行動，不是嗎？那時候，任何媒體都沒有報導這起命案，既然你不是兇手，為什麼知道這起命案？」
「那是因為有很多複雜的原因。」
「原來是這樣，這些複雜的原因也請你去分局後再慢慢說明。」
「不行，我必須留在這裡，我要找一個女生，我也是這麼跟他們說，所以他們才會借滑雪衣給我。」
小杉看著高野裕紀。
「他說要找一見鍾情的女生……」高野誠也代表其他人回答。
「是喔，你編了這麼奇怪的理由。」
「我說要找一見鍾情的女生是說謊，但她對我來說很重要，她可以為我的不在場證明作證。我們來這裡，就是為了找她。」

29

噗咚。一聲巨響，似乎有雪塊從屋頂掉下來。

白井站了起來，走到窗邊，但他在意的並不是落雪。

「天色已經暗了，山裡的日照時間果然比較短，滑雪的人也少了許多。」

「我們也差不多該下山了，這一帶沒有燈光。」坐在離小杉他們不遠處的高野誠也說。

他的弟弟和弟弟的同學——高野裕紀和川端健太剛才就已經離開，所以目前不在這裡。雖然他們很想留下來聽到底是怎麼回事，但不可能讓高中生聽到有關命案的偵查內容。

「白井，你打算怎麼下山？」小杉問仍然看著窗外的後輩刑警，「而且你是怎麼上來的？」

聽從老闆娘的建議來這家餐廳後，小杉打電話叫白井也來這裡，但並沒有指示他移動的方法。因為原本認為根本沒必要，但現在才想到，白井根本不會滑雪。

他看向白井的腳，白井還穿著長筒雨靴。

「怎麼上來……搭箱形纜車啊。」

「那怎麼從纜車站到這裡？」

「走過來啊。」
小杉想像著白井悶著頭，沿著滑道旁走過來的樣子。
「那等一下要怎麼回去？纜車已經停止運轉了。」
「啊？」
「只能走下山了。」
「啊？」
「才三公里而已。」
「怎麼會這樣？」白井一臉快哭出來的表情，垂著兩道眉毛。
「別擔心，」高野笑著對他說：「我背你下去。」
「真的嗎？太感謝了。」
「我勸你還是改變主意，因為他有一百公斤。」小杉對高野說。
「沒那麼重啦，才九十公斤出頭而已。」
「沒關係，我習慣了。」高野若無其事地說，「客人在山上腿受傷時，我就會背他們一起滑下山。」
「拜託了。」白井的身體彎成了直角。
小杉看他們談妥之後，將視線移回坐在桌子對面的兩個人身上。脇坂和波川一臉乖巧地坐在那裡不說話。

小杉看著放在桌上的記事本，根據脇坂他們剛才說的內容，用潦草的字寫下了新月高原、女滑雪客、自拍、下午三點左右這些關鍵字。

他嘆了一口氣，抓了抓頭。

為什麼不主動向警方投案？為什麼來這個滑雪場？手機為什麼關機？小杉問了很多疑問，兩個人都侃侃而答，針對每個問題都有合理的解釋。小杉已經沒問題可問了。

上衣口袋中的手機響了，打破了眼前的沉默。他從口袋裡拿出手機，一看螢幕，忍不住皺著眉頭。又是南原打來的。

「失陪一下。」小杉說完，拿起上衣站了起來。

他穿了上衣，走出餐廳後才接起電話。「你好，我是小杉。」

「你在幹嘛？不是要你隨時聯絡嗎？要說多少次才聽得懂？」傳來了南原的指責聲。

「對不起，我正在積極蒐集目擊證詞。」

「有沒有找到穿那兩件滑雪衣的兩個人？」

「不，很多人穿類似顏色的滑雪衣褲，所以遲遲……」

電話中傳來咂嘴的聲音。

「沒時間耗下去了，目前的情況很不妙。」

「發生什麼事了？」

「一課那些傢伙發現了脇坂的車子，社團內一個姓藤岡的學弟把車子藏在自己的停車場內，脇坂他們開著藤岡的車子逃走了。你問到的那個女大學生，就是搭了藤岡的車子。」

小杉認識藤岡，之前在大學附近的什錦燒店見過那個學生，剛才也從脇坂他們口中得知了向他借車子的事。

南原說了藤岡車子的車牌號碼，要求他立刻去找車子，小杉當然無意記下車牌。

「因為已經知道逃亡的車輛，所以花菱股長卯足了全力，除了確認N系統以外，還蒐集了全國各地的滑雪場和附近的監視器影像，打算用人海戰術找人。快的話，明天早上就會查到逃亡的地點。」

「這可不太妙啊。」

「非常不妙，到時候，花菱股長一定會動員所有的偵查員，我們根本沒有贏面。所以，你的時限只到明天上午為止，在此之前，無論如何都要找到脇坂的下落，然後抓到他，知道了嗎？」

小杉沒有回答，南原在電話中大叫：「喂，聽到沒有？」

「聽到了。呃，股長，其他方面的情況怎麼樣？」

「什麼其他方面？你在問哪件事？」

「就是兇手可能另有他人的可能性。」
「啊？」南原發出錯愕的聲音，「你在說什麼啊？」
「我認為並不能完全排除脇坂不是兇手的可能性。」
「他在逃亡，既然在逃亡，怎麼可能不抓他？」
「他可能有他的理由。」
「什麼理由？」
「這……」小杉結巴起來，因為他覺得目前還不便告訴南原實情。
「你別東想西想了，我期待你的好消息。」南原說完，不等小杉的回答，就掛上了電話。
小杉把手機放回口袋，緩緩搖著頭。
「你好像沒有把實情告訴上司，」身後傳來聲音，轉頭一看，老闆娘面帶笑容地看著他，「你沒有告訴他，已經找到那兩個人了。」
「老闆娘，妳有什麼看法？」
「對哪件事的看法？」
「他們說的話，妳認為可信嗎？」
老闆娘微微聳了聳肩膀。
「如果是編出來的故事，就真的太了不起了，因為聽起來就像是真的，我認為他們並沒有說謊，我對自己看人頗有自信。」

「我也有同感，」小杉點了點頭，「他們說的內容很有說服力，而且，如果去警局投案，一定會遭到拘留，就會錯失尋找能夠證明他不在現場證人的機會，所以就先逃再說。這番說詞也合情合理，而且，他們來到這個滑雪場之後的行動，也有一貫性。」

「他們為了找那個女滑雪客，還特地變裝。」

「沒錯，但是，即使向上司說明這些情況，他也聽不進去，他並不在意脇坂到底是不是兇手，只會一直叫我趕快抓人。」

「原來是這樣，那你有什麼打算？」

「該怎麼辦呢？」小杉看向已經沒什麼人的滑雪場，皺起了眉頭。

30

在榻榻米上躺成大字，全身的細胞立刻感到放鬆。龍實盡情地伸展手腳，發出感嘆的聲音。也許太放鬆了，眼皮越來越重。他閉上了眼睛，頓時覺得意識漸漸遠去，聽到「喂！」的聲音，慌忙張開眼睛，波川站在門口。

「現在沒時間睡覺。」

「嗯，我知道。」龍實坐了起來，盤起了腿，「因為好久沒躺在榻榻米上了，所以忍不住……」

波川也坐了下來，巡視著室內說：「真的太幸運了。」

「沒想到那個女人是旅館的老闆娘。在『滑降』時，那個刑警……是不是叫小杉先生？他叫我的時候，我覺得這下子完了。」

「幸好那個大叔不是不講道理的人，如果他打電話回東京的搜查總部，我們現在就不會在這裡了，你一定被綁在偵訊室的椅子上。」

波川的話不像是開玩笑，龍實忍不住抖了一下。

「真的就差那麼一點，聽到他說願意等到明天，真的鬆了一口氣，而且還讓我們住在這家旅館，簡直就像是打出逆轉滿壘的全壘打。」

小杉對他們說，願意等到明天中午，讓他們找出可以證明龍實不在場證明的女人，但有附加條件，就是必須隨時讓他掌握龍實他們下落，而且要證明沒有逃亡的可能性。

這時，那位老闆娘自告奮勇地說，可以讓他們住在自己經營的旅館內。這裡就是旅館的房間，至於住宿費，老闆娘說：「以後再說。」

「不過，小杉先生說到時限只到明天中午是認真的，」波川說，「我向藤岡確認過了，小杉先生說得沒錯。今天白天，他把你的車子藏在停車場這件事被警察發現了，刑警逼問他，他坦承把車子借給我們了。」

「果然是這樣啊……」

龍實覺得不能責怪藤岡，是自己對不起他，把他捲入這件事。

「雖然我們沒有走高速公路，但到處都有N系統之類的車牌監視系統，只要警視廳認真追查，可以蒐集到遠端監視器的影像資料。正如小杉先生說的，最好認為明天下午，就會有大批偵查員來這裡。」

「不會吧？大批？」

「所以，無論如何，都必須在此之前找到『女神』。」

「對啊，」龍實抱著雙臂，「希望有辦法找到她……」

波川當然不可能不負責任地說「一定有辦法」這種話，室內陷入了沉默，這時，聽到咚咚咚的敲門聲。

「請進。」波川回答。

門打開了，高野誠也探頭進來。

「嗨。」龍實向他打招呼，「剛才很謝謝你。」

「可以打擾一下嗎？」高野走了進來，「我去問了那件事。」

「婚禮的事嗎？」龍實問。

高野點了點頭。

「因為我有朋友剛好參與那場婚禮，所以打聽了一下。你們說得沒錯，他們的確找來一些滑雪選手，要在明天的婚禮上表演，為新郎和新娘祝福。」

「那就對了，」波川豎起食指，「絕對沒錯。」

「而且我也知道由誰主導明天的表演，她是職業滑雪選手，我也和她很熟。」

高野說，那個女生叫瀨利千晶，以前是單板障礙追逐選手，曾經以參加奧運為目標。

龍實想起白天在日向箱形纜車上那對男女的談話，他們也提到了千晶這個名字。

「我已經聯絡到千晶了，說關於明天表演的事，有事想要請教她，她回答說，沒問題。」

「太好了！」波川拍著手，「這下子終於可以知道『女神』是誰了。」

「我們要去哪裡找她？」龍實問高野。

「她說任何地方都可以，所以我約她去『隨興』，就是這裡的老闆娘開的居酒屋。」

「我們走吧。」波川立刻站了起來。

從旅館走去居酒屋只要幾分鐘，在打開拉門的同時，就聽到吧檯內傳來「歡迎光臨」的親切招呼聲。原來是在「滑降」見過的老闆娘，因為她穿和服的關係，所以一下子沒認出來。

「你們去坐裡面那張桌子。」老闆娘說。

那是一張六人坐的桌子，因為不知道對方有幾個人來，所以龍實他們三個人坐在一起。

不一會兒，居酒屋的門嘎啦啦地打開了。

高野轉過頭，語氣開朗地「啊」了一聲，然後微微舉起手。

一男一女走了進來。龍實看向那個男人，不禁有點驚訝。因為他是巡邏員根津。

「原來是你們要找千晶。」根津也露出意外的表情，在龍實他們的對面坐了下來。

和根津一起進來的是一個看起來很好勝的女生。雖然很苗條，但感覺得出也很結實，她向龍實他們打了聲招呼說：「很高興認識你們。」然後在根津身旁坐了下來。

女店員走了過來，他們點了五杯生啤酒。

「有沒有找到那個愛粉雪的美女？」根津輪流看著龍實和波川問道。

「怎麼回事？」瀨利千晶苦笑著皺起眉頭，「聽起來好沒品喔。」

「他們的朋友一見鍾情的對象，只有喜歡粉雪的美女滑雪客這一條線索。」

「不是，不是這麼輕鬆的事。不瞞你說，事情更嚴重。」波川轉頭看著龍實，示意他接著說下去。

龍實清了清嗓子後開了口。

「因為某些原因，如果不在明天中午之前找到那個女生就慘了，這是攸關我人生的重大問題。」

「有多慘？如果找到她，你打算怎麼做？」

「我會拜託她為我作證。」

「作證？」

根津露出困惑的表情，和身旁的瀨利千晶互看了一眼。她也顯得不知所措。

生啤酒送了上來，每個人都默默伸手拿酒杯。目前的氣氛，當然不適合乾杯。

「聽起來好像很棘手。」根津露出警戒的表情。

「沒錯，老實說，非常棘手。」

龍實小聲地簡短說明了至今為止的情況，以免被周圍的客人聽到。根津和瀨利千晶得知和殺人命案有關，立刻露出嚴肅的表情。

「我會盡量不給那位女生添麻煩，只希望她為我作證。」龍實懇求他們。

「我大致了解情況了，」瀨利千晶喝了一口啤酒，「這件事和明天的婚禮有什麼關係？為什麼要找我來這裡？」

「今天在滑雪場時，我看到了那個女生。在包場的滑道上，一群滑雪選手接二連三滑了下來，那個女生就在那群人中間。」

「應該就是那時候，」根津對瀨利千晶說：「就是為了拍宣傳錄影帶排練，從滑道上方滑下來的時候。」

「你怎麼知道是她？」
「因為穿一樣的衣服，而且很有特色，我馬上就認出來了。其實今天早上也曾經看到她，她在非正規滑道的樹林裡滑雪。」
「怎樣的衣服？」
「紅白雙色的滑雪衣，說得更詳細點，就是白底紅點的滑雪衣。」
「聽說沒有其他人穿相同的滑雪衣，」高野說，他說話時沒有特別用恭敬的語氣，顯然他們很熟，「所以我在想，只要問妳，應該就知道是誰。」
瀨利千晶輕輕點了點頭，然後看向龍實。
「你說兩天前，曾經在新月高原見過她，你有沒有看到那個女生的臉？」
「有。」
「你還記得嗎？如果見到，就會認出她嗎？」
「應該可以認出來，因為我印象很深刻。」
「是喔。」她有點不悅地再度喝著啤酒。
「千晶，妳就幫他一下。」高野說。
「拜託了。」龍實低頭拜託，一旁的波川也一起拜託。
「別這樣，你們把頭抬起來。」瀨利千晶說，她的語氣很冷淡，「雖然我很想幫你，但沒辦法幫這種搞錯對象的事。」

「搞錯對象？什麼意思？」龍實看著瀨利千晶好勝的雙眼。
「你認錯人了，你在排練時看到的那個人，並不是你要找的女生。」
「妳怎麼知道？」
「因為，」她挺直了身體，直視著龍實說：「你在排練時看到的那個人就是我。」
「啊！」龍實瞪大了眼睛。
「是不是穿著白底紅點的滑雪衣，淺藍色的滑雪褲，雙手捧著花束滑下滑道？」
「對……」
瀨利千晶嫣然一笑，「那就是我，因為在最後確認時，我也滑了一次。」
龍實說不出話，只是不停地眨眼。
「順便告訴你，今年入冬以來，我從來沒去過新月高原，所以也沒見過你。」瀨利千晶一字一句地慢慢說完，最後補充了一句，「你認錯人了。」
龍實覺得好像聽到了有什麼東西在自己腦袋裡崩潰的聲音，他無法思考，甚至不知道自己臉上露出了怎樣的表情。
「那今天早上呢？」波川問，他的聲音也破音了，「妳有沒有去非正規滑道的樹林裡滑雪？」
「不好意思，那也不是我，今天早上，我根本沒有去非正規滑道。」瀨利千晶再度否認，「因為太忙了，根本沒時間。」

「那個人可能就是我們要找的女生。」波川對龍實說。

龍實手足無措，搖了搖頭，「服裝完全相同……」

「並不是完全不可能，」根津說，「因為很多滑雪衣褲都很像，所以很容易認錯人。」

「但那個女生的滑雪衣很有特色，我從來沒有看過其他人穿過相同的滑雪衣。」龍實無法輕言放棄。

「對，的確是這樣，」瀨利千晶一臉嚴肅的表情表示同意，「因為那件衣服很特殊，外面應該買不到，應該說，一般人不可能穿那件衣服。」

「什麼意思？」根津問。

「那件衣服是某個滑雪場專門用來出租的滑雪服，所以市面上買不到相同的。圖案很奇特，或者說是花稍，反正就很引人注目。就像保齡球館租的鞋子一樣，為了避免被偷，刻意挑選了那個圖案。」

「的確很引人注目。」龍實說。

「但是用了幾年之後，慢慢變舊了，所以就淘汰了。我得知這個消息後，就接手了那批衣服。根津先生，就像你之前說的，在滑雪場婚禮上表演，大家的衣服不一樣很不好看，我也很在意這件事。那件衣服是紅白雙色，不是很討喜嗎？雖然很花稍，但剛好用來做為表演服裝。總共有五十套，我請對方寄過來，由我支付運費。我今天穿的就是其中一套，因為我想知道在雪地上會是怎樣的感覺，所以穿著試滑了一下。」

「原來是這樣，我完全不知道那套花稍的滑雪衣褲有這樣的來歷。」根津語帶佩服地說。

「因為資金不足，所以各方面都必須節省。」瀨利千晶揚起頭說。

「等一下，所以今天早上，我在非正規滑道看到的女生也……」

瀨利千晶聽了龍實的話，輕輕點了點頭。

「如果穿了那套衣服，可能是明天會參加表演的成員，因為我在幾天前，就已經把服裝寄給他們了。」

「那就對了。」波川打了一個響指，「雖然不知道和今天早上的滑雪客是不是同一個人，但脇坂在新月高原遇見的，應該也是表演者之一。」

「的確有這種可能。」瀨利千晶點了點頭。

「既然這樣，千晶，妳要不要問一下？」根津說，「妳可以傳訊息給所有表演者，問有沒有人前天去過新月高原的滑雪場？也順便問一下當時有沒有穿明天的表演服。」

瀨利千晶還沒有回答，波川就低下頭說：「拜託妳了。」龍實也慌忙跟著一起拜託。

「真拿你們沒辦法，好麻煩喔。」

聽到瀨利千晶勉強答應，龍實和波川異口同聲地道謝：「謝謝妳。」

31

抬起頭，發現星空格外美麗。這是在城市看不到的景象。天氣預報說，今晚會下小雪，看到這麼晴朗的天氣，忍不住有點懷疑。但是，也許真的會下雪，因為雪山的天氣很難預料。

橙色的燈光隱約出現在昏暗的馬路前方，再靠近一點，應該就可以看到「隨興小餐館」的招牌。小杉加快了腳步。

雖然在旅館旁的食堂吃了晚餐，但他無意直接回房間，一路散步走來這裡。白井說他累了，回房間休息了。八成打算泡泡溫泉，獨自慢慢喝啤酒。

小杉走到居酒屋附近時，入口的拉門突然打開，幾個客人走了出來。是脇坂、波川，還有高野。小杉立刻打量周圍，躲到停在一旁的小貨車後。

看到幾個年輕人三三兩兩地遠去之後，小杉再度走向居酒屋。

打開拉門，老闆娘一臉驚訝，「他們剛剛才——」

「我知道。」小杉走到吧檯，拉開椅子。店內只剩下一桌客人。

老闆娘遞了小毛巾給他，小杉道謝後接過小毛巾，點了生啤酒和毛豆。

「他們有沒有什麼進展？」

「我沒聽到他們聊天的詳細內容，但好像有收穫，似乎可以找到能夠證明脇坂不在場證明的那個女生。」

「是嗎？那真是太好了，如果明天一早就能夠找到人，也可以解決我的問題。」

老闆娘把大杯生啤酒放在小杉面前，接著又拿出裝了毛豆的盤子。

「解決什麼問題？」

小杉喝了一口啤酒，伸手拿著毛豆。

「雖然對脇坂感到抱歉，但最晚明天下午就要抓他，然後向上司報告。上司當然會命令我立刻把他帶回東京，如果到那時候還沒有找到那個證人，事情就會很麻煩。」

「不能向上司說明情況，晚一點再帶他回東京嗎？」

小杉噘起嘴，搖了搖頭。

「他不是那麼通情達理的人，一定會大聲嚷嚷，先把人帶回來再說。」

「但如果現在帶脇坂回東京，可能就會錯失證明他無辜的機會。」

「所以，如果他趁早找到那個證人，就算是幫了我的大忙。他自己也可以放心，我也不需要把他當成嫌犯，大家都可以輕輕鬆鬆回東京。但如果找不到那個女生，問題就沒這麼簡單，而且回到東京之後，就會立刻偵訊他，到時候我也會變成在下面打雜。」

「是喔。」老闆娘難以釋懷地偏著頭。

「真是太奇怪了，不管有沒有找到證人，你都認為脇坂不是兇手，既然這樣，卻必須這麼做。」

「沒辦法，我只是棋子而已，棋子只能按上面的吩咐辦事，身不由己。」小杉把毛豆丟進嘴裡，喝著啤酒。

「謝謝款待。」背後傳來聲音，最後一桌客人站了起來。

老闆娘為他們結了帳，打烊之後，又走回吧檯內。

「我也差不多該走了。」

「沒關係，你慢慢坐，要不要再來一杯啤酒？」

「不要啤酒，但可以給我日本酒嗎？有什麼推薦的？」

「這個不錯。」老闆娘拿出將近兩公升的大酒瓶上寫著「水尾」兩個字。

「真不錯啊，老闆娘，妳也來一杯？」

「謝謝，那我就不客氣了。」

他們用倒在杯子裡的日本酒乾杯。這種酒香氣濃郁，口感很清爽。

「是喔，將棋的棋子真的只能聽從命令，身不由己嗎？」老闆娘注視著杯子說道，她似乎想要繼續剛才的話題。

「就是這麼一回事。」

「但是，」老闆娘抬起頭，「你曾經試圖反抗吧？」

「啊？」

「我是說今天早上，當我說要通知當地警察，說出一切時，你並沒有阻止我。白井先生慌了手腳，你還說，你受夠了這種麻煩事。」

「喔，」小杉微微點了點頭，「是啊……」

「當時我在想，原來這個人也有五分魂。」

「五分魂？」

老闆娘把杯子舉到嘴邊，笑了笑之後，吐了一口氣。

「我老公從滑雪選手引退，說要繼承旅館時，周遭所有的朋友都反對。不，不光是周遭的朋友，就連經營旅館的父母也勸他打消這個念頭。因為當時泡沫經濟已經破滅，滑雪熱潮也已經消退，無論滑雪場和旅館都生意冷清。但我老公說，越是這種時候，越需要像他那種滑雪狂出馬，所以就排除所有的反對，接下了旅館的生意。之後，他也的確嘗試了各種方法，和旅行社交涉，向電視台推銷，卻遲遲不見效，客人還是越來越少。我差不多就是在那個時候嫁給他，得知內情後嚇了一大跳。整個村莊的債務高達二十億圓，我覺得完蛋了，當時很想要逃走。」

小杉完全猜不透她談話的方向，也不知道她想要說什麼，但還是喝了一口日本酒潤喉，催促她繼續說下去。「然後呢？」

「當時，有一家大企業想要收購滑雪場，很多人覺得是及時雨，認為不妨把滑雪場交給大企業，自己可以摸索新的方式，守護自己的生活。我老公大力反對。他主張說，賣掉村莊的最大財產，等於出賣自己的靈魂。雖然每個人的存在都像是小蟲子，但一寸蟲子也有五分魂，只要把這些『五分魂』結合起來，就可以成為巨大的力量。雖然有人說，那只是理想論，潮流無法抗拒，但他沒有輕言放棄，漸漸地，有越來越多人支持他，最後大家決定再次同心協力，繼續努力，但這麼一來，我老公的責任就很重大，不可能到最後說什麼『雖然努力了，但還是失敗』這種話。他廢寢忘食，夜以繼日地工作，連自己得了癌症都不知道。」

她說話的表情很快活，絲毫沒有陰沉傷感，好像在回想愉快的事，所以在後半段補充的內容，讓小杉嚇了一跳。

「你知道嗎？肝臟是沉默的器官，完全不會感到疼痛，當發現癌症時，通常都已經是末期。我老公也一樣，他越來越瘦，最後無法動彈……他最後對我說，對不起，接下來的事，就交給妳了。接下來的事是什麼事？我們沒有孩子，他託付給我的，當然就是旅館。想要守住那家旅館，唯一的方法，就是像他希望的那樣，讓滑雪場恢復以前的活力。雖然我不知道自己有多大的能耐，但我已經作好了心理準備，只要是力所能及的事，我就要努力去做。一寸的蟲也有五分魂——我也這麼認為，即使別人覺得受不了，即使被別人取笑，我也無所謂。」

聽著老闆娘熱切的口吻，小杉無法隨聲附和，他充滿真心誠意地說：「希望妳的願望能夠成真。」

她摸著自己的臉頰，靦腆地笑了笑說：

「我竟然不自量力，在你面前長篇大論。」

「不，我受益匪淺。」

老闆娘挺直了身體，直視著小杉問：「小杉先生，那你的靈魂怎麼樣呢？」

「我的？怎麼樣……」

「你當初當警察，應該不可能沒有任何抱負吧？雖然我不太了解警察組織，但在這個組織中，必須抹殺自我，甚至不能做自己認為對的事嗎？」

小杉皺著眉頭，撇著嘴，「真是哪壺不開提哪壺啊。」

「如果讓你感到不舒服，我向你道歉。因為事不關己，所以才能夠說得這麼輕鬆，但我覺得你也是有五分魂的人，才會說這些話。即使只是棋子，就只能聽命行事嗎？偶爾按自己的意思行動也不壞啊。如果可以反敗為勝，立下功勞，一定可以揚眉吐氣。」

聽到老闆娘輕鬆的口吻，小杉忍不住苦笑起來。她的確因為事不關己，才能夠說得這麼輕鬆，但奇怪的是，小杉並沒有生氣。

「妳要我怎麼做？」

「我是外行人，當然不知道，但有一件事很清楚，警察的工作，不是要逮捕兇手嗎？既然有閒工夫逮捕明知道不是兇手的人，不是應該努力找出真正的兇手嗎？」

小杉拿著杯子，準備送去嘴邊的手停了下來。

「老闆娘……妳果然很有意思。」

「你又這麼稱讚我，太謝謝了，請你原諒我多嘴。」她客氣地鞠了一躬，把杯子裡剩下的酒一飲而盡。

32

龍實正在看電視的天氣預報，放在壁龕的電話大聲響了起來。龍實走過去接起電話的同時，波川用遙控器關掉了電視。

「喂。」龍實對著電話說。「有外線打到您的房間。」電話中傳來男性員工的聲音，「是一位瀨利小姐，可以為您接通嗎？」

「啊……麻煩你。」龍實重新握緊電話，不禁有點緊張。

電話接通了，傳來「喂、喂」的聲音。是瀨利千晶的聲音。

「啊，妳好、妳好。」

「脇坂嗎？」

「我就是。妳是瀨利小姐吧？」

「對，不好意思，這麼晚才打電話給你。」

「不，完全沒問題，情況怎麼樣？有沒有找到？」

波川也走到龍實旁邊，把耳朵貼了過來。

「嗯，我跟你說，沒找到。」

「啊？」龍實看著波川，「怎麼回事？」

「明天表演的滑雪選手都回覆我了，沒有人在前天去過新月高原。」

「啊？怎麼會……」

「我向你確認一下，是前天，對嗎？我沒搞錯日期吧？」

「沒搞錯，是前天。」

「嗯。」電話中傳來瀨利千晶低吟的聲音。「那就真的不好意思了，這次的表演者中沒有這個人，你可能要再找其他人問問看。」

「不，但是……不是只有表演者有那套衣服嗎？」

「是啊，但也無法斷言，我剛才也說了，那些衣服是出租衣服淘汰下來的，可能還有其他人也拿到了相同的衣服。」

「那個人今天也剛好來這個滑雪場嗎？我認為不可能這麼巧。」

「你問我，我也不知道。我只是因為你們拜託，所以傳了訊息給所有表演者，問有沒有人前天穿了那套滑雪衣褲去新月高原，或是今天上午在這個滑雪場的非正規滑道滑雪。除了女生以外，還問了男生，結果剛才已經告訴你了。」

「啊……對喔，對不起。」龍實的聲音有點沮喪。

「為了謹慎起見，我還問了他們，有沒有把衣服借給別人。」

「沒有人借給別人吧？」

「對。」瀨利千晶回答。「我再向你確認一次，真的是那件白底紅點的衣服嗎？你有沒有看錯圖案？」

「應該沒有，的確是那個花色圖案，因為那麼印象深刻的圖案，不可能看錯。」

「也是。」瀨利千晶似乎也認同龍實的回答，用低沉的聲音回答。

波川伸出右手，示意把電話交給他。他剛才在一旁聽了半天，也掌握了大致的狀況。龍實把電話交給了他。

「喂，妳好，我是波川。」波川一口氣說道，「我剛才也聽到電話的內容了，所有表演者中，都沒有我們要找的女生，對嗎？……原來是這樣，但是，我覺得未必所有人都說了實話。」

波川的話令人意外，龍實忍不住感到驚訝。

「……對，我認為有人可能說謊……雖然我不知道原因，只是覺得不能排除這種可能……所以，最好的方法，就是讓脇坂親自確認……沒錯，讓脇坂和所有人見面……妳請等一下。」波川捂住了話筒，看著龍實，「你是不是記得那個女生的長相？如果見到她，你應該認得出來吧？」

龍實用力點頭，「應該認得出來。」

「他也說認得出來。」波川對著電話說，「……好……九點嗎？……長峰箱形纜車站……知道了，我和脇坂一起去……好，拜託妳了。」波川掛上電話後抬起頭，「你都聽到了。」

「所以你認為那個女生可能說謊。」

「並不是完全沒有可能吧，」波川走回原來的位置盤著腿，「只不過我覺得可能性微乎其微。」

「我搞不懂，到底是怎麼回事？」龍實頻頻搖頭，「絕對就是那件衣服，但為什麼沒有人承認？」

「的確很匪夷所思。你今天上午，的確看到有人穿著那件衣服滑雪，只是並不知道那個是不是新月高原的『女神』，但那個人不出面承認，未免太奇怪了。」
「對啊，唉，到底是怎麼回事啊。」
龍實抓了抓頭時，聽到咚咚咚的敲門聲。雖然不知道是誰，但還是對著門口喊了一聲：「請進。」
門輕輕打開，意想不到的人探頭進來。龍實慌忙坐好，原本盤著腿的波川也慌忙跪坐著。
「不用啦，你們放輕鬆，放輕鬆，這裡是你們的房間。」小杉的手上下擺動著。雖然他這麼說，但龍實還是不知道該怎麼辦，雙手放在腿上，默然不語地抬頭看著刑警。
小杉站在門口，巡視室內，「現在方便打擾一下嗎？因為我想問你一些事。」
「啊……請進。」龍實點了點頭。
小杉脫下鞋子，走了進來。他手上拎了一個白色塑膠袋，看到波川為他拿坐墊，他在榻榻米上盤著腿說：「不必客氣，你們也放輕鬆，否則不方便談話。」
龍實和波川互看了一眼，「那好吧。」他們也採取了放鬆的姿勢。
小杉脫下了滑雪衣，把塑膠袋放在桌上，從裡面拿出啤酒說：「你們要不要一起喝？」
「謝謝。」波川接過一罐啤酒，龍實也伸出手。

小杉打開拉環，喝了一口啤酒後問：「情況怎麼樣？有沒有找到那個可以為你作證的女生？」

「不，進展很不順利……」龍實握著啤酒，低下了頭。

「進展不順利？怎麼回事？」

「我們向有力的線索打聽之後，沒有找到那個女生，照理說，不應該是這樣……」

「那可不太妙啊。」小杉皺著眉頭。

「刑警先生，」波川開了口，「我們明天會全力尋找那個女生，但可能很難在中午之前搞定，可不可以再多給我們一點時間？比方說，明天晚上之前。」

小杉露出銳利的眼神看著波川，接著又看向龍實。

「關於這件事，和我交涉也沒有用，東京的搜查總部遲早會查到你們在這裡，我無法阻止他們。如果不想遭到逮捕，就只能逃離這裡。」

「但是，一旦這麼做，就沒有機會找到那個女生了。」龍實說。

「而且，也不可能逃一輩子……」波川小聲嘀咕。

「你們說得對，所以，無論如何，都必須明天趁早找到那個女生。關於這件事，我只能這麼說。」

龍實用手摸著額頭，整張臉扭成一團。他焦急得渾身發熱。

「但是，還有一個方法可以救你。」小杉把啤酒放在桌上，「既然不是你殺了福丸先生，就代表兇手另有他人，只要能夠查出誰是兇手，就可以證明你的清白。」

龍實看著刑警，「雖然這句話很有道理，但有辦法查到誰是兇手嗎？」

「不知道，但我想試試，因為這才是我們原本真正該做的工作。」小杉從脫下的滑雪衣口袋裡拿出手機和記事本，「你願意協助偵查，對嗎？」

龍實挺直身體，點了點頭，「只要是我力所能及的事。」

「很好。」小杉打開記事本。龍實看著他，有一種奇妙的感覺。之前只想著證明自己的不在場證明，但正如小杉說的，那起命案應該有真正的兇手，自己之前完全沒有想到這件事。

「首先說明一下這起命案的概況。」

小杉看著記事本，說明了以下的內容。

那起命案發生在白天，福丸家的媳婦加世子下班回家時，最先發現了屍體，玄關的門沒有鎖，客廳抽屜裡的現金被偷了，原本放在佛台上的狗繩也消失不見了——

龍實第一次詳細得知福丸家發生的情況，聽了之後才知道，那真的是一起強盜殺人案，再度對自己竟然被懷疑是這起事件的嫌犯這件事感到害怕。

小杉抬起頭問：「有沒有什麼問題？」

龍實想了一下之後問：「當時福丸爺爺在房間裡幹什麼？」

「目前認為他一邊看電視，一邊研究圍棋。發現遺體時，電視開著，旁邊放著棋盤，上面還有幾顆棋子。」

「喔。」龍實點了點頭，他可以想像當時的景象，也想起福丸爺爺經常在房間邊看電視，邊研究圍棋。他把這件事告訴了小杉，小杉也表示同意：「對喜歡圍棋的老人來說，這是最幸福的時光。」他闔起了記事本。

「你聽了我剛才說明的情況之後，有沒有發現什麼？雖然你出入他們家的時間並不長，但你不久之前，每天和被害人接觸，我認為從某種意義上來說，比起和他同住在一個屋簷下的兒子和媳婦，你可能更了解被害人。」

「嗯。」龍實偏著頭，「這就不知道了，不過福丸爺爺曾經說，他和兒子、媳婦都很少說話。」

「既然兇手用狗繩做為凶器，很可能並不是預謀犯案。在了解這一點的基礎上，你有什麼看法？」

「兇手原本的目的只是偷東西……嗎？」

「的確，也有這種可能性，你就是因為這個原因遭到懷疑。」

「真傷腦筋。」龍實抱著頭。

「但是，」小杉說：「如果兇手另有其人，就產生了一個疑問，兇手是怎麼潛入屋內？只有玄關的門開著，所以應該是從玄關出入。小偷從玄關闖空門進屋，因為發現屋內有人，就衝動殺人似乎很不自然。」
「我也有同感。」波川用強烈的語氣說。
「我認為，」小杉舔了舔嘴唇，「兇手並不是潛入屋內，而是和被害人熟識，被害人讓他從玄關進屋。正如我剛才說的，兇手當時無意殺人，但之後和被害人之間發生了什麼糾紛，兇手就在衝動之下行凶殺人。」
「我認為這樣的推理很正確。」波川雙眼發亮地表示贊同，他是法律系的學生，也許對這種推理很有興趣。
「這就牽涉到被害人的為人，」小杉注視著龍實，「你是否知道，福丸陣吉先生遭人怨恨，或是曾經和誰發生糾紛。」
龍實在記憶中尋找和福丸之間的對話，之前和那個爺爺聊了哪些事？
「怎麼樣？」小杉追問。
「我不記得他曾經對我說過這些事，我們幾乎都在聊舔舔……就是那隻狗。」
「所以，福丸先生是怎樣的人？脾氣很暴躁？或是神經很大條？」
「有嗎？我不覺得他是這種人。」
「你不是因為讓他養的狗被撞到，所以遭到解僱嗎？當時的情況怎麼樣？有沒有痛罵你一頓？」
「那是我的過錯，因為不小心，才會發生那種事。我真的覺得很對不起他，但他並沒有痛罵我，反而說，不應該把心愛的狗交給別人照顧，所以更讓我覺得很對不起他。」

「所以，他並沒有招人怨恨嗎？」

龍實深深地點頭。

「他為人親切善良，對我也很好，也曾經請我吃壽司。」

「壽司？」

「因為他白天一個人在家，所以好像都去便利商店買便當，偶爾也會叫外送。有一次，他對我說，如果我肚子餓了，他可以請我吃壽司，也幫我訂了壽司。」

「他出手很闊綽嘛。」

「聽說好像有額外的收入，那天他心情特別好。」

「是喔。」小杉露出不悅的表情點了點頭。也許被害人福丸陣吉的為人不符合他想像中的劇本。龍實覺得這也無可奈何，因為他不可能說謊。

「我可以請教一個問題嗎？」波川微微舉起手，「有沒有發現兇手留下的物品或是痕跡之類的？」

「如果有的話，我們就不必這麼辛苦了。」小杉苦笑著說，「最大的痕跡，就是脇坂留在備用鑰匙上的指紋，所以事情才會向這麼奇怪的方向發展。」

「對不起。」龍實低下頭。

「但其實我也沒有看過現場，只是看了現場的照片而已。」小杉操作手機後，把螢幕出示在龍實面前，「你看，就是這個。」

螢幕上出現的是熟悉的和室。除了電視以外，有佛台和矮櫃，還有一張矮桌，以及和室椅。桌旁放著棋盤，上面有好幾顆圍棋。

榻榻米上，用白色繩子勾勒出某種形狀。龍實立刻知道那是人的形狀。福丸爺爺應該倒在那裡。

「怎麼樣？你有沒有發現什麼？」小杉問。

「桌子上有一本書。」龍實指著那個部分。

「是啊。」

「那是什麼書？」

小杉放大了畫面，看到那本書的書名是《圍棋技巧提升術》。

「這就奇怪了。」龍實嘀咕著。

「怎樣奇怪？」

「我之前去福丸爺爺家打工時，他曾經對我說，這本書買錯了。」

「買錯了？為什麼？」

「因為他說，書上寫的內容他都知道了，根本沒用。他在書店時只翻了前幾頁就買了回來，沒想到後面的內容全都是廢話，感覺被騙了。」

「你的意思是，」波川插了嘴，「他現在看這本書很奇怪。」

「對啊。」龍實回答。

「但這也很難斷言，也許他重新看了之後，發現了書中的長處。」小杉反駁道。

「也有可能。」龍實說話的聲音降低了八度。

「還有沒有發現其他問題？任何微不足道的問題都無妨。」

龍實再度注視著液晶畫面後，輕輕搖了搖頭，「其他沒有什麼特別的……」

「是嗎？」小杉點了點頭，把手機收了回來。

「這麼晚了，我差不多該走了，不好意思，打擾兩位了。」

「不，我才不好意思，沒有幫上什麼忙。」

「你不需要道歉，從某種意義上來說，你也是被害人。話說回來，你的運氣真不好。真擔心明天，希望可以找到那位證人。」

「我會努力。」

「希望會發生奇蹟。」小杉拿起滑雪衣站了起來，「這種時候，我發自內心地想，如果在那個世界的福丸老先生能夠看到這個世界，一定覺得很著急。」

如果那個世界能夠看到這個世界──刑警這句不經意的話刺激了龍實，那種感覺，似乎即將想起某件遺忘的事。他看著半空中的某一點。

「脇坂，」波川叫著他的名字，搖晃著他的身體，「你怎麼了？」

這時，卡在龍實腦袋裡的東西掉落了。
「刑警先生，」他抬頭看著小杉的臉，「可以再給我看一下現場的照片嗎？」
小杉從口袋裡拿出手機操作後，遞到他面前。上面顯示了剛才那張照片。
「這張照片上的電視關著，但發現屍體時，電視是開著的，對嗎？」
「聽說是這樣。」
「福丸爺爺當時在看什麼？在看電視節目嗎？該不會是DVD？」
「這件事重要嗎？」
「有點重要。」
小杉想了一下，從龍實手上接過手機，俐落地操作，撥通了電話，放在耳邊。
「白井嗎？是我……因為想向關係人了解一下情況，所以在外面閒逛一下……詳細情況晚一點告訴你，有一件事想問你，被害人在自己房間看的是電視嗎？還是DVD？……DVD嗎？沒搞錯吧？」
「什麼DVD？」龍實問。
「什麼DVD？……啊？你說什麼？」小杉瞪大了眼睛，「真的嗎？……嗯，我知道了，我再和你聯絡。」他掛上電話後，小聲嘀咕說：「太驚訝了。」
「是什麼DVD？要不要我猜看看？」龍實說，「是A片吧，我說錯了嗎？」
「沒錯，你說對了，你怎麼知道？」

「因為這是福丸爺爺的興趣之一，你們有沒有看電視架的抽屜？裡面收藏了不少。」

「即使八十歲了，還是男人啊。」

「他在研究圍棋時，都會事先設定好，可以隨時看。他說，思考得有點累的時候，剛好可以放鬆一下。」

「原來是這樣，但這並沒有什麼問題啊，」小杉再度把手機螢幕轉到龍實面前，「現場狀況就像你所說的。」

「不，這很奇怪，」龍實指著其中一個地方說，「佛台打開了。」

「佛台？」

「因為我知道福丸爺爺喜歡這種ＤＶＤ，所以曾經送給他一張。福丸爺爺很高興，說想馬上看看，但在播放ＤＶＤ之前，他關上了佛台的門。我問他理由，他說當佛台的門敞開時，總覺得死去的太太在看他，有點心神不寧，所以他在看這種ＤＶＤ時，都會把佛台的門關起來。」

小杉看著手機螢幕，「但是照片上的佛台敞著門……」

「所以我才說很奇怪。」

「會不會忘了？」波川問。

「應該不可能，」龍實當場反駁，「以他的個性，不可能忘記。」

「所以是兇手在犯案後打開的嗎？」

「不，這不可能。」這次輪到小杉否認，「兇手拿來當凶器使用的那根狗繩放在佛台內，如果佛台的門關著，兇手應該不會看到。」

「對喔，」波川小聲嘀咕，「到底是怎麼回事？」

「如果是福丸爺爺播放ＤＶＤ，一定會把佛台的門關起來，」龍實說：「既然開著，就代表並不是福丸爺爺播放的。」

「你是說，兇手播放的嗎？」

「我認為這是唯一的可能。」

「有什麼目的？」

「這……我就不知道了。」

「脇坂，」波川說：「福丸爺爺在下圍棋時只看A片嗎?完全不看其他的嗎？」

「不知道，但我想他不會看那種有劇情的電影，因為他只是當作下圍棋休息時的背景音樂，只是用來放鬆。」

「波川，你想說什麼？」小杉有點焦急地問。

「我是這麼想的，兇手沒有理由把ＤＶＤ放進原本空的ＤＶＤ機裡，之所以會這麼做，一定是原本ＤＶＤ機裡有其他ＤＶＤ，所以才需要調換。」

「你的意思是，」小杉豎起食指，「ＤＶＤ機裡有對兇手不利的ＤＶＤ？」

「就是這個意思。」

「那是什麼ＤＶＤ？」龍實問波川。

「就是要思考啊，既然佛台敞開著，就代表不是Ａ片，所以我才會問你，除了那種ＤＶＤ以外，福丸爺爺在下圍棋時，還會看其他ＤＶＤ嗎？」

「我不太清楚……」

「既然是為了放鬆，可能是大自然或是動物的影像，可以轉換心情。」

龍實無法同意小杉的意見，「福丸爺爺不會看那種的。」

「如果不是為了放鬆呢？」

龍實和小杉聽了波川的話，同時看著他。

「如果不是為了放鬆或是轉換心情，而是把棋盤放在旁邊，認真看ＤＶＤ呢？那時候會看什麼ＤＶＤ？」

「原來是這樣，」小杉大聲地說，「原來是圍棋的ＤＶＤ。」

波川得意地點了點頭，「應該有這種可能吧？」

「福丸爺爺以前說過，他除了新聞節目，幾乎不看電視，只有圍棋節目例外。」

「沒錯，那就對了。」小杉斷言，「福丸先生一定是看圍棋相關的ＤＶＤ，但如果不拿走，就會對兇手不利，因為那張ＤＶＤ——」

「是兇手的。」龍實和波川異口同聲地說。

「兇手還把福丸爺爺很不屑的圍棋書放在桌上，想要掩飾他們邊看ＤＶＤ，邊研究圍棋這件事。」龍實斷言道。

小杉抓起手機，再度站了起來。

「偵查方針決定了，現在沒時間在這裡悠閒地泡溫泉，我明天要搭第一班新幹線回東京。」

「我們該怎麼辦？」龍實問。

走向門口的小杉停下腳步，轉身對他們說：

「我會盡全力抓到真兇，但不知道能不能馬上抓到。在抓到之前，你仍然是頭號嫌犯，一旦你遭到逮捕，就會有地獄般的偵訊等著你。」

龍實吞著口水。小杉的話聽起來不像是恐嚇。「所以呢？」

「無論如何都要找到那個可以為你作證的女生，千萬不要以為，只要向警方說明情況，就可以解決問題。警察不會積極尋找對嫌犯有利的證據，自己的性命要自己救，如果無法救自己，就拚了命逃，絕對不能被抓到。」

小杉一口氣說完後，說了聲：「那我走囉。」走出了房間。

33

睜開眼睛，聽到有電子聲在響。那是熟悉的鬧鐘鈴聲，但今天早晨聽起來格外新鮮。根津在床上坐了起來，關掉放在桌子上的鬧鐘。他之所以不把鬧鐘放在床邊，是為了防止自己睡回籠覺。

他爬到冰箱前，拿出裝在寶特瓶裡的水喝了起來。桌上有好幾個已經喝空的蘇打水加威士忌空罐。原來是因為昨天有點喝太多，才這麼口渴。雖然在「隨興小餐館」和千晶他們一起喝了酒，但回到家後，又一個人喝了起來。

一本舊筆記攤在空罐旁。昨晚，他從櫃子裡翻出很久以前的筆記本，翻開的那一頁上畫了雪地雲霄飛車的設計圖。在積滿白雪的山坡上建造彎曲扭轉的半圓形溝渠，然後坐在雪橇上滑下來，整體感覺有點像有舵雪橇。根據根津的計算，最大時速可以達到三十公里，體感速度應該更快，將會成為刺激感十足的遊樂設施。他十多年前有了這個構想，向當時工作的滑雪場高層提議後，被高層一笑置之。因為太危險，而且需要耗費龐大的經費維修。

的確有道理。根津忍不住苦笑起來。如果自己是管理者，應該也會反對。不能光靠夢想和理想做生意。

他拿起筆記本，隨手翻到其他頁。寫了吊鋼絲半管滑雪的那一頁上，畫了無法馬上就看懂的複雜草圖，設計的重點是用鋼絲把單板掛在半空中，讓外行人也能像職業選手一樣，體會在半管中跳躍的感覺。草圖旁的數字是大致計算維持費用和人事費用的結果，之所以算到一半就放棄，是因為他發現數字太驚人了。

他闔上筆記本，嘆了一口氣，再度拿起寶特瓶喝水。

千晶的臉浮現在他眼前。

他為自己無法為重要的朋友做任何事感到懊惱和焦急，當她陷入煩惱時，自己只能用「我並沒有放棄夢想」這句謊言來安慰她，未免太沒出息了。

他起身拉開窗簾。天色還有點暗，但抬頭看向天空時，發現雲都散開了。

今天的天氣，可以打造出色的花道。

34

列車經過高崎站不久，小杉上衣口袋裡的手機就震動起來。一看螢幕，是南原打來的。他站起身，拍了拍在旁邊座位打瞌睡的白井肩膀。後輩刑警一臉睡意地把腿縮了回去。

他在通道上操作手機，接通了電話，小聲「喂」了一聲。

「是我。」電話中傳來馬面股長不悅的聲音。

「早安。」小杉來到連廊，靠在出口旁的車廂壁上。

「情況怎麼樣？」

「什麼情況？」

「那還用說嗎？有沒有找到他們的車子？我昨天不是已經告訴你，他們逃亡用的車子車牌號碼嗎？」南原一口氣說道，他一大早就心浮氣躁。

小杉用力深呼吸後開了口，「沒有發現，應該說，我們並沒有去找。」

「你說什麼？你打算怎麼樣？」南原問道，可以想像他噴著口水說話。

「股長，」小杉語氣平靜地說，「這起命案的兇手並不在里澤溫泉滑雪場。」

「啊？你在說什麼莫名其妙的話？花菱股長他們已經採取行動了。」

「發生什麼事了？」

「不是發生什麼事，而是長野縣內的N系統發現了脇坂他們開的車子，所以已經鎖定了幾個地方，其中之一就是里澤溫泉停車場，已經把設置在入口的監視器影像送過來了。」

「結果拍到了嗎？」

「拍得很清楚，」南原咬牙切齒地說，「前天清晨，車子開進了停車場，剛才已經請求長野縣警協助偵查，偵查員應該很快就會趕到滑雪場，估計抓到脇坂他們，只是時間早晚的問題，所以已經派人去接人了。」

「是嗎？沒想到進展這麼迅速。」

「你不要說得事不關己，為什麼沒有馬上找到車子的下落？聽說車子並不是停在什麼特殊的地方，現在也還來得及，用盡一切方法，搶先抓到脇坂他們。至於你們為什麼會先到一步，到時候我會找適當的理由解釋。」

小杉沒有回答，應該他在思考要怎麼說明。

「喂？」電話中傳來南原焦急的聲音，「你有沒有在聽我說話？小杉，回答我。」

「這是白費力氣。」

「啊？你說什麼？」

「我說這是白費力氣，脇坂並不是兇手，真兇另有其人。」

「小杉，你腦筋有問題嗎？」

「是誰的腦袋有問題。」

南原愣了一下，似乎說不出話，隨即大吼一聲：「你再說一遍。」

小杉咂著嘴，「連五分魂也沒有嗎？」

「五分……什麼？」

「股長，這是大好機會，可以讓警視廳的人大吃一驚，請你相信我，這件事交給我來處理。」

「你在說什麼？你現在人在哪裡？」

「我在搭新幹線，正要回東京。」

「什麼？」電話中傳來南原的叫聲，小杉沒有理會他，掛上了電話，又接著撥打了另一通電話。

「早安。」老闆娘親切地向他打招呼，她可能根據來電號碼，得知是小杉打給她的。

「昨天謝謝妳，幫了我很多忙。」小杉說。

「你太客氣了，如果有幫上忙，就太好了。」

「幫了很大的忙，如果沒有妳，現在不知道會怎麼樣。不好意思，可以再麻煩妳一件事嗎？我希望妳轉告那兩個年輕人——脇坂他們一句話。」

「小事一樁，我會記下來，請問要轉告他們什麼話。」

「不需要做筆記。請妳告訴他們，搜查總部已經查到了他們的下落，大批長野縣警的偵查員很快會趕到滑雪場，如果找不到作證的那個女生，就趕快逃。就是這些內容。」

「啊？警察要來這裡嗎？」老闆娘發出驚叫，「今天有重要的婚禮啊，能不能想想辦法？」

「我無能為力，總之，請妳轉告他們。」

「知道了。」聽到老闆娘的回答後，他掛上了電話。這時，後方的門打開了，白井從車廂內走出來，手上拿著手機。

「股長打電話來問，這到底是怎麼回事？為什麼要回東京？他在電話裡大吼大叫……」

「你告訴他，回分局後，會慢慢向他解釋，如果他閒著無聊，就去找一下被害人的棋友。」小杉命令白井後，轉身走去廁所。

35

吃完早餐，龍實他們正在房間內換衣服，老闆娘走了進來。聽完老闆娘說的話，他們全身起了雞皮疙瘩。老闆娘說，剛才接到小杉的聯絡，說搜查總部已經查到這裡，警方很快就會趕到。

「很快？怎麼這麼快？」波川站了起來，「和之前聽到的不一樣。」

「小杉先生說，如果找不到那個女生，就趕快逃走。」

龍實聽了老闆娘的話，忍不住抱著頭，「到底該怎麼辦？」

「現在沒時間苦惱，」波川拍了拍龍實的背，「先去找千晶小姐再說。」

準備就緒後，他們離開了旅館，身上仍然穿著向高野他們借的衣服，但仍然無法安心。因為警方一定會竭盡全力找到他們。

前方就是長峰纜車的車站。瀨利千晶要求他們上午九點到纜車站。走向車站時，龍實瞪大了眼睛，那裡有數十名滑雪選手，但所有人都穿著白底紅點的滑雪衣和淺藍色滑雪褲。

「哇，太壯觀了。」波川在一旁發出感嘆的聲音。

龍實他們站在原地，一個女人跑了過來。她戴著運動墨鏡，但他們一眼就認出她是瀨利千晶。她也穿著相同的滑雪衣褲，快活地向他們打招呼說：「早安。」

「早安，不好意思，你們正在忙，還跑來打擾。」龍實向她道歉。

「對，真的忙壞了，所以請趕快處理完。你們跟我來。」

瀨利千晶向他們招手，他們跟著她走了過去。

她走向穿著相同滑雪衣褲的那群人後大聲說：「女生看過來，大家聽我說，我剛才提到的那件事，請妳們把雪鏡和頭巾拿下來，讓他看一下妳們的臉。我先聲明，這不是在選女朋友，所以不必浪費太多表情。」

瀨利千晶的玩笑引起一陣笑聲，所有女生都把雪鏡和頭巾拿了下來，也有人脫下了安全帽或毛線帽。

「你要看仔細囉。」

在波川的催促下，龍實走向她們。那些女生都好奇地等在那裡，也許她們很習慣被人注視，所以沒有人感到害羞，反而是龍實有點緊張。

大部分女生都很漂亮。雖然臉上的妝都很濃，但並不至於太濃。如果是選女朋友，不知道該多好。龍實在這種狀況下，竟然想到這種無聊事。

最後一個女生也確認完畢了。雖然那個女生也很漂亮，但並不是「女神」。

「沒有，對嗎？」瀨利千晶說，她似乎已經從龍實的表情中發現了。

「所有人都在這裡嗎？」龍實還是向她確認了一下。

「對，所有人都在這裡，沒有其他人了。」

龍實聽到瀨利千晶的回答，忍不住垂下了頭。所有的希望都落空了。

「既然你都確認過了，那我們可以走了嗎？因為我們差不多該上去了。」

「喔，好，沒問題，謝謝妳。」龍實向瀨利千晶鞠了一躬。

她點了點頭，指示所有人去搭纜車。穿著相同服裝的人紛紛走進纜車搭乘處。

龍實和波川互看了一眼。之前總能想出各種解決方案的波川，這次似乎也想不到妙計，無力地緩緩搖著頭。

瀨利千晶再度走了過來。她手上抱著滑雪板，另一隻手拎著安全帽。

「對不起，沒能幫上忙。」

「不。」龍實搖了搖頭。

「你是要找不在場證明的證人吧？希望你可以找到。」

「謝謝妳。」

「那我走了。」她拿起安全帽，這時，龍實看到了！

「啊！」他驚叫起來，「這個……安全帽……」

「啊？什麼？怎麼了？」

「貼紙……安全帽上的貼紙。這種星形的貼紙。」龍實指著貼在安全帽後方的貼紙，上面有很多顆粉紅色的小星星，「我在新月高原上見到的女生，她的安全帽上也有相同的貼紙。」

「說這些有什麼用？現在已經知道不是千晶小姐了，可能剛好有人也貼了相同的貼紙而已。」波川用冷淡的語氣說道，「這種貼紙很常見吧？」

「不，沒這回事。」瀨利千晶立刻否定了波川的意見，「真的是這種貼紙嗎？你沒有看錯？」

「應該沒看錯……」

「那就是重要的線索。你等我一下——」她想了一下，用力點了點頭，似乎想到了什麼，「對喔，也有這個可能。」

「請問是怎麼回事？」龍實問。

瀨利千晶拉著自己身上的衣服說：

「我忘了還有一個人也有這套衣服，而且她也在自己的安全帽上，貼了相同的貼紙。」

「真的嗎？」龍實大聲問道。

「這個貼紙是我和單板障礙追逐的競爭對手一起做的，我們約定，只要贏一次，就可以貼一張。」

「那位競爭對手也在這個滑雪場嗎？」龍實問。

「當然啊，」瀨利千晶回答，「因為她是今天婚禮的策劃人。」

「在哪裡……她現在人在哪裡？」

「在上面，只要搭纜車上去，就可以見到她。」

「走吧。」波川說完，走向纜車，龍實也和瀨利千晶一起走向纜車搭乘處。

聽瀨利千晶說，她的競爭對手名叫成宮莉央，是今天舉行婚禮的新娘的妹妹。

「如果你見到的那個女生是莉央，那就很合理，她在粉雪滑道和樹林中的滑雪技術的確超強。」

「太好了。」波川拍著龍實的肩膀，「終於可以找到了，這下你得救了。」

「希望如此。」龍實回答得很謹慎，但還是情不自禁露出了笑容。

纜車站並沒有太多人，纜車可以搭十二人，但並不需要和別人擠同一輛。在工作人員的引導下，龍實跟著瀨利千晶和波川搭上纜車。

這時，又有兩名滑雪客跟了進來，兩個人身材都很高大。一個人穿著紅色，另一個穿黑色滑雪衣。他們在龍實他們對面坐了下來，看著手機，小聲交談著。

纜車啟動了，過了一會兒。

「不好意思，可以請你拿下雪鏡嗎？」穿著黑色滑雪衣的滑雪客對龍實說。

「啊？」龍實看著對方。

滑雪客從口袋裡拿出什麼東西。

「請你配合。」滑雪客出示了警察證，「麻煩一下。」

對方突如其來的要求，讓龍實不知道如何回應，也想不到該說什麼，陷入一片混亂。

「失禮了。」另一個紅衣滑雪客把手伸向龍實的臉，抓住他的雪鏡，拉了下來。龍實完全聽任他的擺布，因為太驚訝了，完全無法動彈。

那兩名滑雪客看著龍實的臉，和手機上的照片比對後，相互點了點頭。

「你是脇坂龍實，對嗎？」黑色滑雪衣的滑雪客問，「我們奉命帶你走，請你跟我們走。」

「啊？等……等……」波川手足無措，「怎麼回事？你們想幹嘛？」

「你是波川省吾吧，」黑色滑雪衣的滑雪客說，「上級也指示我們要帶你一起走。」

龍實和波川互看了一眼。狀況很明確。他們落入了長野縣警的偵查員手中。他們似乎守在纜車站，龍實他們根本沒想到，他們竟然一大早就開始埋伏。

渾身的血都流向腦袋，不知道該怎麼辦，但也無計可施。因為在狹小的纜車內，根本無處可逃。

他們怎麼會找到自己？

黑色滑雪衣的滑雪客嘴角露出笑容，「你最大的失策，就是沒換滑雪板。」

龍實看著自己的滑雪板。

「我們猜想你們可能會換衣服，但滑雪板和鞋子應該沒有換，結果被我們猜對了。」黑色滑雪衣的滑雪客——長野縣警的警察說話時，帶著幾分得意。

紅色滑雪衣的滑雪客正用手機不知道打電話去哪裡，只聽到他說：「通緝的那兩個人找到了。」掛上電話後，在黑色滑雪客的耳邊小聲說著什麼。

「請等一下，請你們先聽我們……先聽脇坂說明情況，他有不在場證明。」波川據理力爭，拍了拍龍實的大腿，「你趕快說話啊。」

龍實醒了過來，整個人僵在那裡。

「對……對啊，我有不在場證明，所以，要去找證人……她應該在上面，我們正要去找她……」他結結巴巴，話也說不清楚了。

「要不要上去之後再向他們解釋？」瀨利千晶用冷靜的口吻說，「只要見到莉央，就可以解釋清楚。」

「啊……對啊，那去上面之後，我再向你們解釋。」
沒想到黑色滑雪衣的警察搖了搖頭。
「我們不去上面，上級指示，要在下一站下車。終點有很多其他乘客，可能會引起混亂。」
「怎麼會這樣？拜託了，請你們一起去終點，證人就在那裡。」
「雖然不知道誰在那裡，但我們只是奉命行事，不能擅自做決定，必須把你們交給警視廳。如果你們有什麼話要說，到時候再說就好。」
龍實看向波川，足智多謀的他面對眼前的困境，也只能露出苦惱的表情。
「要不要打電話給莉央？」瀨利千晶問，「如果她是那個證人，可能馬上就可以為你作證。」
龍實覺得這是個好主意，沒想到黑色滑雪客說：「這可不行，等我們帶這兩個人離開之後，妳再和外界聯絡。」
「這……我只是打電話而已。」
「妳可以等我們下車之後慢慢打。」黑色滑雪客冷淡地說。
不一會兒，纜車抵達了中間車站。
龍實拚命思考。
這樣被逮捕，真的沒問題嗎？在把自己交給警視廳時，如果要求成宮莉央為自己作證，警視廳的人會同意嗎？會不會無視自己的要求？

不，萬一成宮莉央不是那個「女神」怎麼辦？雖然根據瀨利千晶剛才那番話，成宮莉央不可能毫無關係，但警方會認真調查嗎？

他突然想起小杉的話。那名資深刑警說，警方不會積極尋找對嫌犯有利的證據，自己的性命要自己救——

纜車進入中間車站。

工作人員走了過來，打開了纜車門。紅色滑雪客站了起來，先走出纜車。

「你們也一起下來。」黑色滑雪客催促著龍實和波川，「請妳繼續留在纜車上。」這句話是對瀨利千晶說的。

龍實抱著滑雪板，走下了纜車。波川也跟著走了下來。黑色滑雪客走下纜車後，纜車門關了起來。纜車載著瀨利千晶離開了。

紅色滑雪客向工作人員打招呼後，邁開步伐，似乎準備走下另一側下山的纜車。可能是因為幾乎沒有人搭乘的關係，那個纜車站並沒有工作人員。

來到纜車站，紅色滑雪客說：「來，上去吧。」

波川先走進纜車，然後抬頭瞥了龍實一眼。雖然只是一個不經意的動作，但龍實察覺了他的意圖。他在波川身旁坐了下來。

兩名警察也坐上纜車，在龍實他們的對面坐了下來。也許是因為完成了工作，他們看起來很輕鬆。

纜車的門緩緩關上。

龍實當然不可能錯過這個機會。一股強烈的衝動推了他一把。他站了起來，用力推開即將關閉的纜車門，從狹窄的縫隙擠了出去。「啊！」他聽到身後有人發出叫聲。

他來不及回頭張望，不顧一切地跑向出口。身後並沒有聽到兩名警察追上來的聲音，一定是波川阻擋了他們。波川猜到龍實打算逃走，所以特地坐在靠裡面的座位，把門旁的座位留給龍實。

走出車站，他立刻穿上滑雪板。必須趕快離開這裡，這是目前的頭等大事。他拚命滑了起來。

要逃去哪裡——他邊滑邊思考。必須先躲去某個地方，然後設法和瀨利千晶聯絡，請她安排和成宮莉央見面。這是擺脫目前困境的唯一方法。

龍實察覺到背後有動靜，回頭一看，不由得嚇了一大跳。

不知道什麼時候冒出一大群滑雪客緊追在後，一看他們的滑雪技巧，就知道不是外行人。

幾名滑雪客追上了龍實，但並沒有和他拉開距離，顯然控制了速度。

有滑雪客在龍實的兩側並排滑行，當然背後也有人。他完全被包圍了，根本無處可逃。那些滑雪客的身分顯而易見。

龍實停下來了，他們也放慢了速度。龍實完全停下來後，一屁股坐在地上。

36

看到後輩在鏡子前一臉緊張的樣子，根津忍不住笑了起來。

「根津哥，怎麼了？我看起來這麼奇怪嗎？」身穿燕尾服的長岡慎太轉頭問道。他的動作生硬，簡直就像機器人。

「不是你想的那樣，我覺得穿在你身上很好看，但看到你的樣子，就忍不住想要笑。你太緊張了，表情也繃得很緊，讓人看了有點害怕。」

「啊？會嗎？」長岡用力拍著自己的臉頰。

「你盡量放鬆，你是主角，好好樂在其中。」

「正因為是主角，所以才會緊張，我會忍不住想，萬一搞砸了怎麼辦。」長岡皺著眉頭，「步驟很複雜，很容易搞錯。莉央應該安排得更簡單一些。」

「這麼複雜嗎？不是只要穿這身衣服滑下來就好嗎？」

「她希望我能夠即興發揮，但我絕對不可能做到，所以就請她幫我設計了一些動作，問題是那些都是高難度的動作。」

「她也是為你們著想啊，你不要太挑剔了。」

根津看著手錶，婚禮即將開始。想要見證這場婚禮的賓客應該漸漸聚集在山麓的滑雪場，根津也很希望觀禮，但因為必須管理滑道，所以必須在山上待命。

「那就加油囉，我會在滑道旁欣賞。」

「拜託你了，我會盡力而為。」

根津拍了拍新郎的肩膀，轉身離開了。這裡是纜車終點服務中心內的休息區，目前隔出一個空間做為新郎新娘的休息室。

根津站在新娘休息室的門口，「我是根津，可以進去嗎？」

成宮莉央從休息室內探出頭，「請進。」

「打擾了。」根津打著招呼，走進休息室內，忍不住「喔！」地叫了一聲。

成宮葉月身穿婚紗坐在椅子上，因為請了專業的美容師，原本就很漂亮的臉蛋更增添了豔麗，整個表情都亮了起來。

「簡直認不出來了，」根津忍不住說道，「長岡真的是賺到了。」

「謝謝。」葉月笑了起來，「好像太卯足全力了，有點不好意思。」

「沒這回事，很漂亮，對不對？」根津回頭看著莉央問。

「對啊，化妝很成功。」莉央點著頭，她身為策劃人，似乎對成果很滿意。

「話說回來，」根津打量著葉月的婚紗，「妳要穿這身衣服滑雪嗎？」

這件婚紗從胸口到腰間的設計很簡單，但裙子優雅地蓬了起來，白色布料富有光澤，在強烈的陽光照射下，一定會反射出耀眼的光芒。

「我會小心不讓自己跌倒。」葉月說。

「真的要小心。」莉央嚴肅地說，「如果新婚在紅毯上跌倒，就前功盡棄了。」

「我知道，我會小心滑S形。」

「拜託妳了。對了，別忘了戴上頭紗，還有花束。不過，工作人員會提醒妳。」

莉央說完，把手伸進了長褲口袋，拿出了手機。似乎有人傳訊息給她。

「是千晶傳來的，這是什麼意思？她傳了很奇怪的內容。」

「奇怪的內容？」根津問。

「她說，如果想要救人一命，就做好滑雪的準備，去長峰纜車站。」

「救人一命？滑雪的準備？什麼意思啊。」

「不知道，我去看一下。」

根津目送莉央走出休息室後，將視線移回葉月身上，「怎麼回事？希望沒有發生什麼問題。」

「我也不知道。」葉月偏著頭，但立刻微微皺起眉頭。

「妳怎麼了？」根津問，「是不是身體不舒服？」

「不，沒事，我很好。」葉月恢復了笑容，搖了搖頭說：「不必擔心。」

「那就好……」

一名女性工作人員走進來問：「請問現在方便嗎？」她們要做準備工作，外人長時間逗留，似乎會造成困擾。

「那就一會兒見囉。」根津對葉月說完後，走了出去。

來到休息區，剛好看到莉央從他面前經過。她手上抱著滑雪板，已經換上了滑雪板用的鞋子。

「莉央。」這時，聽到一個聲音。千晶從纜車站跑了過來。

「到底發生了什麼事？」莉央問。

「莉央，妳三天前是不是去了新月高原？」千晶劈頭問道。

「新月高原？怎麼回事？」

「啊！」根津叫了起來。「那兩個人……脇坂他們在找的女生，就是莉央嗎？」

「應該是。是不是妳？」千晶問莉央。

「等一下，我完全聽不懂你們在說什麼。」莉央在搖手的同時搖著頭。

千晶快速向她說明。一名學生被懷疑是殺人命案的兇手，正在找三天前在新月高原遇到的女生，為他的不在場證明作證。那個女生穿著今天婚禮表演者穿的滑雪衣褲，安全帽上貼了只有千晶和莉央才有的星形貼紙。

「莉央，是不是妳？妳在新月高原的樹林中，曾經遇到那個學生嗎？妳趕快去為他作證。」千晶說。

莉央沒有立刻回答，低頭陷入了沉思。

「妳怎麼了？」

莉央抬起頭問：「他們目前人在哪裡？」

「妳去下面就知道了。」

「我知道了，那走吧。」莉央重新拿起滑雪板，快步走了起來。千晶也跟在她的身後。

37

有人用力打開滑門，龍實抬頭一看，看到波川上了車。波川身後穿著滑雪衣的人，應該是長野縣警的警察，看到波川坐在龍實的身旁後，說了聲：「等一下。」又關上了車門。

龍實和波川坐在廂型警用車內，車內是面對面式的座椅，但目前龍實他們對面的座位是空的，不知道誰會坐在那裡。

「你還是被抓到了。」波川說。

「嗯，有超多警察來追我。」
「我想也是，我就知道你逃了也沒用。」
「即使這樣，你仍然要我逃嗎？」
「我要你逃？你在說什麼？」
「你不是特地讓我坐在纜車靠出口的座位嗎？」
波川露出沮喪的表情哼了一聲。
「怎麼可能嘛，當時我已經覺得沒戲唱了，所以看到你逃走，還嚇了一大跳。」
「原來是這樣啊。」
「那個女生叫成宮莉央？看來只能在她身上賭一把了。」
「萬一不是她呢？」
波川沒有回答這個問題，只是重複說：「只能孤注一擲了。」
滑門再度打開，一個身穿大衣的男人站在車外，面無表情地向車內張望，他的眼神好像在看路旁的石頭，完全感受不到對龍實他們有任何興趣。
男人上車後，關上車門，在對面的座位坐下來。他出示了警視廳的警察證後，很不耐煩地自我介紹說：「我是中條。」然後從懷裡拿出一份摺起的文件，問龍實：「叫什麼名字？」
「啊？」龍實忍不住反問。

中條不悅地皺著眉頭說：「名字。趕快回答。」
「喔……我叫脇坂龍實。」
「你呢？」中條把下巴轉向龍實的旁邊。
「我叫波川省吾。」
中條默然不語地把那份文件放回懷裡，拿出手機，不知道打電話去哪裡。
「喂，我是中條。現在還在等什麼？……向本地警察致謝，不需要了吧？……啊，是喔，好吧，真麻煩。總之，我想趕快把嫌犯帶回去……知道了，拜託了。」
中條掛上電話後，並沒有把手機收起來，開始操作起來，也無意和龍實他們說話。
「呃，刑警先生，」波川戰戰兢兢地開了口，「請你聽一下脇坂的解釋。」
中條停下手，瞥了波川一眼，又立刻低頭看手機，似乎無意回答。
「刑警先生，」龍實鼓起勇氣叫了一聲，「我的嫌疑是殺害福丸爺爺吧？如果是這樣，我有不在場證明。」
但是，中條完全沒有反應，也沒有停下正在操作手機的手，只是重新蹺起二郎腿。
「刑警先生。」波川再次叫了他一聲。
「吵死了，」中條不耐煩地撇著嘴角，「既然你們這麼愛說，回東京之後，會好好聽你們說。」
「能夠為我的不在場證明作證的人，」龍實說，「目前人在這裡，就在這裡，在這個滑雪場，所以，要現在說清楚——」

「我不是叫你們別吵了嗎？閉嘴。」

中條瞪著眼睛恫嚇時，他的手機響了。他看著手機螢幕，露出訝異的表情，然後帶著訝異的表情接起了電話。

「喂，我是中條，小杉先生，現在打電話給我有什麼事嗎？我聽說你已經不再負責這起案子了。」

龍實和波川互看了一眼。原來是小杉打電話給他。

「啊？什麼？……這是怎麼回事？你憑什麼對我說這些話？……什麼意思？……喂？喂？」電話似乎已經掛斷了。

中條注視著手機片刻後，看著龍實他們問：「你們認識一個姓小杉的刑警嗎？」

龍實沒有說話。因為他不知道該怎麼回答。波川也沒有回答。

「回答我，你們認識小杉嗎？」

聽到他對小杉直呼其名，龍實決定了自己該怎麼做。中條不是小杉的朋友，所以他回答說：「不認識。」

中條握著手機，似乎陷入了沉思。不知道小杉對他說了什麼。

咚咚。有人敲著滑門的窗戶。中條打開車門，一名身穿防寒大衣的警察站在門外，不知道向中條報告了什麼。

中條面色凝重，看向遠方，似乎在遲疑，然後又注視著手上的手機，再度看向龍實他們。「有兩個女生說有重要的事要找你們。」

波川看著龍實說：「一定是千晶她們。」

「可以讓我們見她們嗎？」

龍實問，中條板著臉，沒有回答，但揚了揚下巴，示意他們下車。

他們跟在警察身後走了一小段路，看到兩名女滑雪客，兩個人都穿著白色紅點的滑雪衣。他們知道其中一人是瀨利千晶，另一個人還戴著雪鏡。

龍實走到她們面前。

「莉央，妳給他看一下妳的臉。」瀨利千晶說。

名叫莉央的女生拿下雪鏡。龍實倒吸了一口氣，看著她的臉。

「啊！」他叫了一聲，幾乎全身無力。

「怎麼樣？沒錯吧？」瀨利千晶問。

但是，龍實只能搖頭。

「什麼？不是她？」

「不是她嗎？」波川也跑了過來，「你仔細看清楚，也許只是感覺不太一樣？」

「不是，不是她……」龍實彎下腰，雙手撐在腿上。他深受打擊，已經無法站立。

「嗯，是啊。」那個叫莉央的女生很冷靜地說，「不是我，我那天沒去新月高原。」

「什麼？妳沒去？不是妳嗎？」瀨利千晶的說話破了音，「那妳為什麼來這裡？根本沒意義啊。」

「不是啦，因為我來不及解釋。脇坂，我可以為你的不在場證明作證，我可以做到。」

「啊？」龍實直起身體，「真的嗎？」

「我沒騙你，你再仔細看我的臉。雖然我不是你看到的那個女生，但你有沒有發現什麼？」

聽到她這麼說，龍實再度注視著她的臉，終於恍然大悟。

「啊，妳們很像……和我在新月高原見到的那個人很像。眼睛，還有鼻子……」

「果然是這樣，」成宮莉央點了點頭，「我想得沒錯。」

「啊？該不會……」瀨利千晶似乎也了解了狀況。

「是我姊姊，應該是她帶了這個去滑雪。」成宮莉央拉著自己的衣服說。

「妳姊姊不是今天的新娘……」龍實忍不住眨著眼睛。

成宮莉央拿出手機，不知道打電話去哪裡。

「喂，是我，我姊姊在哪裡？妳幫我叫她一下。」說完這句話，她臉色大變，「……

啊？真的嗎？……嗯。……嗯。……那慘了，絕對不要亂動。……難怪……我會想辦法……你們先等在那裡。」她掛上電話後，小聲地說：「糟糕。」

「怎麼了？」瀨利千晶問。

「我姊姊身體不舒服，她說肚子痛。」

「肚子痛？吃壞肚子了嗎？」

「不是。」成宮莉央踱著步，「糟糕，這樣就沒辦法舉辦滑雪場婚禮了。」

「啊？」瀨利千晶難過地叫了起來。

龍實面對意想不到的發展，陷入了茫然。好不容易找到了目擊證人，竟然發生了意外。他轉身看向後方，發現警視廳的中條站在那裡。

成宮莉央停了下來，「嗯，這是唯一的方法。」她走向瀨利千晶，雙手抓住瀨利千晶的肩膀說：「千晶，這是我一輩子的拜託。」

38

「懷孕？」根津懷疑自己聽錯了。在前一刻之前，他完全沒想到這件事。

「聽說已經三個月了。」長岡慎太的臉上仍然帶著困惑和驚訝，他脫下了燕尾服，臉上的緊張和剛才照鏡子時完全不一樣。

他們站在新娘休息室門外小聲說話，因為葉月就在裡面，只不過已經換下了婚紗，躺在從救護室搬來的簡易床上。

二十分鐘前，根津接到長岡的電話，說葉月的狀況有點問題。她突然說肚子痛，希望根津幫忙張羅簡易床。根津立刻聯絡了救護室，派人送了過來。

當時根津以為葉月是腸胃發炎，可能是因為婚禮前太緊張，導致腸胃出問題，沒想到陪在葉月身旁的長岡臉色鐵青地告訴他，葉月懷孕了。

「你之前不知道嗎？」根津向長岡確認。

「完全不知道。」後輩巡邏員搖著頭，「如果我知道，早就告訴你了。」

「也對。」根津點了點頭，這種喜事沒必要隱瞞。

「完全沒有人知道嗎？」

「不，」長岡說，「她只告訴了莉央。葉月說，其實是莉央在三個星期前自己發現的。果然是姊妹。」

「所以，莉央也瞞著我們。」

「她們好像不希望讓大家擔心，因為今天有這場重要的活動，如果知道她懷孕，就不會讓她做激烈的運動。莉央也很煩惱，要怎麼讓她在婚禮上滑雪，一旦告訴大家，大家一定會阻止，但如果新娘不滑雪，效果會大受影響。」

根津恍然大悟，「所以要葉月滑S形嗎？」

長岡點了點頭。

「為了以防萬一，所以避免對身體造成負擔。葉月說，只要放慢速度，她可以表演割雪滑行，但莉央堅持不肯讓步，絕對不同意她表演。」

莉央很關心姊姊，一定會這麼做。根津並不感到意外。

「所以，現在怎麼辦？」

「不知道，葉月正在和莉央討論，已經向工作人員說明了情況，請他們待命。」

「最壞的情況，必須取消婚禮。」

「可能吧。」長岡一臉痛苦的表情抱著手臂。

「不知道那件事怎麼樣了……」根津嘀咕著。

「哪件事？」

「說明起來有點麻煩，但是完全不同的事。莉央和千晶剛才去了山下，希望事情不會太麻煩。」

根津皺著眉頭說這句話時，休息室內傳來叫聲。「阿慎。」轉頭一看，臉色蒼白的葉月探出頭。

「葉月……妳怎麼可以起來？趕快躺下。」長岡臉色大變。

「沒事，但我要告訴你一件事，根津先生，也請你一起進來。」

「喔，好啊。」

根津走進休息室。長岡把葉月扶到簡易床上躺了下來。她剛才穿的婚紗掛在一旁。

「阿慎，拜託你馬上送我去醫院。我想應該沒事，但還是看一下比較好。」躺在床上的葉月說。

「當然沒問題……」

「但是，去醫院之前，我要見一個人。如果我不去，那個人會蒙受不白之冤。」

根津聽了葉月這句話，驚訝地問：「難道……妳就是那個神秘的滑雪客？」

「根津先生，原來你知道情況。」她苦笑著看向根津，「對不起，我的惡作劇好像引起了一番騷動，但也因此可以為別人的不在場證明作證，對他來說，應該不是壞事。」

「等一下，我完全不知道是……」長岡當然會感到驚訝。

「在纜車上告訴你，趕快做準備。」葉月坐了起來。

「等一下，婚禮怎麼辦？」長岡問，「要取消了嗎？」

葉月搖搖頭，「不可能，現在不可能取消。我們的事不重要，但這是關係到這個村莊……關係到滑雪場命運的重要大事。」

「那要怎麼——？」

長岡問到一半時，根津背後傳來動靜。回頭一看，千晶剛好走進來。她的表情很凝重，「葉月，妳沒事吧？」
「啊，千晶，我沒事。妳來得正好，我正打算向他們說明。」葉月說。
千晶露出痛苦的表情，「老實說，我很想臨陣脫逃。」
「妳別這麼說，如果妳拒絕了，就找不到其他人了。」
「是嗎？我覺得還有其他人選。」
「在目前的狀況下，真的沒辦法拜託其他人。千晶，妳應該也很清楚。」
「嗯，」千晶發出低吟，「莉央說是她一輩子的拜託。」
「真的是這樣，所以我很謝謝妳願意答應。」
根津聽了她們的對話，納悶地問：「妳們在說什麼？」
「當然是婚禮的事，要拜託千晶代打。」
根津聽了葉月的話，整個人向後仰，「真的嗎？」
「我穿這件衣服合適嗎？」千晶露出不安的眼神看著純白的婚紗。
「穿在妳身上絕對很好看，我可以向妳保證。」葉月斷言道。
這時，一個女性工作人員走了進來，「打擾一下。千晶小姐，我已經聽莉央小姐說了，所以現在要馬上為妳做妝髮造型，請妳帶著婚紗，跟我一起來。」
「哇，已經逃不掉了。」千晶只好走向婚紗。
「等一下，請千晶小姐代替新娘，那誰代替我？」長岡問。

葉月露出意味深長的笑容，「還有其他人選嗎？」

手拿著婚紗的千晶瞪著根津說：「別以為你可以逃得了。」

「原來是這樣。」長岡心領神會地解開自己的領結遞到根津面前，「給你。」

39

拉著紅色繩索的滑道周圍，擠滿了身穿五彩繽紛滑雪衣的觀眾，龍實覺得簡直就像是冬季奧運的比賽現場。不，即使是奧運，如果是不怎麼受歡迎的比賽項目，恐怕也不會有這麼多觀眾。聽說除了里澤溫泉村以外，還動員了鄰近鄉鎮的人，可以感受到這個村莊為了這場盛會卯足了全力。

聽剛才的廣播，這場滑雪場婚禮將比原定時間晚一個小時進行，好像也會變更一些內容。龍實真心希望這場婚禮能夠成功。

他握著手機，又有人傳來訊息。拿起手機一看，原來是藤岡。「聽到有人證明你的清白，真的鬆了一口氣。當他們找到你的車子時，真不知道會怎麼樣。希望你早點回來，期待聽你說精采的故事。」

我吃了這麼多苦，他們竟然還想聽什麼精采的故事。龍實不由得在心裡罵道，但也能理解他們想要聽這個充滿曲折的事件的心情。

手機再度震動起來。這次有人傳了電子郵件。那是鄰居松下傳來的，祝福龍實他們平安無事。

三天沒開機，有一堆未讀的訊息和電子郵件，他無法一一回覆，只能回覆給重要的人，結果對方又再回覆，所以從剛才開始，他只能一直把手機握在手上。只不過他很懷念這種狀況，也充滿感激。

「啊，原來是這樣。」也在一旁滑手機的波川低聲說道。

「怎麼了？」龍實問。

「我們借藤岡的車子出發時，不是載了一個女生去下一個車站嗎？她傳訊息給我，是她向警方告密，說我們來到里澤溫泉。因為她偷偷查了衛星導航系統。」

「原來是這樣，這個女人真無聊。」

「她完全不覺得自己做錯了，竟然還問我里澤溫泉的雪質怎麼樣。回東京之後，我要好好懲罰她。」

龍實聽了波川這句話，忍不住想像，一定是通體舒暢的懲罰。

他們正在滑雪教室的辦公室。這裡是很照顧他們的高野誠也工作的地方，他們已經換上了自己的衣服。

龍實看著窗外熱鬧的滑雪場，覺得目前所看到的一切都閃閃發亮，和幾十分鐘前，完全是另一個世界。

高野他們也在滑雪道旁，他的弟弟裕紀和川端健太也在一旁。身穿和服，坐在最前面的是「隨興」的老闆娘。她也幫了很大的忙。

成宮莉央無疑是龍實最大的救世主。雖然她說的內容完全出人意料，但也同時解決了所有的疑問。

十天前，瀨利千晶給莉央看了「要在滑雪場婚禮上，讓表演者穿的衣服」。白底紅點的款式平時穿很俗氣，但很適合在婚禮上穿。因為莉央也可能會穿，所以她帶了一套回家，掛在家裡的儲藏室內。她在選手時代，就使用那個儲藏室，滑雪板、雪鞋和首飾類都放在裡面。

聽到新月高原神秘女滑雪客的事，她立刻就猜到是葉月。那一天，葉月開車去新潟，一定順便繞去新月高原，獨自在樹林中滑雪。葉月一定一開始就有這個打算，所以從儲藏室裡拿了滑雪衣和安全帽放在車上。選那套滑雪衣褲並沒有特別的理由，因為葉月的滑雪衣還在壁櫥內，只是隨手拿了這套滑雪衣褲而已。

葉月的滑雪衣褲沒有放在儲藏室內是有原因的。

葉月以前是雙板滑雪選手，但她平時也會挑戰單板滑雪。在引退之後，反而能夠專心享受單板滑雪的樂趣。遇到下雪的日子，她經常帶著滑雪板獨自上山滑雪。

但是，今年因為懷孕的關係，所以必須暫時放棄這個樂趣。如果只是懷孕這個原因，她原本可以隱瞞這件事，只不過被莉央發現了。莉央很擔心葉月的身體，首先改變了婚禮上的表演內容，放棄了新娘在陡坡上表演精湛特技的節目，改為安全的S形滑行，而且還嚴格規定姊姊「私下也不能滑雪」，並揚言如果姊姊不遵守約定，她就不再擔任滑雪場婚禮的策劃人。

葉月決定聽從妹妹的指示，當然也就沒機會穿自己的滑雪衣，所以就一直放在壁櫥內。

莉央和身體稍微恢復的葉月通了電話之後，得知自己的推理八九不離十，葉月承認自己忍不住去新月高原滑雪場滑了雪，在山上和一個身穿灰色滑雪衣的年輕男人說過話，手機裡還有當時拍的照片。昨天上午，她也在非正規滑道滑雪。

龍實聽了莉央轉告的情況，和波川抱在一起歡呼。

但是，還無法完全放心，而且中條也說：「在聽當事人親口證實之前，無法下定論。」

成宮葉月很快就出現，龍實見到她之後，不光是鬆了一大口氣，更感動得熱淚盈眶。就是她——就是那天在雪中遇見的「女神」。成宮葉月由新郎攙扶著，化了妝之後更美麗動人，但那雙炯炯有神的眼睛和當時完全一樣。

她也記得龍實，微笑著說：「謝謝你那天為我拍照。」

她為龍實的不在場證明作證後，雖然龍實還無法完全恢復自由，但至少不必再擔心自己被當成嫌犯。最好的證明，就是那群長野縣警的警察不知道什麼時候都離開了。雖然仍然有人監視，但龍實他們可以在某種程度上自由行動，所以正在這裡等婚禮開始。

中條正在不遠處打電話，他已經對著電話講了超過三十分鐘。他臉色鐵青，似乎無暇顧及自己的表情。電話中的對方應該也一樣。因為案發至今已經整整三天，他們耗費了所有的時間，追緝一個毫無關係的學生。

龍實想起了小杉。不知道他目前在幹什麼，也很在意他剛才在電話中對中條說了什麼。

這時，滑雪場上方響起禮砲的聲音。連續響了三次。前一刻還很嘈雜的群眾立刻安靜下來。

接著，響起了音樂。是〈G弦上的詠嘆調〉。白色的雪地上響起了弦樂器的寧靜音樂。

龍實看向遠方，不禁倒吸一口氣。一群手握粉紅色緞帶的雙板滑雪選手優雅地滑了下來，他們全都穿著相同的滑雪裝——白底紅點的滑雪衣。成宮莉央說得沒錯，平時可能覺得俗氣的滑雪衣，卻很適合今天這種日子。

龍實看得出了神，發現音樂突然改變了曲調。音樂的節奏加快，變成了嘻哈音樂。一群單板滑雪選手出現，在滑降的同時，表演各種特技動作。雖然動作複雜，步調卻很整齊。觀眾席上響起一陣掌聲。

之後，滑雪選手隨著各種不同的樂曲，表演了華麗的動作。

最後，音樂變成了大家熟知的〈婚禮進行曲〉，單板和雙板滑雪選手列隊圍成一條通道，那裡似乎就是滑雪場上的紅毯。

斜坡上方出現兩個人影，其中一個是穿著黑色燕尾服的雙板滑雪客，另一個人是身穿婚紗的單板滑雪客，兩個人的速度都很驚人，即使在遠處，也可以看到他們揚起的雪煙。

「哇，好厲害。」一旁的波川發出驚嘆的叫聲。

龍實站了起來，定睛細看著。他知道由誰代替成宮葉月他們這對新人。

新郎和新娘漸漸放慢了速度，來到紅毯前時，新郎抱起了新娘。

兩個人在眾人的掌聲和口哨聲中穿越紅毯，完全沉浸在幸福之中，難以想像他們只是替身。

40

令人心煩的霧雨持續下著，即使伸出手，也完全沒有感覺，但如果不撐傘，衣服就會慢慢變濕。小杉撐著廉價的塑膠傘，打量著眼前那棟房子。那是一棟老舊的木造房子，屋齡應該有三十年了。雖然不知道裝在灰色門柱上的對講機是否能夠發揮功效，但他按了門鈴，隱約聽到屋內響起鈴聲。

對講機內並沒有傳來任何聲音，但眼前的玄關門打開了。一個留著鬍子的矮個子老人探出頭。他應該七十幾歲，在咖啡色毛衣外，穿了一件黑色開襟衫。

「請問是岡倉貞夫先生嗎？」小杉走進大門，白井也跟在他的身後。

老人訝異地皺起眉頭，「我就是，請問你是？」

小杉從大衣內側拿出了警察證。

「我是警察，有事想要請教你，可以打擾五、六分鐘嗎？」

「……請問是什麼事？」

「站著說話不太方便……麻煩一下。」小杉撐著雨傘，低頭拜託著。

岡倉露出遲疑和膽怯的眼神，顯然不僅是面對警察感到害怕而已。

「但是……我家裡很亂，而且也很小。」

「沒關係。不好意思，在你百忙之中打擾。」小杉把雨傘收了起來，推著岡倉走了進去。白井也緊跟在小杉身後。

「不，請等一下，不要推我……」

小杉半推半擠地進屋後，立刻巡視了室內。進門之後，右側是廚房，左側是和室。

岡倉很不甘願地指著和室說：「請進。」

「打擾了。」小杉走了進去，觀察著牆邊的電視，電視連著ＤＶＤ機，下面架子上的都是錄了內容的ＤＶＤ嗎？

岡倉坐了下來，似乎無意準備飲料招待客人。小杉當然也不想喝，所以就穿著大衣，跪坐下來。

「我們想要向你請教關於福丸陣吉先生遭到殺害的事件，」小杉開了口，「你當然認識福丸先生吧？」

「這個嘛……當然不能說不認識。」

「不能說不認識？你們的關係並不是這樣而已吧？我們去向圍棋會打聽過了，聽說你們關係很好，也是勁敵，棋藝不分上下。」

「不，有嗎……」岡倉偏著頭，不敢看小杉他們。

「而且聽說你們賭的金額還不小。」

「啊，不，沒這……沒這回事……」岡倉結巴起來。

小杉笑著搖了搖頭。

「沒關係，我們不會針對這件事說三道四。無論是打高爾夫還是打麻將，成年人要比賽，當然不可能不下點賭注，圍棋應該也差不多吧。」

岡倉低著頭，不時搓揉著雙手。

「我們在圍棋會還聽說，你很好學，都會把圍棋節目錄下來，反覆看好幾次，即使其他棋友錯過了重要的對局，只要向你借，你都會把錄好的ＤＶＤ借給他們看。」

岡倉的手停了下來，開始用力呼吸，肩膀用力起伏。

「可不可以給我們看一下你錄了圍棋節目的DVD？」

「為……為什麼？我……什麼都沒做，和我沒有關係。」

「如果你問我為什麼要問這個問題，我只能回答說，是為了辦案需要。既然和你沒有關係，給我們看一下也無妨，還是說，你有什麼不方便給我們看的理由嗎？」

「不，當然沒有……」

「那就沒問題吧，請讓我們看一下。咦？該不會就是那些？」小杉指著電視下方的架子。

「啊，不，這是……」

「沒錯吧？請你老實回答我們。」

「對，那個……」

岡倉把手伸向架子，小杉馬上制止：「不要動！」然後向白井使了一個眼色。

已經戴上手套的白井打開架子的玻璃門，小心翼翼地拿出裡面的DVD，然後把其中一張遞到小杉面前。

「喔，太棒了，還寫上了播出的日期。這個播出日期……不就是福丸先生遭到殺害的前一天嗎？這張ＤＶＤ可以借我們嗎？」

「為……為什麼？你們想幹嘛？」

「你不必這麼緊張，這只是小事情，只要沒有問題，就會馬上還你，只不過如果上面有福丸先生的指紋，事情就沒這麼簡單了，到時候就需要再向你詳細請教了。」

小杉看到白井把ＤＶＤ裝進塑膠袋後，站了起來。

「打擾了，那就後會有期。」

41

在岡倉坦承犯案的一個星期後，小杉獨自前往里澤溫泉村，但他並沒有負責偵訊岡倉，搜查一課的主任負責偵訊工作，但南原也參與了偵訊工作。因為表面上是南原注意到岡倉，並建議搜查一課逮捕他。

那張ＤＶＤ正是決定逮捕岡倉的關鍵。不僅在盒子上發現了福丸陣吉的指紋，ＤＶＤ上的皮脂ＤＮＡ也一致，岡倉根本難以否認。

那一天，岡倉受福丸之託，帶著前一天晚上錄的圍棋節目ＤＶＤ去他家。福丸很高興地播放了ＤＶＤ，在棋盤上擺了圍棋。岡倉見狀，馬上趁機開口。

他要向福丸借錢。

岡倉平時生活就很拮据，為了補貼生活費，他也加入了和其他棋友賭棋的行列，但無法輕易贏棋，而且最近接連輸棋，他正苦於無錢支付。

福丸待人親切，對朋友也很好，他以為只要自己開口，福丸就願意幫忙。沒想到事與願違，福丸怒不可遏地對他說，在開口借錢之前，要先把之前輸的錢還清。岡倉還欠福丸不少賭債。

岡倉一再拜託，希望他能夠幫忙，沒想到福丸竟然說，要打電話給岡倉的兒子。岡倉之前曾經拜託福丸為他兒子安排工作。

岡倉不希望兒子知道這件事，請福丸不要這麼做，福丸的怒氣無法平息。他拿出手機，準備打電話。

我一心想要阻止他，不能讓他打電話——聽說岡倉在偵訊室內哭著這麼說。他說，在動手殺了福丸之後，他害怕不已，滿腦子只想著趕快逃走，對細節問題記不清楚了。

小杉覺得岡倉在交代最後的情節時說了謊，因為他冷靜地換了ＤＶＤ，還把圍棋書放在桌上偽裝，更何況如果一心想逃，根本不會偷東西。岡倉的家裡找到了從福丸家的矮櫃裡偷走的幾張萬圓紙鈔。

但岡倉所說的大致屬實，而且也找到了相關證據，那起命案已經順利偵破。南原似乎獲得大和田課長的稱讚，所以心情很好。最近經常說什麼即使是轄區警局，只要憑自己的判斷辦案，就會有良好的結果，可能忘了自己之前還曾經對小杉他們亂下指導棋。

小杉抵達里澤溫泉村時，天色已經暗了。下了計程車後，他走在積雪被鏟到一旁的馬路上。雖然上次在這裡逗留的時間並不久，但他覺得很懷念。

小杉停下腳步。因為他看到了那塊招牌。「隨興小餐館」──那幾個字也讓他充滿懷念。

他走了過去，嘎啦啦地打開拉門。小杉想見的人一如往常地出現在吧檯內。歡迎光臨。她在打招呼的同時，轉頭看向他，臉上的笑容更燦爛了。「啊喲，是什麼風把你吹來了？」

「案子已經告一段落，我剛好休假。」

雖然有幾張空桌，但小杉毫不猶豫地走向吧檯。

「案子……是那起案子嗎？」老闆娘小聲地問。

「當然啊。」

「太好了，那要慶祝一下。」

「所以我才來這裡，要用『水尾』乾杯。」

「沒問題。」

老闆娘拿出一碟小菜時說：「話說回來，還真是巧啊。」
「什麼意思？」
「他們今天也剛好來這裡，就是你們之前追緝的那兩個學生。」
「脇坂他們嗎？真的嗎？」
「他們帶了一大票大學的朋友住在我家的旅館，要不要找他們過來？」
小杉揮了揮拿著免洗筷的手苦笑起來。
「我看還是不要了，我當然無妨，但他們應該並不想見到我。」
「我想應該不會，不過，既然你這麼說，就不勉強了。」老闆娘把「水尾」倒進小杉面前的杯子。
小杉想起脇坂他們的樣子，忍不住苦笑起來。對自己來說，遇到那兩個年輕人也算是人生中的小意外。
當他得知中條去接他們回東京時，突然想到打電話給中條。因為他不認為那個傲慢的精英刑警願意認真聽學生說話。當中條接起電話時，小杉對他說：
「我勸你偶爾可以聽一下嫌犯說的話，因為他們可能比你更聰明。如果不希望之後丟臉，就聽我一句話。」
中條似乎完全搞不清楚狀況，在電話中很生氣。雖然不知道那通電話有沒有幫到脇坂他們，但至少並沒有扯他們的後腿。

小杉喝著爽口的日本酒，把點的幾道菜送進嘴裡。每一道料理都精心製作，看似簡單，味道卻很有層次，簡直就像是老闆娘這個人。

他回顧著之前和老闆娘共度的那一天。雖然時間很短暫，卻充滿緊張，以前曾經在別人身上感受過那種刺激嗎？

小杉看著放在一旁的旅行袋。旅行袋很鼓，因為裡面裝了為這次旅行特地添購的滑雪衣褲、手套、雪鏡和帽子。

他想要再度挑戰滑雪，只不過並不想一個人滑雪。

問題在於要怎麼開口邀請。小杉喝著酒，看著老闆娘。她正在向店員發號施令。身後傳來拉門打開的聲音。「歡迎光臨。」老闆娘招呼著客人，但說話時的語氣比剛才招呼小杉時更輕鬆。是老主顧嗎？

小杉偷偷看向後方，發現一對男女走了進來。他見過那個高大的男人，而且就在這家居酒屋。記得他是巡邏隊的隊長，好像姓根津。那個女生似乎也見過。

他們在小杉背後的餐桌旁坐了下來，點了生啤酒和毛豆。

「之前那麼盛大，應該夠了吧。」那個男人——根津說。

「我不是說了嗎？那不是我們的，我要說幾次，你才聽得懂？」女人尖聲說道。

「雖然是這樣，但當時的主角是我們兩個人啊。」

「並沒有留下紀錄。」

「怎麼沒有？簡介上有我們的名字，宣傳錄影帶上也有。」

「你是說，我們是演員嗎？沒錯，我們就只是演員而已，只是穿上婚紗和燕尾服的演員。」

他們在說什麼？小杉不禁思考起來。但那兩個人顯然在吵架。

「妳有沒有好好跟妳父母談過？妳不繼承家裡的生意真的沒問題嗎？」根津問，聽起來好像改變了話題。

「你很囉嗦，我不是說了沒問題嗎？昨天已經說過了，莉央之前就對幼兒園的工作很有興趣，所以就請她代勞，我爸媽也很開心地說，既然是我的朋友，他們也放心了。」

「妳看起來的確不像是幼兒園的園長，這樣的確比較好。」

「我還想問你，你和你父母談好了嗎？婚禮的日期到底怎麼樣？」

「不必再舉辦婚禮了，為什麼要舉辦兩次？」

啪！有人拍桌子。「我要的是一場真正的婚禮。」

「上次也是真正的婚禮了，花了那麼多錢。」

「你別說得好像是你花的錢。」

「我是說，排場很豪華，無論婚紗和燕尾服都是真正的高級貨。」

「即使衣服是真的，但穿衣服的我們是假的，你這個笨蛋還聽不懂嗎？」

「妳說什麼？」
「好了好了好了。」老闆娘勸著他們。
小杉豎起耳朵，聽著他們的對話，卻仍然不知道他們在為什麼吵架。

42

來到山頂，看到雪雲正慢慢接近。下午可能就會下一場雪。太棒了。龍實在心裡做出勝利的姿勢。無論下再大的雪都沒關係。
幾個學弟從四人坐的纜車下來後，巡視四周，發出了歡呼聲。
「這裡的風景太棒了！」
「到處都是一片白茫茫。」
「遠處的山看得真清楚。」
看到他們的反應，龍實感到很高興。沒錯，這裡是全日本最大的滑雪場山頂。
「脇坂，太好了。」波川對他說，「這次終於可以沒有任何牽掛，盡情地在這裡滑雪了。」
「嗯！」龍實伸出手，和曾經同甘共苦的朋友用力握手，「要滑個暢快。」
藤岡走了過來。

「這裡太棒了，以後把這裡定為『山猴』的專用滑雪場。」

「我贊成，但是——喂，大家聽好了。」龍實把戴了手套的手放在嘴邊大叫著，「我不允許你們在這個滑雪場造次，絕對不能進入禁滑區。雖然可以去自行負責區域滑雪，但不要太相信自己的能力。千萬不要忘記，萬一發生意外，不光是自己受苦，也會造成滑雪場的困擾。知道了嗎？都聽到了嗎？」

「聽到了。」十七個人異口同聲地回答，大家都知道龍實他們曾經在這裡發生的一切。

「好，既然大家都記住了，那我們來拍紀念照。」

在龍實的指示下，大家拍了團體照。藤岡請路過的滑雪客為他們拍照。所有人以遠處的山嶺為背景，站在一起擺好姿勢。

「其他滑雪客都用奇妙的眼神看我們。」波川說。

「那當然啊，」藤岡說，「因為我們都穿了相同的滑雪衣褲。」

「有什麼關係嘛，看起來很團結啊。」龍實反駁道。

「這身衣服已經超越了這種感覺。」

「如果喜歡，可以每次都借來穿啊。」

「饒了我吧，只有今天，下不為例。」

滑雪客為他們拍了兩張團體照。

「出發吧，盡情享受粉雪吧。」

龍實一聲令下，這群身穿白底紅點滑雪衣的人衝向斜坡。

☐集滿4個印花贈品（二款任選其一）：

A：【推理謎】LOGO皮質燙銀典藏書套一個
（黑色，25開本適用，限量1000個）

B：【推理謎】吉祥物『獨角獸』圖案皮質燙金典藏書套一個
（咖啡色，25開本適用，限量1000個）

☐集滿8個印花贈品（二款任選其一）：

C：【推理謎】LOGO皮質燙金證件名片夾一個
（紅色，11.5cm × 8.6cm，限量500個）

D：【推理謎】吉祥物『獨角獸』圖案環保購物袋一個
（米色，不織布材質，41.5cm × 38.6cm，限量1000個）

☐集滿12個印花贈品（二款任選其一）：

E：【推理謎】LOGO不鏽鋼繩鑰匙圈一個
（限量500個）

F：【推理謎】吉祥物『獨角獸』圖案馬克杯一個
（白色，320cc容量，限量500個）

謎人俱樂部會不定期推出最新限量贈品提供兌換，
請密切注意活動官網和粉絲專頁。

?

【注意事項】
◎本活動僅限台灣地區讀者參加。
◎贈品兌換期限自即日起至2019年12月31日止（以郵戳為憑）。
◎贈品圖片僅供參考，所有贈品應以實物為準。
◎所有贈品數量有限，送完為止。如讀者欲兌換的贈品已送完，皇冠文化集團有權直接改換其他贈品，不另徵求同意和通知。贈品存量將定期在【謎人俱樂部】活動官網上公佈，請讀者在兌換前先行查閱或直接致電：（02）27168888分機114、303讀者服務部確認。
◎皇冠文化集團保留修改或取消謎人俱樂部活動辦法的權利。辦法如有更動，將隨時在【謎人俱樂部】活動官網上公佈。

國家圖書館出版品預行編目資料

雪煙追逐 / 東野圭吾著 ; 王蘊潔譯. -- 初版. -- 臺北市 : 皇冠, 2018. 01
面; 公分. --(皇冠叢書; 第4670種) (東野圭吾作品集; 29)
譯自 : 雪煙チェイス
ISBN 978-957-33-3352-4(平裝)

861.57 106022869

皇冠叢書第4670種
東野圭吾作品集29

雪煙追逐

雪煙チェイス

作　　者—東野圭吾
譯　　者—王蘊潔
發 行 人—平雲
出版發行—皇冠文化出版有限公司
台北市敦化北路120巷50號
電話◎02-27168888
郵撥帳號◎15261516號
皇冠出版社(香港)有限公司
香港上環文咸東街50號寶恒商業中心
23樓2301-3室
電話◎2529-1778　傳真◎2527-0904
總 編 輯—龔橞甄
責任主編—許婷婷
責任編輯—蔡承歡
美術設計—王瓊瑤
著作完成日期—2016年
初版一刷日期—2018年1月
初版四刷日期—2019年1月
法律顧問—王惠光律師

讀者服務傳真專線◎02-27150507
電腦編號◎527026
ISBN◎978-957-33-3352-4
Printed in Taiwan
本書定價◎新台幣399元/港幣133元

謎人俱樂部贈品兌換卡

我要選擇以下贈品（須符合印花數量）：☐A ☐B ☐C ☐D ☐E ☐F

1	2	3	4
5	6	7	8
9	10	11	12

【個人資料蒐集、利用及處理同意條款】

您所填寫的個人資料，依個人資料保護法之規定，皇冠文化集團將對您的個人資料予以保密，並採取必要之安全措施以免資料外洩。您對於您的個人資料可隨時查詢、補充、更正，並得要求將您的個人資料刪除或停止使用。

本人同意皇冠文化集團得使用以下本人之個人資料建立該集團旗下各事業單位之讀者資料庫，做為寄送出版或活動相關資訊、相關廣告，以及與本人連繫之用。本人並同意皇冠文化集團可依據本人之個人資料做成讀者統計資料，在不涉及揭露本人之個人資料下，皇冠文化集團可就該統計資料進行合法地使用以及公布。

☐同意　　☐不同意

我的基本資料

姓名：________________

出生：______年______月______日　性別：☐男 ☐女

職業：☐學生 ☐軍公教 ☐工 ☐商 ☐服務業

☐家管 ☐自由業 ☐其他________________

地址：☐☐☐☐☐ ________________

電話：（家）________________（公司）________________

手機：________________

e-mail：________________

我對【東野圭吾作品集】系列的建議：

寄件人：

地址：□□□□□

北區郵政管理局登
記證北台字1648號
免 貼 郵 票
〔限國內讀者使用〕

10547
台北市敦化北路120巷50號
皇冠文化出版有限公司 收